KB148555

가족사랑시집

사철 푸른 어머니의 텃밭

가족사랑시집
사철 푸른 어머니의 텃밭

초판인쇄일 | 2008년 11월 25일
초판발행일 | 2008년 12월 08일

지은이 | 오탁번 외 459인
펴낸곳 | 도서출판 황금알
펴낸이 | 金永馥

책임편집 | 최영규 · 김신영 · 김석준 · 정재분 · 송영미
표지 · 본문 디자인 | 칼라박스
표지작품 | 인형작가 이승은
주 소 | 110-510 서울시 종로구 동숭동 201-14 청기와빌라2차 104호
물류센타(직송 · 반품) | 100-272 서울시 중구 필동2가 124-6 1F
전 화 | 02)2275-9171
팩 스 | 02)2275-9172
이메일 | tibet21@hanmail.net
홈페이지 | http://goldegg21.com
출판등록 | 2003년 03월 26일(제300-2003-230호)

ⓒ2008 오탁번 & Gold Egg Pulishing Company Printed in Korea

값 15,000원

ISBN 978-89-91601-61-1-03810

*이 책 내용의 전부 또는 일부를 재사용하려면 반드시 저작권자와 황금알
 양측의 서면 동의를 받아야 합니다.
*잘못된 책은 바꾸어 드립니다.
*저자와 협의하여 인지를 붙이지않습니다.

가족사랑시집

사철 푸른 어머니의 텃밭

한국시인협회

황금알

머리말

　사회 구성의 근본이 되는 '가족家族'의 소중한 가치가 점점 퇴색되고 있다. 가족이란 단순히 결혼이나 혈연으로 맺어지는 후천적인 사회의 구성요소가 아니라 사회와 국가를 지탱하는 원형질적인 요소라고 할 수 있다. 가족이란 단위는 선천적이고도 운명적인 필연에 근거하는 집합으로서 우리 민족을 존재하게 만드는 하나의 신화적인 질서라고 할 수 있다. 그러므로 가족의 전통과 미덕이 훼손되고 붕괴된다면 민족의 미래가 불행해지게 되는 것이다. 국민 모두가 한마음이 되어 가족의 존엄성을 지켜나가지 않으면, 정책 당국이 가족의 미덕을 유지 보호하기 위하여 펼치는 시책이나 규범도 무너진 둑을 호미로 막는 것과도 같이 하찮은 일이 될지도 모른다.

　옛날의 대가족제도는 가문의 전통과 위의를 앞세운 나머지 가부장적인 권위에 눌려 여인들의 희생이 뒤따랐고 이어서 전개된 근대사회는 대가족제도의 병폐를 시정한다는 명분 아래 가족의 명예보다는 개개인의 이익과 출세를 지향하는 풍토가 자연스레 조성되었다. 그리하여 핵가족이라는 현대적인 가족 형태가 등장하게 되어 대가족제도가 지니고 있던 전통적인 미덕조차 함부로 방기하는 요인으로 작용하게 되었다. 할아버지와 아버지로 상징되던 가문의 견고한 전통지향성은 붕괴되었고 사촌의 개념도 빛바랜 지 오래되었다. 이대로 가다가는 고종사촌, 외사촌, 이종사촌은 물론 삼촌, 이모, 고모라는 말도 사전 속에서나 명맥을 이어가는 죽은 개념이 될지도 모른다. 이는 핵가족이라는 현대의 가족 형태가 독립과 자립이라는 긍정적인 면보다는 단절과 소외라는 부정적인 면으로 심하게 경사된 탓이다. 끈끈한 혈연적 유대가 버려야할 인습으로 낙인찍힌 나머지, 부모 자식 간에도 보상과 의무 또는 자기의 영달을 꾀하는 투자와 손익만을 우선시하게 되어 젊은 세대들은 '경敬'이나 '효孝'가 지닌 최고선最高善의 의미를 봉건시대의 고리타분한 유물인 양 취급하게 된 것이다.

저출산율 세계 1위라는 달갑지 않은 현실 앞에서 무너진 가족의 소중한 뜻을 되살리는 일은 정책당국의 시책으로만 해결할 수 있는 것이 아니다. 할아버지, 할머니, 아버지, 어머니를 영원한 시의 소재로 삼아 노래하는 시인들이 앞장서서 '가족'의 소중한 미덕을 되살려 나가야 한다. 시인은 시대의 예언자인 동시에 민족의 미래를 밝히는 신화적神話的인 등대燈臺이다. 국가의 신뢰도가 반드시 경제적인 투자안전성에서만 결정되는 것은 아니다. 그 국가의 다양한 '가족'이 얼만큼 사회의 기본요소로서 제대로 작동하고 있는가 하는 측면에서 국가의 안정성과 신뢰성이 담보되는 것이다. 그러므로 우리는 부모, 형제, 자매의 사랑과 믿음의 높낮이에서 국가의 신뢰도가 정해지고 국민의 행복지수가 결정된다는 것을 굳게 믿는다.

오늘 이 땅의 시인들이 '가족'의 소중한 의미를 한데 모아서 '가족사랑시집' 『사철 푸른 어머니의 텃밭』을 펴내는 바, 이 시집의 책갈피마다 피어오르는 고운 시심詩心이 방방곡곡 겨레의 마음을 환하게 밝혀주기를 간절히 기대한다.

2008. 11
한국시인협회장
오탁번

차례

250	손한옥	304	유안진	355	이영춘	408	전순영	463	최상은
251	손현숙	305	유자효	356	이오례	409	전 향	465	최서림
253	송명숙	306	유재영	357	이옥진	410	정경진	466	최선영
254	송명진	307	유정이	358	이윤진	412	정공량	468	최영규
255	송반달	308	유준화	359	이은경	413	정기명	469	최영희
256	송영희	309	유혜영	360	이은봉	414	정복선	470	최 옥
258	송예경	310	윤광수	361	이인복	415	정 빈	471	최원규
259	송용구	311	윤순정	362	이인원	416	정선기	472	최정인
260	송종규	312	윤영숙	363	이자규	418	정성수	473	최춘희
261	송태옥	313	윤춘식	364	이재관	419	정 숙	475	최항숙
262	송희철	314	윤향기	365	이정님	420	정숙자	476	최홍규
263	신 교	315	윤홍조	367	이정자	421	정영경	477	최휘웅
264	신미균	316	윤희수	368	이정화(대구)	422	정영숙	478	주교석
265	신미철	317	이건청	369	이정화	423	정영운	480	추명희
266	신수현	318	이경림	370	이준관	424	정웅규	481	추영수
267	신승근	319	이경희	371	이지담	425	정일남	482	하길남
268	신창호	320	이귀영	373	이진숙	426	정재분	483	하수현
269	신현자	321	이근배	374	이창수	427	정재영	484	하 영
270	신현정	323	이근식	375	이창숙	428	정종배	485	하정열
272	신 협	324	이기애	377	이초우	429	정채원	486	하청호
273	심의표	325	이기와	378	이춘원	430	정하해	487	하태수
275	심재교	326	이덕원	379	이충호	431	정호정	488	한분순
276	심하벽	327	이돈희	380	이태수	432	조민호	489	한영옥
277	안경원	329	이동희	381	이한용	433	조병교	490	한이나
278	안명옥	330	이명수	382	이해웅	434	조병철	491	한재만
279	안영희	331	이명혜	383	이해주	435	조석구	492	한정명
280	안유정	332	이문걸	384	이화국	436	조 숙	493	한정원
281	안익수	333	이미산	386	이화은	437	조예근	494	한창옥
282	안차애	334	이병초	387	이희선	438	조인자	495	한택수
283	안혜초	335	이보숙	389	이희정	440	조정애	497	한풍작
285	양동식	336	이사라	390	임만근	441	조주숙	499	함영덕
286	양채영	337	이상열	391	임성숙	442	조창환	500	허금주
287	염화출	338	이상열(성남)	392	임승천	443	조행자	501	허만하
288	오만환	339	이상호	393	임 윤	444	주봉구	502	허의행
289	오사라	340	이 섬	394	임재춘	445	주원규	503	허정애
290	오세영	341	이소영	395	임지현	446	지 순	504	허정미
291	오양수	342	이수영	396	임평모	448	지영환	505	허형만
292	오지록	344	이숙희	397	임효림	449	지 인	506	허홍구
293	오지연	345	이승주	398	임희숙	450	진경옥	507	홍경임
294	오창근	346	이승필	399	자 유	452	진경이	509	홍금자
295	오탁번	347	이승하	400	장순금	453	차옥혜	510	홍사성
297	오태환	348	이시연	401	장진숙	454	차한수	511	홍사안
298	오한욱	349	이심훈	402	장하빈	455	최경신	512	홍성란
299	오현정	350	이애리	403	장혜승	456	최금녀	513	홍윤표
300	옥경운	351	이애진	404	전경배	458	최동은	514	홍정숙
301	옥문석	352	이영숙	405	전기철	460	최명길	515	홍천안
302	원구식	353	이영식	406	전길자	461	최문자	516	황명강
303	유소례	354	이영신	407	전석홍	462	최문환	518	황영순

식탁 둘레

감태준

식탁 둘레에 모여 있는 의자들을 쳐다본다
다들 조용하다
두 딸은 시집 가고 아내는
늦는 아들을 기다리다 방에 들고

나는 슬그머니 아내의 의자에 가서 앉아본다
아들 옆의 끝엣자리
이 위치에서 아내는
밥 먹는 식구들을 둘러보았으리
아침상에 보이지 않는 두 딸의 의자를 느끼고
아픈 젖을 한 번 더 떼기도 하였으리

그런 날이 또 올 것이다
그때에도 아내는 또 한 젖을 떼며
의자 구석구석을 닦고 문질러 윤을 내고 있으리

불을 끄면 식탁 둘레가 더 적막할 것 같다
불을 끈다
아내의 얼굴이 꺼지지 않는다

아버지의 씨뿌리기

강경호

저녁무렵 팔순의 아버지가
고실고실 잘 마른
늙은 할멈과
아들과 며느리,
손주놈들 고쟁이를
빨랫줄에서 걷어
느릿하게 옥상 계단을 내려온다
까칠까칠하고 둔탁한 손으로
아이들 종이 딱지 접는 마음으로
정성껏 접는다
한때 잡초를 뽑던 손으로
씨를 뿌리던 농부의 손으로
당신 속곳은 할멈 속곳 위로
아들 속곳은 며느리 속곳 위로
큰손주 작은손주 막내손주 순으로
끼리끼리 옷을 개어
차곡차곡 서랍에 쌓는다

혼례

강문석

우면산의 아침 햇살을 듬뿍 받아
순금 부채살로 활짝 펼쳐진
떡갈나무 큰 잎 위에서
빨간 등딱지에 까만 점박이 무당벌레 수컷이
꽃가마 타듯 암컷 등에 올라타고
호숩게 혼례를 치르고 있다.

고것 참, 이쁘다.

우리들 화촉동방의 꽃잠을 유인하는
몰약이 바로, 조것이었다니.

꽃잠*의 꿈 같은 불길이 페로몬 파장을 일으켜
우주 망망대해로 날아간다.
파장은 나비효과 되어
어느 은하에 아주 우연같이 닿아서
상사의 불을 지르는지?

백만 년을 뜸들이던 미지의 두 은하(3C321)**가
춘정에 겨워 막 흘레를 붙었다는데,
흘레는 향후 천만 년 내지
일억 년이나 더 계속되리라는데……

오, 벅차게 길기도 한 우주 오르가즘이여.

삼라만상, 색동 피붙이들의 시원이여.

*꽃잠: 신랑 신부의 첫날밤의 잠
**NASA의 찬드라 X선 우주망원경, 허블우주망원경과 스피처 적외선 우주망원
경이 최근 3C321 두 은하가 서로 접근 충돌중임을 관측했는데, 충돌은 향후 1
천만 년 내지 1억 년이나 더 지속될 것으로 예상했다.

따뜻한 집
– 관계 9

강미영

폐가로 기우는 한 생애
이곳만은 아직도 부드러운 살결이다
네가 살았던 집 네가
볼록하게 살다간 그 집
그래서 불룩해진 이 집을
만진다 쓸어본다
너는 스물두 살, 멀리
멀리 떠나가 있다 그러나
그대로 네 집은 불룩하다 네 집은
둥글다 네 집은 다정하다
꼼지락거리며 네가 아직 거기 사는 듯
빈 집을, 들여다본다 쓸어본다
네 집은 하냥 부드럽고 살빛 연하여
너를 그리워하는 따뜻한 집
너를 기억하는 사랑의 집
그러나 너는 멀리 있다
그러나 너는 스물두 살
이제 너 또한
따뜻한, 사랑의 집을 지어야 하므로

들어라 얼간이들아

강상기

저 하늘에 누가 경계를 만들었지 누가 땅에 경계를 만들었지
누가 저 공기의 신선함을 더럽혔지 피 같은 물을 오염시켜
정수한 물을 사 먹어야 하는 누가 저 강을 더럽혔지
우리 모두는 땅의 일부, 하늘의 일부, 공기의 일부, 물의 일부가
아닌가
이곳에서 숨쉬고 사는 저 나무, 저 꽃, 뭇짐승들,
모두가 가족이 아닌가

누가 맨 먼저 땅을 사고 팔았지 누가 저 나무와 꽃을 사고 팔았지
누가 저 물을 사고 팔았지 저 땅이 내 자식을 키워주고
저 꽃이 내 자식에게 향기와 아름다움을 보여주고
저 나무가 내 자식을 숨쉬게 하며
저 강물이 내 자식의 피를 흐르게 한다

누가 우리들의 마음이나 땅을 사막으로 만들었지
저 강이나 산을 스치는 바람이나
비에 씻긴 바람에 실려 오는 식물의 마음속에
우리들의 첫 숨결과 마지막 숨결에 이르기까지
칡덩굴처럼 엉클어져 있는 우리는
다 함께 할 가족이 아닌가

풀꽃의 이름

강세화

산바람 만나러 가는 길에
기슭을 지키면서 도란도란 피어 있는 풀꽃을 본다.
괭이밥, 땅빈대, 꽃마리도 있고
제비꽃, 별꽃도 종알거리며 피어 있다.
무릎 아래 새끼들 챙기듯이 이름을 불러본다.
드문드문 찾아오는 자식들을 보는 듯이
풀꽃의 이름이 생광스럽다.
어쩌다가 미처 이름이 떠오르지 않을 때가 있어도
서먹하거나 서운해 할 겨를이 없다.
맘 같지 않게 자주 못 보는 어린 것들이
어느새 훌쩍 자란 모습으로 다가오면
보듬고 엎어지는 마음자리가 얼마나 살가운지.
사람들이 간혹 사람에게 대고 재보는 거리를 제치고
소소하게 이말 저말 시키고 들으면서
속속들이 짐작이 빤한 사이가 된다.
안 보는 동안에도 마음에 짠한 아이들처럼
산바람 만나러 가는 길에
이질풀, 차풀, 애기똥풀을 만나면
무릎 아래 새끼들 감싸듯이 울컥한 이름을 불러본다.

가족 사진

강연옥

나무와 나무가 서로 몸을 기대네, 가지와 가지가 서로 잎사귀를
나눠주네
맞닿은 숨결에 잎사귀 둥기둥기 흔들리면 바람도 잎사귀에 얹혀
고요히 잠이 드네

햇볕 좋아 위로 위로 자라지만은 않는다네

심장과 심장이 맞닿은 그곳에서 꽃 피우고 꽃 지우며 가지를 휘
고 세우는, 저 나무들은
불어오는 비바람에 혼자 울지 않아서, 혼자 흔들리지 않아서 두
렵지도 않다네

언제랄 것 없이, 어느 곳이랄 것 없이, 서로의 그림자 드리우는
곳이 그들의 집

온몸이 뼈인 계절에는 가지와 가지 사이의 하늘을 넓히며 그늘
을 지우는
보아라, 잎사귀 떨어져 지울 것 지우고, 바래질 것 바래지며 껴
안은 채 늙어가는 저 나무들

모자帽子

강영은

겨울 햇빛이 앉았다 간 자리, 너덜너덜 해어져 더 이상 꿰맬 자
리조차 없는
그림자 하나 오래 남았다 간 자리에

매발톱꽃은 발톱을 숨긴 지 오래, 상사화는 상사병에 걸린 지 오
래, 머위 잎은
찢어진 우산이 된 지 오래,

탑골공원 벤치에 중절모 한 분 앉아 있다

실밥이 다 떨어진 낡은 코트 자락과 때묻은 구두를 벗고
앉아 있던 기억마저 지우고

리폼 안 되는 아버지, 아버지 한 분이 쓸쓸한 관 하나로
오래오래 남아 있다

가계

강유환

해토 끝 허물어진 장독대 미장질 끝내야지
좋은 날 장항아리 속에 해 잡아 앉혀야지
수런수런 씨종자들 시끌사끌할 것이라고
백구는 굶어서 얼마나 철골* 되었겠냐고
바람 불어 천지분간 모를 사태진 동백꽃도
뒤안 대숲 올빼미 울음도 쓸어내야 한다고
온전하던 이태 전 봄날의 동선만 왕복하면서
서털구털하게 쏟아내는 기억의 레퍼토리들
지금 한 시간이 젊은 날의 일 년이라는
도대체 대적할 수 없는 나무토막과의 대결
이미 집이면서도 아직도 입택하지 못하고
집 방향으로만 휘어지는 노부의 남도행
하루 한 차례씩 가지를 부러뜨리고 잎을 흩날린다
이제 문양공파 17대손 화성 강종원의 문패는
볕 좋은 남향 칠층 중동으로 옮겨와 붙었다
패대기친 가지를 고르고 좋은 기억을 솎아주며
수령 한 삼백 년 같은 거죽에 링거 줄을 잇는다
버스러진 잎을 털어내는데 분분한 엽편
잎맥에서 손바닥으로 찌르르 건너오는 혈맥
젖은 눈으로 노목을 쓰다듬는 내 팔목에서
연두의 새 촉이 돋아나 촘촘한 그늘을 만든다

*몸이 바싹 야위어 뼈만 남은 상태

18

작별

강윤순

지천명에도 이르지 못한 생이 트럭에 송두리째 짓이겨졌다
수문 같은 곳으로 끌려가고 있었다
 손이 작은 큰애가 눈에 밟혔다 가수 지망생 둘째가 목에 걸렸다
당신 나이도 잊은 어머니가 아무리 불러도 불 앞으로 걸어가고 있
었다
 가까스로 응급실까지 이끌던 정신도 심장을 놓았다 곧 강으로
스며들 아침 안개처럼 귀만 아스라이 흔들렸다
 ─어머니와 애들은 내가 잘 돌볼게요 맘 놓고 편안히 주무세요
 아침마다 단잠에 뛰어든 낯익은 목소리였다
 소리는 둑을 흔들며 산을 흔들며 강 속으로 파고들었다
 수문이 닫혔다 마지막 인사는 감은 눈으로 흔드는 굵은 눈물 한
줄기였다

살구나무 아래

강인한

살구나무 한 주가 탱자울타리 안에 서서
연년생으로 아이 셋을 낳고
그 집을 떠날 때까지
우리 식구들을 굽어보고 있었다 아침마다
꽃잎이 바람에 날리며 아이들 이름을 부르는지
그리고 어느새 봄이 가는지도 모르게
도랑물에 귀를 적시고
문 밖에서 보리가 익어갈 때
스스스 바람소리를 내며
보리까시락은 아기 업은 아내의
치맛자락을 붙들고 싶어하였다
낮은 굴뚝에서 삭정이를 때는 굴풋한 연기
마당에 구름처럼 퍼지는
가을 해거름이 나는 좋았는데
사르락사르락 격자문의 창호지에
깊은 밤 눈발이 부딪는 소리를 손에 쥔 채
젖먹이를 안고 잠든 아내는 왕후의 꿈을 꾸었다

삶

강진규

숙명의 달빛 아래 우리 이 땅에 내려지고
하나의 질긴 끈으로 일상을 묶는
아득한 몸살, 눈부시게 깨우치며
흔드는 사랑의 깃발 속에 한물결로 휩싸인다

어디서든
어느 땅 어느 한순간의 불꽃 속에서도
흐르는 강물의 영혼으로 맥박을 잇고
삶의 아득한 빈혈을 다스리며
내일의 튼튼한 문을 열고
함께 달려가 빛나는 꿈의 이슬을 찾는다

저녁 식탁의 단순한 음식을 놓고도
우리 이야기의 꽃, 하늘문을 열 수 있고
알뜰한 휴식의 반짝거림에
둘러앉은 평온의 향기 넉넉히 시간을 이끈다

형제여
허무한 일상의 깃발 속에 쓰러지면서
무디어진 가슴을 열고
천년의 지층 속에 곤두박질하는
우리 쓸쓸한 날들의 안개 속에서도
기다림을 위하여는 노래를 하고
내일을 위하여는 가슴을 열어야 한다

우리가 함께 하는 물방울들
함께 모이고 모여 섞이고 섞여
저 도도한 강물의 꿈이 되어
신명난 갈기를 펄럭이며
막막한 대지 그 어느 곳이라도
출렁이며 출렁이며 달려가
풍성한 사랑의 깃발을 올려야 한다

어린 왕자
− 딸에게

강현국

오막살이집에는 누가 살고 있는지
누가 살고 있는지
속눈썹이 가지런한 백설공주가
흰 눈을 덮고 자고 있는지
입술이 까칠한 오막살이집에는
황금의 뿔이 달린 이야기들이
늦은 밤 심심하게 쌓여 있는지,
착한 芝雲이의 그림일기 속에는
12345가 맨발로 가고 있다
풀빛 우산을 쓰고, 혹은 옆으로
혹은 거꾸로 비를 맞으며
이상한 어른들이 담장을 쌓는 동안
56789가 맨발로 가고 있다
밀짚모자를 쓰고, 혹은 옆으로
혹은 거꾸로 바람에 날리며
빨강 노랑 파랑들이 발을 다치며
이상한 어른들의 담장을 넘고 있다
(나는 그들이 철새들의 이동을 이용해서 왔으리라 생각한다)

북극에서 아들에게 보내는 편지

고명수

나는 밤 없는 북극 툰드라의 유목민이란다 하얀 이끼를 찾아가는 삼천의 순록 떼를 따라 오늘도 애비는 긴 여행을 한단다 때로 말이 끊어지는 혹한의 북극해를 건너야 한다 살을 에이는 바람과 싸우며 바다를 건넌다 가도가도 끝없는 설원 위에서 야영을 하며 보리빵을 뜯어먹으며 네게 좀더 따뜻한 말로 대하지 못했던 걸 후회한단다 애비는 벙어리가 되어 오늘도 영하 오십 도의 땅 위를 가야 한단다 여기선 잘 어두워지지도 않는 하얀 밤, 그 백야의 밤을 알록달록 색실로 천을 짜며 밝혀야 한단다 순록의 힘찬 다리 힘줄로 만든 실로 찢어진 방한복을 꿰매야 한다 지켜야 할 전통이 있다는 건 얼마나 아름다운 일이냐, 오늘도 애비는 유리꾸 노래가 들려오는 이 반도 끝에서 네가 즐겨 부르던 진도아리랑을 흥얼거리며 혹은 너의 피리 소리를 생각하며 너에게 긴 편지를 쓴다 아들아, 산다는 건 설원에서 야영을 하며 혹한의 바람과 싸우며 누군가를 그리워하며 언제나 이렇게 극지에서 견디는 일이란다

가족
– 두리반가에 앉아

고영섭

매미의 울음소리 잦아들 때면
가을이 슬그머니 다가서 오고
초생달이 힘대로 몸을 불리면
보름달이 동두렷이 앞산에 뜬다

햅쌀가루 반죽해서 치대다 보면
이내 달빛 물드는 돗자리 주변
반달 온달 만두 새알 갖은 형태로
두리반에 모여 빚은 온갖 떡무리

솔잎 향이 어우러진 찜통 안에서
가족들의 정겨움이 익어갈 때면
제사 차례 부모 용돈 마찰음들도
순식간에 사라지는 가을 저녁 밤!

도회지로 돌아가면 모두 잊지만
이 순간은 어린 날로 되돌아가서
순이야 봉이야 또 성호 성하야
편하게 불러대는 어릴 적 이름

밭일기 2

고영조

아내는 밭과 논다
하루 종일 아욱 상추하고 논다
고추 오이하고 논다
얘들아 많이 먹으렴!
새노래천 맑은 시냇물 한 통
아침 햇살 아래서
깔깔 함께 논다
이 생생한 목숨들과
씨름하며 진종일 논다
아내는 제대로 논다
아무 조건 없이
사랑하고 사랑하며 논다
제대로 노는 것도
연륜이 쌓여야 논다
누가 뭐래도
아내는 밭이 즐거워
하루 종일
밭과 함께 논다

아버지

고옥주

생전에 못 하시더니
온몸으로 활활 타오르셨다
세상과 경계를 짓던 남루한 살과 새옷 한 벌로
내 몸에 박히는 횃불이 되셨다

어긋나기만 하던 마음과
오래 전 그를 내려놓고 흘러가는 세상.
울음처럼 토해 놓은 아이들로도
삶은 서늘하여 늘 불길을 찾아 헤매었으나
사랑으로도 눈물로도 불타오르지 못했다

애야, 사랑과 그리움보다 더 오래 견뎌야 하니
불길 만나면 불꽃이 되고
불길 그치면 또 걸어가거라
불탄 자리에 새 생명 돋는다

아버지 이제 찌꺼기 없이 다 태우셨는지
내게 고요히 기름 먹이신다

아버지 뼛가루 같은 흰 눈발
천지에 자욱하다

모정 母情

고정애

무게가 1톤이 넘는 버펄로

나이아가라폭포 버펄로에서는
수백 마리씩 함께 몰리며
장관을 이루었다고 한다

원주민들은 그 중 한 마리도 잡을 수 없었다 한다
워낙 우람한 덩치에 힘이 세고 거친 버펄로
감히 다가갈 엄두조차 내지 못했다 한다

그러나 단 한 가지
사냥하는 방법이 있었다 한다
절벽 아래 숨어 아기 버펄로 울음소리를 내면
어미와 그 무리들 경황없이 달려들어
막무가내 폭포처럼 떨어져 내렸다 한다

그런 속임수를 쓰지 않으면
단 한 마리도 사냥할 수 없었다 한다

가족家族

고창수

그들 사이엔
은유隱喻의 자리가 없다.
나뭇가지 위에 흔들리는 작은 새의
떨리는 두려움이 있고
가을 마당에 말리는 붉은 고추처럼
눈에 선한 그리움이 있다.
간절한 눈망울들이
집 안의 어둠을 밝힌다.
탯줄은 오래 전에 끊어졌지만
엄마의 목숨 속을
끝없이 돌아가고 있다.
엄마는 세파世波에 떠내려가면서
젖을 먹이고 있다.
고통에 담금질한 사랑만이
가족을 지켜냄을 알고 있다.
슬픔의 힘을 또한 알고 있다.
아빠가 어두운 부엌에 내려놓는
식량食糧은 축제의 풍악으로 울린다.
자나깨나
손에 손을 맞잡고 가족이 추는 원무圓舞는
세상을 떠받치는 고리가 된다.
그들이 나날이 먹고 마시는 일은
하느님에 대한 절실한 기도祈禱이며
세상의 축제에 대한 봉헌奉獻이다

어머니의 텃밭

곽문연

무씨를 뿌려 놓은 텃밭에
무순이 빽빽하게 솟아나오면
어머니는 새순을 솎아 밭고랑으로 던지셨다

못난 놈만 뽑혀나가는 거여
빈자리가 많아야 무가 실한 법이여

나는 지금껏,
이랑과 이랑을 무사히 건너왔다
어머니는 질척한 밭고랑을 흙발로 업어서 건네주셨다

솎아낸 무는
살아남은 놈의 밑거름인 거여
사철 푸른 어머니의 텃밭
단단한 무가
쑥쑥, 회초리처럼 자랐다

벌초를 하며

곽효환

한여름 뙤약볕도 조금씩 사위어드는 날
한사코 따라나선 칠순 노모와 함께 사남매가 벌초를 나선다
전에는 경운기가 오르내렸던 기억을 더듬어
앞선 내가 워이—워이— 큰소리 내며
휘두른 낫은 허공을 가르며 사라진 산길을 찾는다
예초기 둘러메고 성묘 음식을 담은 가방을 짊어지고 따르는 동
생들을 돌아보며
이 일이 우리 세대의 마지막 유업일는지 모르다며

언제부턴가 불쑥불쑥 나타나기 시작한 산중의 칡들
이젠 아버지 산소 일대를 온통 뒤덮어 어디서부터 손대야 할지
막막하기만 한데
칡줄기를 걷어내고 칡뿌리를 찾아 뽑고 무성한 풀을 베어내고
흐트러진 봉분을 바로잡고
여름볕보다 더 지친 숨을 가쁘게 뱉어내기를 반나절여
털썩 주저앉아
— 어머이 아무래도 안 되것소. 한두 해도 아니고 점점 더 무성
해져가는 이놈의 칡땜시 못살것소…… 남들 보기도 그렇고, 아무
래도 날 받아서 이장해야 안 되것소.
— 아가, 그런 것만은 아니다. 너그 아부지 갑자기 간 지 26년이
넘지 않았냐. 맨손으로 시작혀서 너그들 넷 그 동안 별탈읍시 핵교
마치고 직장 잡아 돈벌이하며 결혼해서 새끼 낳고 이맨치라도 사
는게…… 다 너그 아부지가 너그들한테 미칠 세상에 얽히고설킨
온갖 근심과 모진 풍파 여기서 이렇게 온몸으로 다 끌어안고 있어

서 그런 거이다. 궁시렁거렸쌌지만 말고 쉬었거든 옆 묏동 칡도 저
만치 걷어내그라.

　　임실군 둔남면 주천리 집성촌엔 인적이 없고
　　텅 빈 산엔 수풀과 칡만 우거져 무성한데
　　어디선가 예초기 기계음 메아리치고
　　손에 익지 않은 낫질을 하고 갈퀴로 풀을 걷어내는
　　사내들의 땀에 젖은 신음소리만 간간이 들리고

정지화면

구석본

밤,
한 쌍의 남녀가 거리를 걷고 있다
그들의 정면은 보이지 않는다
가로등 불빛은 등만을 클로즈업한다
클로즈업되는 순간, 모든 것은 정지한다
정지화면으로 보는 남녀 간[間],
어깨와 어깨, 등과 등, 허리와 허리에
넘을 수 없는 유리벽 같은 사이[間]가
외로움의 숙주로
정지화면에 클로즈업되어 파랗게 나타난다
화석처럼 두껍고 단단하다 외로움의 DNA가
저 화석 속에 문신처럼 박혀 있다
이윽고 가로등 불빛이 꺼지면
정지화면이 풀리고
유리벽 같은 사이도 풀어지고
다시, 두 남녀가 걸어가기 시작한다
그들은 손을 잡고
어둠 속으로, 깊은 어둠 속으로 묻혀간다
그 무렵,
외로움의 DNA가 움직이기 시작한다

코스모스꽃이 물결치는 저녁

구순자

어머니

어머니는 아시죠

지난해

어머니의 5주기 추모일 저녁

코스모스꽃이 물결치던 초가을 저녁

우리 형제들이 모였을 때

어떤 일이 있었는지

어머니는 아시죠

그 후 일 년 동안

우리 형제들은

십 년의 세월처럼

긴 시간을 보냈습니다

낙엽이 지고 눈이 내리고

꽃피는 새봄이 와도

우리 형제들의 마음은 아팠습니다

그러나 어머니

어머니의 가르침은 잊지 않았습니다

형제들의 사랑과 우애로

땀흘리는 여름을 보냈습니다

이번 어머니의 6주기 추모일에도

우리 형제들은 한자리에 모여

어머니의 뜻을 기리겠습니다

학벌

구순희

시장 모퉁이에 앉아 동지팥죽 먹던 날

우리 며느리는 학벌이 우리집에서 제일 좋아

박사구나
유럽이나 미국에서 공부했을까
꽂히는 말의 무게로 옆자리 향해 귀가 쭈뼛 일어서는데
어디 나왔나?
일행 중 궁금한 한 사내가 묻는다
한참 망설이던 주인공은 의미심장한 목소리로 뻐기듯

동구여상 나왔지

둘러앉은 허름한 사내들은 아무도 입 열지 않고
동짓날 시장 바닥에 앉아 팥물 대신
막걸리만 질질 흘리는데
어디?
누군가가 재차 묻는 말에

동구여상, 세지!

사발통문 같은 막걸리잔 들고
의기양양해진 새파란 시아버지

먼동이 틀 때

구재기

바스락거리는 소리에 눈을 떠보니
아버지는 벌써 잠자리에서 일어나
윗목에서 등잔불을 켜고 담뱃대의 댓진을 뽑아내고 계시다
항상 새벽이라든가 식전에 아버지는 그렇게 댓진을 뽑아내신다
담뱃대의 댓진을 뽑아내는 데 더없이 좋은
곱게 다듬은 지푸라기 한 오라기
눈뜬 나에게는 그런 아버지의 모습에 눈이 오히려 부시다
이제 일어났느냐는 다정다감한 아버지의 목소리에
두 눈을 비비다가 대답 대신 나는
아버지 곁에서 터줏대감처럼 자리하고 있는 요강 뚜껑을 열고
밤새 참아 왔던 오줌을 갈긴다
아버지가 문득 댓진 뽑기를 멈추시고는
오줌발이 세어진 나를 흐뭇하게 바라보시며
오줌을 오래 참으면 몸에 안 좋다며 미소하신다
나는 괜히 열없어 고개를 돌린 채
아무런 대꾸도 못하고 잠자리를 찾아 다시 드러눕는다
잠이 올 리 없어 뒤척이는데
때절은 두터운 이불을 끌어 덮어주시는 아버지의 손등에서
지푸라기같이 솟아 있는 힘줄이 보인다
조금만 자다가 일어나라 이르시고는
아버지는 창호지 문살을 서서히 밝혀주는 밖으로 나가신다
첫닭이 울고 난 지 이미 오래
어흠 --, 하시는 아버지의 헛기침 소리에 맞장구치듯
외양간 황소가 울음을 길게 울어대자, 나는
엎드려 자는 법을 처음으로 익히기 시작한다

만찬 이후

권경애

엄마의 저녁 식사를 위해
직장에서 퇴근한 오빠는
한 시간이고 두 시간이고 앉아
누워 계시는 엄마 입 안에
숟가락으로 조금씩
죽도 넣어드리고
으깬 과일도 넣어드렸다.
엄마가 간신히 눈만 뜨고
입을 다무신 후 오빠는
두 시간이고 세 시간이고 앉아
주사기로 한 방울씩
미음과 주스를 넣어드렸다.
아무리 말려도 오빠는
링거보다 백 배 낫다며
차가운 방바닥이 뜨뜻해지도록
일어설 줄 몰랐다.
작년 여름 어느 날
엄마는 그런 오빠가
안타까우셨는지 그만
눈도 입도 닫아버리고
멀리 떠나가셨다 그러나
아직도 남아 있는
엄마 곁의 둥그런 온기
엄마가 마련해 놓으신
우리들의 아랫목이다.

가정에서

권영목

내 인생은
가정에서 시작되었습니다

아내는 내 일생의 길잡이
외로우면 슬퍼지기에……
내 어린 것들의 마음은
새하얀 백지
그들이 걷고 달려야 할 길은
암흑에 가려진 길
이런 것들이 나로 하여금
근심 걱정과 불안의 한가운데에서
늘 서성이게 합니다

진귀한 나의 보물들은
나의 깊은 사랑 안에서 안정되어야 합니다

내 인생은
가정에서 끝납니다

밥이 익는 동안에

권옥희

30여 년 넘게 살아오면서 우린 얼마나 사랑했을까
넘겨 봐주는 일 없이 돌아볼수록 가슴 벅찬 우리의 기억들을
현관에 가지런한 신발들은 얼마만큼 꽉 찬 느낌으로 그 빛깔을
채울까
밥생각이 없듯, 때로는 허깨비 같은 착각이 생활이 되어도
이해와 용서는 봄날 같아 잡다한 불만도 푸득대며 날아갔지
그게 틀림없는 사랑이라면
우린 이 나이에도 새길을 나설 수 있겠다

강력 접착제처럼 한울타리에 이름을 걸고
언제나처럼 한아름 희망을 안고 올 그대들
몇 번이고 넘어가는 햇살이 아쉬운 창 쪽으로
뚜벅뚜벅 힘찬 남자의 발걸음을 더듬어 보는 것
나이 먹을수록 어린애같이 들뜬 내 행복이라는 걸
짤랑짤랑 추를 울리며 익고 있는 밥이 대신한다

그게 틀림없는 사랑이어서 우린 늘 푸르른 단물이고
무르익어가는 꿈 몽롱하게 바라보며
싱싱한 고기처럼 한세상을 건너가는
그리하여 밥이 익는 동안에도
우리라는 끈적한 촉수가 모락모락 김으로 솟는다

어머니 감나무

권이영

구의동 큰집 앞마당에 들어서면
허리 가는 감나무 한 그루
돌아가신 어머니가 아직도 관리하시는
어머니 감나무
여름이면 감나무 깊은 그늘에 숨으셔서
감꽃 곱게 피고 곱게 지라고 빌어주시고
조롱조롱 매달리는 어린 풋감들
비바람도 막아주시다가
붉게 익은 굵은 감알들 무게 못이겨
기우뚱거리는 감나무 붙들어주시고
감맛 드는 것까지 마음 쓰시다가
온 가족이 모여 장대로 감 따는 날에는
조심해라 조심조심
계속 참견하시다가
눈서리 매운 바람 세상 꽁꽁 얼어붙으면
텅 빈 나무 꼭대기에 까치밥 두 알
마른 젖꼭지 자꾸 흔드시며
계속 우리를 망보고 계시는 어머니
우리 어머니

줄장미

권정남

내 몸을 칭칭 감아 오른
붉은 반점 알레르기다
담벼락 끝 두 손 바짝 매달려 있는
울음이다

저수지 물 속까지
초여름 산길 끌고 온
시아버지 꽃상여가 물 속에서
들어갔다 나왔다가
줄장미 넝쿨로 얼비친다
며느리 가슴에
낚싯줄 내리던 사랑이
요령소리 앞세우며
길 없는 길 찾아 떠나는 길목
아카시아도 소복한 채
물 속까지 내려와
어깨 들먹인다

동구밖에서
큰절 올리며 꽃상여 배웅할 제
내 안에서 스멀거리던 무수한 말들이
담벼락 끝
붉은 울음으로 매달려 있다

바리데기 우리 고모

권정순

불라국 오귀대왕 오매불망 기다리던 아들 대신 눈두렁의 물소리
로 아침나절 어스름까지 울던 여섯째 딸 버선발 작은 발 사랑에 들
어가 천자문 명심보감 글귀 속으로 들어가 언니들 따라 고방 들락
거리지 못하고 비단장수 보따리 앞에서 조르지 않았다 다부지게
땋아내린 검은 머릿결 같은 여사서 다 익히자 부친이 술잔을 건네
며 정해 버린 혼처. 택일하여 초례청 차리던 날 마음 안 마음 밖을
하얗게 날던 눈발에 한 몸 숨길 데 없어 무장승 서방님 따라 탑이
있는 마을로 떠났더니 이월 지나 가을 지나 초산도 하기 전에 부친
의 부음 까마귀로 날아들어 병풍 앞에 달려가 삼신산이 어디인지
낭화 금주령이 있다면 개안초 숨살이꽃 뼈살이꽃 모조리 꺾어 부
친 눈뜨게 하고 숨돌리고 뼈살릴 텐데 몇 날 며칠 쓰러져 울다가
서천서역보다 먼 시집으로 돌아와 흰상복 삼 년 접빈객 봉제사 한
평생 세상이 보이지 않는 밭고랑 들어서며 친정 쪽에서 오는 붉은
해 가슴에 쌓아두고 친정 쪽으로 가는 강물 바라보던 고갯마루 넘
어 이제 이 세상과 저세상 사이 부친이 서 있던 논머리 찾아가 목
이 쉬도록 참새 떼 쫓다가 깨어나 떡갈나무 둥치로 서 있는 손자들
누구냐고 묻는다

　하루에도 몇십 번씩 쓴다는 친정집 주소
　아침이면 귀목반닫이에서 치마저고리 꺼내 입고 나선다

아내가 아프다

권혁제

명퇴를 하고부터 아내가 아프다
세상만큼 큰 바이러스가 아내를
세상으로부터 면역력을 차츰 잃게 한다
신열과 신음이 거대한 한숨으로
둥둥 떠다니는 한기의 방
단절된 온기 삭신을 후비는 외풍에
아내는 아프다, 아프다고 말한다
바람이 든 아내의 가슴
흐를 수 없는 간절한 혈맥들이
표적지를 관통한 탄알 소리로 웅웅거린다
소금기에 절여진 아내의 손과 발
풍랑에 줄 끊어진 부표로 흔들린다
밥맛처럼 세상을 잃어버린 아내
아내가 아프다 내 안에도 아프다

북두칠성을 보며

권혁희

아버지의 하늘과 정체불명의 별자리를 떠돌던 그리움은 우물물
로 가득 차올라
우리 남매가 퍼올리던 두레박은 힘겨웠다
아버지는 언제나 우리가 기다리는 어려운 손님이었다
새 술 거르고 멍석 위에 자리 깔고 하루살이가 부옇게 모여드는
저녁답까지
어머니는 젖은 마음 말리며 새빨갛게 달은 화덕에서 부침질을
했다
아주까리 울타리에 해거름으로 번져가던 들기름 냄새
저녁이면 우리들의 막막한 기다림을 열고 객지에서 아버지가 돌
아왔다
삽살개가 뛰고 아주까리 키만한 동생이 뛰고 누군가 집안 가득
풀어 놓은 태엽들,
젊은 머슴도 샘가에 쭈그리고 앉아 밤늦도록 낫을 갈았다
멍석 위에 나란히 누워 북두칠성을 헤아리는 밤
우리는 몸에 감긴 태엽을 느리게 더 느리게 푸는 법을 배웠다
그렇게 날이 새면 아버지는 떠나갔다
문고리를 열면 품안으로 왈칵 무너져 내리던 앞산에 흐드러진
아카시아꽃,
단지 우리가 겪어야 했던 수상한 별자리였다

배꽃무늬 골무를 끼고

권현수

색실 한 올을 찾으려고 반짇고리를 뒤적인다
바늘꽂이 실패 헝겊 조각들 어수선한 틈에서
골무가 저 먼저 알고 손에 잡힌다
낡은 남색 비단 바탕에 다섯 잎 배꽃무늬
단단한 바늘받이가 여전한 어머니의 골무
반가워서 얼른 오른쪽 검지에 끼워 본다
오래 잊었던 어머니의 온기가 전신을 타고 돈다
기인 더위가 천지를 들볶던 그해 여름
저녁 잘 드시고 든잠에 가버리신, 그래서
남은 모두를 황당하게 만든 우리 어머니

들숨과 날숨 사이
그 짧은 순간에 우리의 생生이 있다고
몸으로 보여준 분이 골무 안에서 나를 반기신다
고명딸 손길 기다리며 오래도 참으셨다
어머니 손때로 윤이 나는 반짇고리 옆에 앉아
배꽃무늬 골무를 끼고 어머니처럼 바느질을 한다
푸른 색실 한 올로 푸른 단추를 단다
다시 여미는 옷자락이 더없이 따뜻한 가을 저녁

가족 사진 4

김경수

　지윤은 내 진료실에 날아온 나비이다. 진료실 안의 바다가 출렁인다. 동하는 내 가슴을 관통하고 날아가는 그리운 화살이다. 딸과 아들이라는 단어가 고단한 인생길에 축 늘어졌던 심장을 힘차게 뛰게 한다. 작은 물 속에서 분홍색 비단잉어가 유영遊泳하다가 하늘로 뛰어오른다. 아들과 함께 날리던 방패연이다 그것은. 줄에 매달려 하늘 높이 올라가 가슴을 팽팽하게 한다. 나비가 바다를 출렁이게 하고 그리운 화살이 심장을 뛰게 하고 비단잉어 지느러미가 구름이 되어 흐른다. 나비가 많이 자랐고 화살이 더욱 튼튼해진 만큼 세월이 많이 흘렀다. 나는 바삐 흘러간 물줄기를 바라보며 얼마 남지 않은 세월의 뒤안길을 홀로 서성인다.

휠체어를 밀며

김경수(서울)

휠체어를 밀며 가는 길은
뒤를 돌아볼 수가 없다
골목길에 만난 자동차가 경적을 울리면
아무런 죄도 없이
허겁지겁 옆으로 옆으로 게걸음친다
무섭게 내달리는 그 속에
사람도 아닌 것이 운전하니 휠체어가 놀란다

비가 오는 날은 영락없이 비를 맞는다
우산을 쓸 수가 없다
우산을 받으면
앞을 볼 수 없어 눈뜬장님이다
이래저래 걷지 못할 바엔 몸 전체가
장애물이다

휠체어는 울퉁불퉁은 싫어한다
어쩌다 길 잘 못 들어 바퀴가 툭 튀면
짜증을 내기 일쑤다 아픈 곳이 울린단다
서로가 땀흘린 만큼도 못 왔는데
비오는 날 학교길은 왜 이다지도 먼지
마음도 답답한 장애자다

휠체어를 밀어 보면 누구든
장애인의 마음이 곧 내 가족이 된다

공룡능선을 넘으며
- 가족애

김경실

그 동안 살면서,

아무리 힘들었던들

공룡능선 넘는 일만큼이야 했을라구

봉우리 넘으면 또 한 봉우리

이제 끝인가 싶으면

금세 한 봉우리 나타나는,

어느 햇빛 좋은 늦은 봄에

공룡능선 넘으며 곰곰이 생각하니

나도 모르게 지은 죄 많아

이내 가슴 미어지고

저 백문조白文鳥와

김경자

머무는 집 속, 백문조의 공간이다

쌍으로 살아서는
화음和音이다, 불협화음이다
따갑도록 째깍대다 한 새 날아가
홀연
홀로의 모습이다

노래 아니면 울음
남은 하나 목숨의 분주
조막만한 새의, 저 짓거리는
무엇 하나 바램인지

째깍째깍, 쪼고 또 쪼는
오늘 소리와 행위
한 줄 무대 위 네 연기演技도
언젠가는 끝나겠지

어쩌면, 내 연기 먼저
끝날지도 모르는
조막만한 네 목전目前에서
끝날지도 모르는
돌연

가는 집 속, 백문조의 시간이다

나무기둥

김계영

그때
할아버지 기침소리가 커서
고샅길까지 기운이 번졌다
할머니 치맛자락이 바빠지면서
감나무의 까치도 덩달아 노래하고
집안 여인들의 발걸음도 빨라만 갔다

유난히 눈이 많이 와서
아버지 등에 업혀 가던
어릴 적 고향길이 꿈길로 보인다
눈이 빠지게 기다리시던
할머니의 얼굴도 그립다

꿋꿋이 버텨 반질거리던 나무기둥이
다정한 온기를 자랑하던 집으로
고개를 내밀며 드나들던 사람들을
미소로 맞이하던 젊은 엄마까지
지금쯤
하늘에서 한자리에 모였겠다

누구라도 어쩔 수 없이 나이를 먹는가
종갓집 외아들이셨던 아버님의 팔순이 되었다
옛 고향집 기둥처럼 곧은 나무 휘어진 나무
잔칫상 앞에서 서로를 보고 또 보고
웃음인지 눈물인지 솟아나는 정이 두텁기만 하다

비행기는 울음을 싣고
- 2008 여행기 1

김광옥

2008년 8월 11일 인천발 동경 경유 미국행 NW7 비행기
저 앞 보이지 않는 자리에서 한 아기가 울고 있다
울고 또 울고 찢어지게 울고 있다
어머니가 달래보는가 아기는 한숨 쉬었다가는 다시 운다
주위의 승객들은 참고 또 참는다
장난감도안가지고탔나웬아이가저리도극성럽지젖이라도물리지
저런애를데리고어떻게비행기를탔어애가병이라도있는거아니야
　승객들은 속으로 웅얼대지만 비행기 소음 속에 묻혀버린다
　아기는 10시45분에 인천을 떠나 1시 25분에 나리타에 도착할 때
까지 줄기차게 울어댄다

　이윽고 모두들 자리에서 일어나 내릴 준비를 한다
　그때, 사람들은 샛노란 모자를 쓴 꽁지머리의 아기를 본다 퉁퉁
한 아주머니가 파란 가방과 노란 서류봉투를 들고 있다
　입술이 약간 비틀어진 아기는 낳아준 어머니의 젖을 떠나, 길러
준 어머니의 젖병을 떠나, 어디론가 운반해 주는 보모의 낯설음에
울고, 제 땅을 떠나는 슬픔에 울고, 새 세상에 대한 두려움에 울고
…… 또 울고
　터미널을 향해 구르는 비행기의 엔진 소리가 울음으로 들려온다
　일어선 사람들은 아기와 어머니를 향해 퍼붓던 경멸을 자신에게
돌리며 스스로를 자책하고 고개를 떨어뜨린다
　그때까지 참고 있던 다른 아기 하나가 함께 울기 시작한다

사부곡思父曲

김광자

서편 산등성에서
손톱 끝만큼
빛발을 뻗더니 꼴깍
아버지 숨을 꺾더라

하늘째 무너져 내리는 별들
눈물 묻어 빤짝이고

어린 게 용돈이 헤프다고
쬐끔씩 벌[罪]을 찔러 주던
알사탕 몇푼의 기억

당신 지갑 속엔 늘
내 세상살이 사랑과 짧은 생애가
돈보다 두둑했었지

쉰아홉에 혼기 지난 딸에게 소복을 입히고
해를 뚝 따 물고 따라간
아버지 돈지갑 속에서
술밥 먹인 친구들 슬피 울지만

허공에 뜬 달로 산 어머니 손에는
늘 빈 남편일 뿐일지라도
서편 산이 해를 꼴깍 삼킬 때마다
나에겐 목이 메이는 아버지

어떤 위안慰安

김규성

나는 써금털털한 고물차 한 대 없고
골프 연습장 근처에도 기웃거리지 않았지만 아직도
이 땅에 나보다 더 가난한 이웃이 있다는 사실이
작은 위안도 되지 못한다
혹시 내 이리 하찮은 가난 속에조차
저 죽음보다도 못한 삶들의 몫이 스며 있는 건 아닌지 아프다
아니 너무 두렵다

지존

김규은

지존이란 말 딱 맞네
크지도 높지도 않은 품안의 지존
옹알이로 이르신 무아경은 무극한지
평화롭고 둥글고⋯⋯
내 마음 올올이 챙겨준
손, 시도 없이
웃음보 휘저어 함박꽃 피우는
눈물샘 건드려 여미게 하시는
손, 젖내 나는 얼굴
밝고 맑아 눈부신 햇님만 같아라

비노니
깊고 낮게 따뜻하사
샘인 듯 대지인 듯
풀 한 폭 새 한 마리 돌인들 아니랴
우리를 품고 갈 지존이시라
젖내 나는 세상
무구한 세상을 우리가 살겠네

아버지

김근당

지금도 고향집에 가면 아버지 냄새가 난다
사립문 안마당과 빛바랜 창호지 안방에서, 그리고
떠받칠 것이라고는 가벼운 슬레이트 지붕뿐인 쪽마루 기둥에서도
텅 빈 헛간과 아무도 기거하지 않는 사랑방에서도
후끈한 거름 냄새와 시큼한 땀냄새
때로는 거름더미에 민들레꽃도 피어 있었던가?
사십 여 년이 지난 지금도
"사람의 마음이 변해선 안 되는 법이여!"
가슴에 샛노란 아버지의 목소리

지우려 해도 지워지지 않는 냄새 때문에
어제 다르고 오늘 다른 세상에서
때로는 예민한 후각에 걸려 넘어지기도 했던가?
"사람이 그렇게 융통성이 없어서야!"
사람들의 입에 오르내리며
진실을 주고 배반으로 갚음 받은 삶의 흔적들
내세울 것이라고는 집안의 가풍뿐인
자식들의 품성에도
살아온 만큼 주름진 내 얼굴에도
아버지 냄새가 묻어 있다

내 귓속엔 개구리가 산다

김금용

내 귓속엔 오래 전부터 개구리가 산다
풀밭에 누워 흰 뭉게구름과 속삭인 죄로
올챙이 꼬리가 달팽이관을 간질이는 동안
내내 난 이비인후과 병원 앞에서 망설여야 했다
의사에게 이실직고하고 이놈을 내보내야 할까

개구리가 크게 몸을 한 번 뒤척인다
때론 그놈도 빛을 좇아 귓바퀴 쪽으로 나오는지
새끼손가락으로 귓속을 팔라치면
둔탁하게 뒤로 나자빠지는 소리가 들린다
겨울나기를 하며 벗어 놓은
그놈의 발바닥 한 귀퉁이 마른 껍질이
내 새끼손톱에 딸려나온다

시멘트로 막아버린 아파트 옆
논도랑 제 집을 잃고 갈데없이
내 좁은 귓속으로까지 찾아온 그놈을 위해
뒤척임이 클 때만 후벼파는 시늉을 한다
날로 뚱뚱해지는 개구리를 운동시켜 보려고,
남의 눈빛이며 말을 귀담지 못해 달팽이관에
웅크린 그나 나나 무뎌지는 걸 피해 보려고,
내 귓속엔 언젠가부터 개구리가 살고 있다

네잎클로버

김기상

뜻밖에 생포된 것을
우리들은 행운이라고 한다
지천의 세상에서
유독 네 잎으로
내 눈에 띈 것은
자신감 있는 독선이거나
잘못 끼여든 운명인지도 모른다
내게 꺾이면서도 행복해 하던
첫 대면의 감격을 나는 잊을 수 없다
마주치는 순간부터
그는 멋진 사랑을 꿈꾸고 있었지
순간에 포착된다는 것은
또 다른 사랑을
포획하려는 순수함일 것이다
우리는 안개 세상을
서로 다른 치수의 꿈으로 걸어온 탓에
서툴고 어색한 것은
어쩔 수 없는 일이지 않은가
거창한 행복을 꿈꾸지 않더라도
내 가슴 내밀한 곳에 찔러둘
늘푸른 책갈피로 남고 싶지 않은가

농부의 마음

김기완

이마엔 땀방울
지게에 볏단 한짐 짊어진 농부
덜컹대는 소달구지와 더불어
시골길을 간다 노을 번지는데……

소의 아픔을 덜어주는
마음을 어미소가 먼저 알고
억새풀 반가이 손짓하면
어미 앞길 막았다가
뒤처지는 한 살배기 송아지
멋모르고 음메-

떡갈나무 곁가지에
산새 갈아내는 소리 예뻐
외롭지 않은 오솔길

두둥실 떠가는 저 구름아!
무에 그리 바쁘던가
산마루 고갯길에
먼저 가거든 멈추거라

멀고 먼 하늘과 땅 사이
끈질긴 만남인데
진실된 하루 삶을 노래하자구

소나무와 솔방울

김길자

방울아,
이 세상에 가족 없다는 건
얼마나 외롭고 슬픈지 너는 아직 모르지

외톨이로 바람의 길 따라
햇볕 잘 들고 달과 별이 찾는 들녘에
뿌리내렸을 때
나는 한 마리 새가 된 듯
훨훨 나는 이 자유가 행복인 줄 알았다
어느 날, 몸살에- 오열에- 간당간당한 땟거리까지
삶의 바람막이 필요하다는 것 알았을 땐
마음은 이미 홀로였기에
이슬 같은 눈물만 흘려야 했다
해마다 태어나는 곁가지
미숙하지만 더욱 건실하게 키우려
부모님을 떠올리며
인생의 고개 넘겼다
가지마다 너희들이 송알송알 태어날 땐
가슴에 혈연이 뜨겁게 흐르고
탱글탱글한 아기솔방울 웃음 터지는 소리
그 소리에 이젠,
어떤 어려움이 온다 해도
두려울 것 없을 성싶다

나에겐 이런 여인이 있지

김난석

나에겐 수줍은 여인이 하나 있지
열두 살배기 봉숭아꽃이었을 소녀
시냇물 휘저으며 송사리 게아재비 쫓던 시절
꽃술 꿈 머금고 수줍어 고개 숨기며
톡톡 튀는 상큼한 몸짓도 하였을 소녀

나에겐 붉은 가슴의 여인이 하나 있지
열네 살배기 맨드라미였을 소녀
호기심 찬 눈망울로 먼 하늘 바라보고 삐죽이며
이유 없는 시샘도 하였을 붉은 가슴을 가졌을 소녀

나에겐 정열의 여인이 하나 있지
스물두 겹 붉은 장미꽃이었을 여인
가슴이 부풀어 옷고름 굽이굽이 여미며 먼 데 임을 그리던
성년이 지나 막 분홍 물들었을 여인

눈을 감아도 미소로 다가오는 나의 소회 글로 적어
두고두고 읽어보아도 좋을 추억이라는 이름의 여인
이젠 민들레 꽃씨 되어
하얗게 흩날려서 더 좋을
그런 여인 하나가 나에게는 있지

양파 달이는 남자

김난주

내 남자의 몸에서 나는 양파 냄새
그의 젖은 머리카락에서
달짝지근하면서 짠 내음이 코끝을 덮는다

미역이나 다시마도 아니고……
오늘에서야 알았다
양파 맛과 그의 땀내가 범벅이 된 거란 걸

수룡리와 마금리, 법산과 송현
이 마을 저 마을에서 걷어 온 양파에
오가피 줄기 한 바가지 넣어 네 시간을 달인다

지난 유월부터 시작했는데
어쩌면 구월까지 이어질지도 모른다
쌓인 양파를 보면 그런 생각이 든다

한여름 중탕실에서 땀 줄줄 흘리며 번 돈
그 돈으로 내 원피스도 사주고
큰애 대학 등록금도 낸다

누글누글해진 지폐에서 양파 냄새가 난다
짭짤한 땀내가 코끝을 적신다
양파를 깔 때처럼 횟횟 눈이 맵다

어머님께

김대구

내 입을 열게 하였지만
어머니!
당신은 나에게 입을 닫을 수 있는 말[子音]을
가르쳐 주지 않았습니다.
내가 입술에 [子音]을 달고 싶다고 조를 때마다
당신은 자애로운 눈빛으로 나를 토닥이며
그런 건 후일 학교에 가서 선생님께 배워야 한다고
말해 주었지요.
어머니!
20년이 지나고 또 25년이 지난 지금
이 아들[子音]은 학교에서 배운 자음이
쓸모없는 것이었음을 고백합니다.
학교에서 배운 자음과 학교 밖[사회]에서 쓰는 자음은
같지 않으니까요.
예를 들어 학교에서의 모든 자음은
'해선 안 된다'로 통하지만
 학교 밖에서의 모든 자음은
'해야 된다'로 통하고 있으니까요.
학교에서는 '남을 해害 주어서는 안 된다'지만
사회에서는 '남을 해害 주어야 내가 성成한다'
'남을 밟아야 내가 선다, '남을 죽여야 내가 산다'니까요.
당신의 입으로, 당신이 가르친 모음에 자음을 붙일 수 없는
이 더러운 허물로 가득찬 세상을 저주해 주십시오.
그리고 당신의 모음母音으로 이 자식子息의 혼을 보호하소서.
어머니!

귀신이 가장 무서워하는 것

김동호

작은 벌레들 사이를
휘젓고 다니던 큰 벌레 하나가
어머 소리치며 도망간다
수천 마리의 개미 떼가
거대한 한 마리 벌레로 보여

민어 농어 연어 사냥하던
상어가 "앗" 소리 지르며
멀리멀리 다라나 버린다
멸치 떼가 한 마리 큰 고기로 보여

토끼 다람쥐 꿩 오리 호시탐탐
멀리서 내려다보던 독수리가
기러기 떼 줄지어 날아가는 것 보고
"왓–"하며 어디론가 자취를 감춰버린다
대붕大鵬의 날개 비늘들로 보여

귀신도 큰 것을 보면 도망간다
한 가족이 한몸으로 보이는 곳
근처 맴돌던 귀신이
삼십육계 줄행랑을 놓는다

"저렇게 큰 사람과 싸우다간
뼈도 못 추리겠다"며

장사송*

김두녀

수백 년을 먹구름 쓸어내며
푸른 하늘 떠받고
양떼구름 몰아가던 바람
바람의 모습으로
오롯이 남아 있습니다

그리움으로 빨갛게 타들던
촉수 선 꽃무릇 꽃밭에서
함께 울고
한겨울 시린 발등으로
초록 잎새 얼러주던 큰 사랑입니다

치닫는 질풍노도疾風怒濤 앞에서도
가지 하나 꺾이지 않는 하늘 치솟는 기개
정갈한 푸르름 그 의연함에
저절로 고개 숙입니다

아, 장사송!
여든여덟 그루터기에도
꼿꼿하게 앉아 목청 가다듬던
'한산섬 달 밝은 밤에––'

우뚝 선 저 높은 가지
큰 떨림 속에서 아버지

당신의 목울대를 봅니다

*장사송 : 고창 선운산에 있는 수령 600년 된 반송. 높이 23미터, 둘레가 2.95미
터나 된다. 이 고장의 옛 이름인 장사현을 본따 장사송이라 하고, 나무 앞에 진
흥굴이 있어 진흥송이라고도 함.

천왕성

김리영

오늘 밤 무심코 올려다본

아버지의 별에서 빛이 새고 있습니다.

멀리서 바라보던 아버지의 그림자,

다가가 채워드리지 못한

겨울 외투 단춧구멍으로 빛이 샙니다.

외갓집 뒷마당에 쪼그리고 앉아

새파란 이끼 따모아 소꿉놀이하던 시절

궤도가 조금씩 불규칙한 행성에 대해

그땐 이해할 줄 몰랐습니다.

망원경으로 찾은 떠돌이별 하나

따사로이 사랑할 줄도 몰랐습니다.

아버지는 왜 한 번도 저를 부르지 않으셨습니까?

아버지께서 보낸 노새가

곡식자루와 마분지, 필통을 등에 싣고

방울소리 울리며 제 집 앞을 지나갑니다.

아무런 신념도 없이

저를 이 세상에 남긴 것은 아니었다고

무어라 변명이라도 해주시지요.

제 목소리 자꾸만 빗나가도

바람에 묻힌 아버지의 이름을

마음껏 아버지라 부르게 놔두세요.

풍씨성

김명배

돌아오려거든
가지 말라 하시던
어머니,
백발이 되시더니
돌아가려거든
오지 말라 하시네.

어쩌나, 지금도
꿈속에 들리는 문풍지소리
돌아가려거든
오지 말라 하시네.
돌아오려거든
가지 말라 하시네.

또 하나의 꽃꽂이

김명섭

같은 꽃도
더 예쁘게 보려고
집사람이 배운 대로
꽂는 연습을 했다

1주지는 높게 꽂아도
꽃 식구들이 멀어지지 않게
간격을 맞추었다

2주지는 키를 모질게 잘라
꽃도 차례가 있는지
좌측에 차례차례 세웠다

3주지는 우측에 기울여
꽃가지가 아파도
보기 좋게 꽃가족으로 꽂았다

요즘 어딘가 어색한
우리집 수반
나는 어디쯤 꽂혀야
보기가 좋을까

진짜 시인

김명원

나의 아버지인 김창하 씨는 엄마를 한눈에 보고 반해서 밤낮 없이 극구 졸라 한 달 만에 결혼을 하고, 팔남매나 낳아서 엄마를 제대로 제압하였으며, 연년생이던 오빠 둘을 업고 안고 학교 교장실로 출근을 하였고, 6·25때는 목숨을 걸고 사촌에 친척 이웃까지 대식구들을 부산으로 피난시켰으며, 동란 후에는 전쟁으로 굶주린 학생들을 데려다가 밥을 해먹이고 재우고 가르치셨다,고 한다.

뿐이랴, 등록금을 못 내는 제자들은 모두 그의 부양받을 의무가 있는 아들딸이 되어 월급봉투는 번번이 체납고지서로 변하기도 하고, 정작 그의 팔남매는 울면서 육성회비를 못 내 학교로부터 추방 명령을 받았다고 하는데, 명절 때 교사들이 선물하는 고기 한 근에 사과 한 궤짝마저도 우리 아이들은 내가 사먹일 터이니 선생님 댁 아이들 먹이라고 고스란히 되돌려준 사건이나 출장비 십만원을 타서 서울 가서는 여관비 아끼려고 친척집에서 자고 남은 여비를 총무과에 반납한 수없이 소소한 일들, 더 기막힌 것, 한 번은 갈 곳 없는 술집 여자를 데려다가 집에서 재우는 바람에 엄마는 생면부지의 여자와 사십여 일을 살며 불고기에 백숙에 탕수육에 특별요리를 해먹이라는 아버지의 성화에 따라 할머니 생신상에도 오르지 못했던 음식을 여자 덕분에 우리가 푸지게 먹어보았다는 것인데

평생을 퍼주기 좋아하고 내 것 네 것이 없던 아버지를, 학생들이며 학부형들이며 선생님들이며 누구도 존경해 마지않는 아버지를, 유독 우리 가족만은 존경지도 거들떠보지도 않았던 것인데, 아버지 돌아가시던 날 아침, 중환자실 면회 시간에 내게 이르신 말,

바쁜데 왜 이런 델 부러 왔느냐, 산사람은 죽는 사람을 마중할 필요없다, 사는 데 열중해라, 아이들 잘 크냐? 그리고 나에게 꽂혀 있는 저 링거 주사기 바늘 빼다오, 내게 먹일 주사약이 있다면, 살 수 있는 다른 사람에게 놔다오, 그게 유언이었는데, 나는 왜 이 말씀이 자꾸 진짜 시詩라고 여겨지는 것인지.

행복한 동행이고 싶다

김문중

삶이 아름다운가?
우리 부부는 어떤 유형일까?

늘 하얀 서리 베고누운
겨울 들판처럼 허전하다

우리 수시 입으로 찌르고
간혹 아픈 상처를 서로에게 자주 준다
하지만 어쩌겠는가
이제는 보듬고 살아야지

인생은 자신을 닮은 얼굴이라는데
주어진 삶 속에서
마음을 밀물처럼 흘려보내면
세월이 말해 준다지

힘겨운 인생의 무게로
마음이 지쳐 막막할 때
서로 위안되는 그런 당신

서로 받은 사랑은 가슴에 담고
마음 편한 무욕의 집에서
행복한 동행이고 싶다

이메일 밥상

김미순

창 밖 까치집을 기웃거리던
프린터기의 오후

햇빛의 키를 맞추며
흰 이마를 드러내는 종이밥상
'축, 엄마 생일'

한 공기의 밥과 미역국
빈자리를 채우고 있는 부추전과 피망 접시
먼 독일에서 달려온 생일 밥상입니다

밥상은 첨부파일로 보내 놓고
엄마와 같이 혼자 먹는다고
애틋한 눈의 미역국이 한 숟갈씩 종알거립니다

보글보글 같이 끓였을 침묵의 맛
톡톡 익어 냄비뚜껑을 들썩일 때마다
내 눈시울 뜨거워지고

빨간 팬지꽃 화분에 낳은 세 개의 비둘기알
도심을 오가는 전철의 긴 모습까지
생생하게 뒤따라 나옵니다

우산

김미지

거 너무 붙지 말랬지
하여간 아빠와 딸은……
서울 간 아들은 전화도 없네
끼니는 거르지 않는지
당신이 전화 한번 해봐

여덟 개의 살이 저마다 축을 이룬
가까우나 멀거나 한 지점에 모여서야
둥글게 휘는 지붕

바람 불어 기우뚱
살 하나만 꺾여도
이내 비바람이 들이치는 집

맑은 날엔 소식 모른다
며칠째 누워 계신 어머니

비 온다
여덟 개의 살이 불쑥 일어선다

전화 목소리

김민자

민자냐
너, 나 죽으면 후회한다
싱싱할 때 웃으며 서로 만나야지
누우면 그만이다
난 너만 보고 싶은데 넌 왜 안 오니

이런 말씀으로 호소하니 내 마음 쓰라리네
지난번에도 한번 전화하셨고
어제 전화를 또 하셨다

일상생활 도중에
산에 한발 오르면서도
문득문득 아버지 목소리 들리네
팔십육 세 얼마나 막막한 연세냐
2년 전 당신의 짝을 잃으시고

고요한 밤에
내 인생 되돌아봐지는 시간
나뭇잎에 바람 듣는 소리가 들린다
아침이 얼른 오기를 기다린다

수술, 꿈의 장기이식

김백겸

피라미드에 누운 관 속의 파라오보다 더 깊은 잠 속에
시간을 벗어나는 부활을 기다리며 내 혼이 누워 있는데
사이렌인 당신은 노래를 불러 현생의 꿈으로 유혹한다
구름 위로 쇠배들이 날아가고
땅 위로 쇠마차들이 굴러가고
바다 아래 쇠집들이 항해하는 이상한 시간의 감옥에서
나는 당신과 몸을 섞어 머리가 백발이 되는 꿈을 꾼다
정액이 모두 빨린 시체가 되는 꿈을 꾼다

내 몸에서 병을
내 정신에서 악을
내 일생에서 숙명을
내 심장에서 미움을 빼줘
매의 눈과 사자의 발톱 같은 용기로 나를 치료해 줘
하늘기운을 나에게 고압주사로 주사해서
빛과 어둠의 거울나라를 화살처럼 통과하게 해줘
꿈속의 내가 비명을 지르며 생명의 구원을 호소한다

꿈속에서 당신은 정원의 칸나에게 내 혼의 수술을 명한다
천둥이 치고 폭풍이 부는 큰비가 내리던 날
어두운 빗소리로 꽃잎과 잎새를 모두 채운 칸나는
검은 연기 같은 내 꿈의 기억을 빨아들인다
뼈와 살이 불에 태워지고 코로부터 나쁜 피가 빠져나간다
가죽을 바꾸는 혁신이 이루어지고 나는 새로 핀 붉은 칸나가

된다
　내 혼은 태양신 '라'를 부르며 새 꿈을 꾼다
　당신은 검은 나비로 날아와 내 몸에 빨대를 박는다

가족

김병중

사륵사륵 함박눈 쌓이는
하얀 밤
호롱불 나비 나풀거리는 방 안에
빈 백자 호수 들어앉고

밤을 엿듣다 지친
추녀 고드름 귀신 송곳니를 떨 때
고의춤 내리는 소리
치마끈 푸는 소리
긴 어둠 속에 따뜻한 살을 섞고

눈부신 아침이면
반쪽 호수에 노란 달 하나
아버지와 누이와 엄마와 나의
몸물로 빚은
명품의 백자 호수 하나

고향

김보림

초가지붕 다소곳 엎드린
햇볕 가득 담긴 마당 너머
종일 바람이
몰려다니는 뒤안
옹기종기 모여앉은 항아리 가족
맨드라미 봉숭아 손잡고
간장 된장 고추장
키 순대로 줄을 서서
투박하고 구수한 맛
넉넉히 담은 인심
저마다 둥근 배를
뚜웅 내밀고
든든히 집안을 지키던
장꽝 식구들
눈에 환하다

낡은 벽시계

김삼환

오래된 빈 집

안방 벽에

낡은 벽시계 하나 걸려 있다

누렇게 색이 바랜 부부 사진 옆에

학사모를 쓰고 있는 아들 사진 아래

지친 팔다리 서로 포갠 듯

시침 분침이 엇갈려 멎어 있다

시간의 올이 풀리다 멈춘 순간부터 지금까지

아침 햇살이 찢어진 창호지를 통과하여

거미가 엮어 놓은 시간 그물을 뚫고

마당가 사금파리 위에 쏟아 놓는

눈부신 헌사

누군가 밑줄 그어 놓은

마지막 단락에 보내는

말없는 경외

눈뜨고 자고 있는

벽시계의

이 무극!

어머니의 요강

김상현

병든 노모의 방은 지린내가 난다
당신의 손등에서 좋던 미안수 향내가 아닌
어머니의 동리*에 밴 냄새가 말을 한다

요강만큼만 빛나거라
요강만큼만 쓸모가 있어라

어머니의 장롱엔
옷 그대로,
신발장엔
분홍꽃신 그대로인데
모두 다 소용이 없고

마지막엔 요강만이
어머니의 쓰라린 세월을 농축한
역한 냄새를
고이 받아내면서 말을 한다

요강만큼만 살거라
요강만큼만 옆에 있거라

*동리凍梨 : 쇠하고 시들어 검버섯이 난 노인의 피부

백설기

김생수

어느 잊혀졌던 세월의 자취인가
고향 다녀온 아이들의 보따리를 끄르니
어머니께서 아득한 옛 설을 하얗게 빚어 보냈다
며칠 본 아이들의 눈빛에서 어머니는 문득
내 유년의 허기를 보았던 것일까
고향 언덕에 눈발 같은
어머니 호호백발 펄펄 날린다

아침 밥상에
어머니 거룩한 세월을 쪄놓고
울타리 연기처럼 피어나는 가난을 호호 불며 먹는다
어머니 젖가슴 만지작이듯
뽀얗게 젖어드는 그리움을 솔솔 풀어 먹는다
펄펄 날리는 언덕의 눈발
뒤꼍에 장작 패는 아버지 끓는 기침소리
쩍쩍 갈라지는 내 유년의 언 살
부르튼 까만 손등

어머니의 땅

김서누

휑한 바람이 지나가는 황토벽 가슴

그 홀로의 밤에 기대어

한 생을 더듬거리는 낯선 낱말들이여

무시, 배차 하고 가만히 불러보는 당신의

비옥한 뒤엄의 땅은 편안하신가

자모사 慈母思

김 석

여기는 삼국지연의 제갈공명과
맨발 맹획이 칠종칠금 남만南蠻 땅
기차는 터널과 구릉 쉼없이 반복하다가
너와집 즐비한 들녘 멈춰 떠날 줄 몰랐다
차창 밖엔 2월 햇살이 모래알처럼 쏟아졌다

작고 여원 사람 떼가 꼬리 물고 내렸다
아름다워 슬픔이란 저런 모습일까
한주먹감 어머니를 볼 파인 아들이 업고
여윈 웃음살이 어머니와 아들 사이로 쏟아졌다
넉넉한 사람길에 햇살밭이 펼쳐졌다

아들 등에 업혀 어머니는 웃었다
사랑이란 포근한 저런 부끄러움일까
보살핌이란 부끄러워서 저런 포근함일까
아들 등에 업혀 가는 작은 몸 어머니
어머니 뇌이다가 나는 목이 메었다

아버지

김석규

눈물 속에 뜨는 별이 있을 것이다.
꼭두새벽부터 선의와 성실의 등불을 밝혀 들고 나가
바람 부는 날은 바람이 되고
비 오는 날은 비가 되어
한 가마니 하루의 노동을 팔아 슬픔을 지고 돌아오는
문득 살아가는 것이 아득해지는 저녁
견디기 힘든 무게로 마시는 술은 한 사발의 눈물
뿌옇게 가라앉는 바닥은 아무도 모른다.
누구 하나 알려고도 하지 않는다.
혼자서 흥얼흥얼 채우는 울음
세상의 온갖 풍상으로 등이 휘어 터지고
구부정하게 늙어가는 나무가 있을 것이다.
폭양과 비바람과 때로는 모진 눈보라
삼백예순닷새 내내 가족을 위한 안위의 그늘을 덮어주고
정작 자신은 어디 하나 의지할 곳 없는
혼자서만 아픔을 참고 견디는 나무
모두 다 잠든 밤 마당가에 나와 줄담배를 피우고
하늘 끝까지 가 닿는 풀벌레 소리에
타는 목을 축이는 그림자가 있을 것이다.

길에서

김선배

맨 먼저
할아버지와 사별을 하고 다음으론
할머니와 사별을 하고
그 다음으론
아버지와 사별을 하고 ....

.... 길에서 ....

나는 노환으로 길에 나오시지도
못하고 치매니 뭐니
하는 요즈음 장마통의 해처럼
골치아픈 말씀들만 무성한
어머니를 가끔가끔 만나고 있다

조금새끼

김선태

　가난한 선원들이 모여 사는 목포 온금동에는 조금새끼라는 말이 있지요. 조금 물때에 밴 새끼라는 뜻이지요. 그런데 이 말이 어떻게 생겨났냐고요? 아시다시피 조금은 바닷물이 조금밖에 나지 않아 선원들이 출어를 포기하고 쉬는 때랍니다. 모처럼 집에 돌아와 쉬면서 할 일이 무엇이겠는지요? 그래서 조금 물때는 집집마다 애를 갖는 물때이기도 하지요. 그렇게 해서 뱃속에 들어선 녀석들이 열 달 후 밖으로 나오니 다들 조금새끼가 아니고 무엇입니까? 이 한꺼번에 태어난 녀석들은 훗날 아비의 업을 이어 풍랑과 싸우다 다시 한꺼번에 바다에 묻힙니다. 태어나서 죽을 때까지 함께인 셈이지요. 하여, 지금도 이 언덕배기 달동네에는 생일도 함께 쇠고 제사도 함께 지내는 집이 많습니다. 그런데 조금새끼 조금새끼 하고 발음하면 웃음이 나오다가도 금세 눈물이 나는 건 왜일까요? 도대체 이 꾀죄죄하고 소금기 묻은 말이 자꾸만 서럽도록 아름다워지는 건 왜일까요? 아무래도 그건 예나 지금이나 이 한 마디 속에 온금동 사람들의 삶과 운명이 죄다 들어 있기 때문 아니겠는지요.

제삿날

김선호

오랜만에 집에 다녀가시는
당신을 마을 앞까지 마중 나왔습니다
차갑고 어두운 우주 저편에서
바람을 휘저으며
바삐 오시는 당신이 보고 싶습니다
저 등나무꽃 아래로 오실 듯도 하고
달그림자가 당신인가 싶습니다
늘 당신을 놓치고 허둥대지만
오늘도 그런 날입니다
촛불은 병풍 앞에 놓여 있는 영정을
연꽃처럼 피워 올립니다
하루가 닫히면 또 열리는 자정 무렵
몇 해 전 당신이 가신 오늘
닫은 문을 환하게 열어 놓고
당신만 빼고 모두 모였습니다
기척 없이 오셨다가 가시는 게
가문의 내력이지만
향불이 꺼지면서 연기처럼 홀연히 사라지실
당신을 기다립니다
오시는 길도 외롭고 먼 길이지만
보고 싶어 기다리는 일도 아득합니다
밤을 가르며 나는 검은 새의 날갯짓도
깊어 보입니다

오라비

김선희(부산)

호랑가시나무는 지금 꽃이 피는데 감나무 잎사귀는 어느새 다 지고 말았습니다. 오라비여, 당신은 그곳에 서 계십시오. 나는 지천으로 깔린 노란 은행잎을 밟으며 당신 가까이로 걸어가겠습니다.

삶이 고달픈 당신의 빈 주머니에 젊은 날의 꿈을 채워드릴까요. 우리가 키운 아이들이 날개를 달고 조금씩 어른이 되어 가고 있는 때, 당신과 나의 꿈이 포플러 잎사귀처럼 아직 푸르길 바라겠습니까. 곧 겨울이 오고 우리들은 추억의 모자를 쓰겠지요. 그때 우리는 흰 눈을 맞으며 묵상에 잠깁시다. 이젠 흥분해야 할 아무 이유도 없을 때 우리가 아직 살아 있다는 건 우습지 않습니까.

호랑가시 잎사귀론 연하카드를 만들고 꽃들은 어느날 하얗게 떨어져 흩어지겠지요. 그때 띄워 보낸 연하카드의 답장은 돌아왔습니까. 이제 기다리던 그것들이 돌아와야 할 때쯤 오라비여, 우리는 이 길을 걸어서 저 나무들이 있는 숲 속에 도달해야 합니다. 당신도 나도 아직 살아 있다는 건 참 이상하지 않습니까.

장흥에 가서
– 아버지 2

김선희

교외선을 타고 아버지 산소에 갔습니다
햇살이 따스한 가을 산자락
잡초를 뽑고 커피를 따라드리고
담배도 한 대 물려드렸습니다 그러고 보니
아버지 임종도 커피와 담배와 기타가
지켜드렸지요

유난히 다방커피를 좋아하신 아버지
청자다방, 금방석다방 아가씨들은
커피만 따라 놓고는 부리나케 가버렸지요
2층 방에 홀로 누워 사람이 그리운 당신은
커피를 기다린 게 아니라 젊은 여자가
보고 싶으셨을 테지만

아버지 무덤가에 핀 할미꽃이
이리도 고마운 것은 아직 썩지 않은
당신의 꾸짖는 소리
고요히 내 이름 부르던 소리
다 들어줄 것만 같아

커피 한 잔 더 따라드리고 산을 내려옵니다
아버지 장례식장의 그 많은 조화만큼도
되지 못한 자식이었습니다 나는

가족

김성조

봄햇살 아래
가지런 항아리들 아름답다
빈집인가 인기척 없는 장독대에
후르륵 참새 몇 마리
햇살 쪼다 간다
눈물인 듯 아지랭이 노란 숨결 위
봄꽃 까르르 흩날린다
저 항아리 속에도
방금 겨울 지난 기슭마다
새길 파릇파릇 돋아나겠지
묵은 편지 같은 향기
어머니 한숨 끝 별이 뜨고 있겠지
언덕바지 봄풀 위에 쭈그려
문득 저 집 축대 위의 신발이 궁금하다

별의 탄생

김성춘

> −세계의 존엄성과 아름다움은 이 세계의 극히 미세한
> 무엇엔가 숨어 있다 −월트 휘트먼

세상에는 많은 길들이 있습니다
나는 별이 오는 길 보았습니다

− 사랑하는 아버지 어머니
독일 시간으로 오늘 12시 50분, 우주의 별 하나가 탄생했습니다
수술실, 아내의 얼굴은 심연이었습니다
심연 앞엔 벽처럼 높은 커튼,
아무것도 보이지 않았습니다
아무것도 들리지 않았습니다
나는 잠시 기도를 했습니다
아득한 그 2, 3초 후……
순식 간 이었습니다
지상에 온 시퍼런 별의 몸
몸무게 3,610그램, 키 52센티미터
올챙이처럼 꼬물거리는 쬐그만 별의 손과 발
꼬물거리는 손과 발 사이를 흘러갔을 아득한 별의 시간들이
내 손에 만져졌습니다

− 사랑하는 아버지 어머니
아내는 오늘 밤 병실에서 혼자 은하수를 건널 것이고
나는 별이 오는 길로 마중을 나갑니다
쾰른에서

사막에서 7
– 쌩떽쥐베리를 생각하며

김소엽

길이 없어진 것을 보고 사막인줄 알았네
맨발에 닿는 모래의 촉감은 부드럽고 따뜻하네
모래밭을 걸으며 나는 다시 카프카를 생각하네
베일에 가려진 城을 찾아 헤매지만
안개에 싸인 城은 신기루 같아서 가보면 없어지고
지친 발걸음 멈추고 모래바다 저 너머로 지는
노을을 바라보며 나는 다시 쌩떽쥐베리를 생각하네
왜 그는 길 없는 사막을 좋아하며 하늘을 좋아했을까
생명의 경계선상에서 그가 애타게 찾았던 진리는 무엇이었을까
나는 한 송이 장미를 찾기 위해 모래밭을 걷고 또 걸었네
사막의 밤은 깊어 가는데 하나씩 둘씩 나타난 별들이
하늘을 가득 메우고 드디어는 사막 아주 가까이 떠서
숨겨진 모래알 한 알 한 알을 비추며
감추어진 아픔까지 어루만질 때
별들은 사막에 내려와 모래와 하나가 되네
그래서 사막의 밤은 찬란하고 아름다운가
물주고 정성들여 길들여온 한 송이의 장미를
만나기 위해 혹성을 떠돌다 온 어린왕자를 찾아
오늘도 나는 발이 부르트게 모래밭을 걷고 있네
사막이 좋아 사막으로 돌아가 모래가 된
쌩떽쥐베리의 영혼을 한 줌 움켜쥐고 나는 걸었네
언젠가 나도 한 알의 모래로 남을 것을 생각하며
길없는 사막에서 나는 길을 찾아보네

오른손이 왼손에게

김소운

그대 잔을 받게,

어느 추운 아침이었지
한바탕 바람과 뒹굴고 하필 엉망이 된 그대를 보며 기막혀 하던
때,
생각만으로도 현기증이 나네

말없이, 그저 묵묵하게 함께 해준 그대와 건배라도 하고 싶네,
늦었지만
내가 잘나서, 오직 그런 줄만 믿고 살아온 자신이 부끄럽네.
나의 오만방자함을 오래 참고 보아준 그대에게 비로소 고개 숙
이네

우리가 따로 떨어져 있어도 하나일 수밖에 없고 영원한 이웃, 때
론 식구라는 것, 한 발씩만 다가가면 쉽게 포옹할 수 있음을 미처
알지 못했네
자, 이 잔 받게
충심으로 그대를 위하여 술을 따르네

물 시詩 43
– 가족에 대하여

김송배

어머니는 밤 늦도록
사립문을 닫지 않았다
이 세상 떠난 아버지가
영원히 돌아올 수 없다는 걸 알면서도
문을 열어두고 대청마루 끝에 앉아
밤하늘 별을 세고 있었다

나도 형도 잠이 들지 못했다
사랑방에서 멈춰버린
장죽 터는 소리
아, 어머니의 기다림은
사립문 밖에서 어른거리고
밤 이슥할수록
우리는 별빛만큼 초롱한 눈으로
핏줄의 아픔을 참고 있었다

서울의 밤에도 대문은 잠겨 있지 않았다
아직 귀가하지 않은 아들 딸
그 기다림은 어머니의 물로 흘러
홀연히 문 밖에서 서성이던
별빛의 행방을 걱정하고 있었다

가족

김수린

눈꺼풀과 몸에 주렁주렁 잠을 매단 채 소란하게 일구는 아침
출근하는 식구의 등을 단호하게 밀쳐내고
거실 유리창으로 치열하게 빛을 타고 오르는 화초들
물 한 방울이라도 바닥에 흘릴까 봐 찔끔찔끔 물을 준다
난 너무 인색하지

시간을 다오, 나는 시간이 필요해, 라고
이기적인 독선을 휘두르지

어스름이 오면 살빛 그늘지고
재래시장의 피곤한 불빛과 갈라 터지는 목소리들 잦아들 때
값이 싸고 덤을 받아 무거운 장바구니로 돌아서는 발걸음이
저녁상을 기다리는 식구들 생각에 허기졌다
난 참 알뜰한 게 아닐지도 몰라

덜컹대며 폐지를 가득 실은 리어카가 지나간다
리어카를 끄는 아는 얼굴, 그가 언제부터 저 일을 하는 걸까
어려운 처지가 아닌 그였는데 저것은 누구를 위해서일까
동네 어귀로 들어서는 내 발걸음은 후줄근해진 채 빨라지고
밀자로 채워지는 어둠 속에서 새처럼 몸을 떨고 있었다

파도의 방

김수우

머리맡에 선고처럼 붙어 있는 사진
엄마와 동생들, 내가 유채꽃밭에서 웃고 있었다

그 웃음 속에서 아버진 삶을 집행했다
깊이 내리고 오래 끌고 높이 추어올리던 그물과 그물, 아버지의
방이었다 기관실 복도 끝에 있던 비린 방, 종이배를 잘 접던 일곱
살 눈에도 따개비지붕보다 벼랑진 방

평생이었다 고깃길 따라 삐걱대던, 비린내와 기름내 질척한 유
한의 방에서 아버진 무한의 방이 되었다
여섯 식구 하루에 수십 번씩 열고 닫는

육지에 닿은 후 십 년이 넘도록 그 방을 지고 있는지
스무 명 대가족 사진 속 소복소복 핀 미소에서 어둑한 방 하나
흔들린다

칠순 아버지의 녹슨 방, 쓸고 닦고 꽃병을 놓아도 아직 비리다
아무리 행복한 사진을 걸어도
생이 얼마나 비리고 기름내나는 방인지 겨우 눈치챈다

방이 되어버린 아버지를 연다
집행된 파도들, 뜨겁다

라일락

김승기

출생을 따지지 않겠어
고향도 묻지 않겠어

튀기 되어 돌아왔어도
끌어안아 보듬어야 하는
내 핏줄 섞인 불쌍한 자식

얼마나 구박을 당했을까
네게서 뿜어나오는 분냄새
요란스럽다고 손가락질 많지만
무지했던 지난 세월
에미 잘못이 더 크지

황사로 얼룩지는 하늘
삭막한 도시 한복판에서
아침저녁으로
향그러이 마음 헹구어주는 것만으로도
분명 사랑스런 손녀딸

눈물을 보이지 않겠어
어디서 어떻게 살았는지 묻지도 않겠어
그저 다정한 눈빛으로
두 손 꼬옥 잡아주겠어

가족 1

김승기(경북)

죽는 날까지
한 하늘을 이고

조그만 몸짓 하나에도
서로의 꿈이 되고 빛이 되고

무슨 인연인지 얽혀서
이승 건너기

추위를 쫓기라도 하듯
한데 부둥켜안고 고이 잠든

내
별무리

아들

김승동

동백꽃이 피었단다
오동도에 빨간 동백꽃이
흐드러졌다는데
눈시울이 붉어지는 것은

갓김치가 익어가는 마을
은비늘을 털어내며 올라오는
돌산 앞바다의 아침 해가 신문에라도 나면
아내의 손등에 물기가 묻어나는 것은

엊그제 온 편지에
발가락이 짓물러 걷기가 힘들다는
여덟 달이 지나도록 졸병이 오지 않는다는
극한의 고립에 아들을 보냈다는 뜻이 아니라

여수 그 아름다운 땅에도
지켜야 할 자와 지키게 만드는 자 사이에
소통의 길이 없다는
숙제 때문이다

지팡이

김시운

너희들 집으로 시집와서 다 골병이 든 거야
동네 사람들 다 그러더라
젊어서는 사십도 못 산다고
아 글쎄 시집오니까
부엌에 흙더미가 산더미같이 쌓였지 않니
삼태기 구멍날 때까지 퍼내다 마당에 깐 거야

한 이틀 부엌에 못 나갔더니
물바가지 깨지는 소리
항아리 엎어지는 소리
병든 거 끌어들였다고
물 한 모금 주질 않더라
엉금엉금 기어 물 한 바가지 퍼마시고 일어났더만

시할아버지 중매쟁이 사랑으로 불러들였잖겠니
너의 집안 무서운 집안여
시어머니는 말리지도 않고
너희들 아버지는 어떡했는지 아니
이런 고갤 수 없이 넘고 층층시하에서
참 어둔 세상 살았다

언젠가는
머리에 대침 맞고 피 줄줄 흘리며 고개 넘어서 올 때
눈물이 치마를 다 적셨다는 이야기를

자식들만 오면 하시는 어머니 눈에
이제는 마를 눈물도 없다
지팡이를 짚고 팔순 고개를 넘으시는 백발 어머니

사모곡思母曲

김시종

돌아가신 어머님은 겸손하시다.
모처럼 꿈길로 찾아오셔도,
지금 사는 집으로 오시지 않고,
가난한 시절 살던 오두막집으로
찾아오셔서, 군불을 지피신다.
헐벗은 옷차림으로
찬바람이 새어드는 부엌에서
군불을 지피신다.

어머님을 꿈꾼 이튿날은
나의 하루는 종일 밝고 따뜻하다.

포도호텔

김신영

오늘을 묵어가야 하는 여기
포도처럼 올록볼록 방을 담아
송이송이 포도열매가 되는 밤
하루만큼 지쳐서 피곤이
여름 습기가 자욱이 몰려올 때
우리는 호텔에서 잠이 들려 한다
하늘이 짙푸르게 물들어갈 때
사람들이 집을 못내 그리워할 때
고향이 그리워 하염없이 하늘을 바라볼 때
호텔로 난 길에 불이 들어온다

하느님께로 가는 길이 이쯤일까
고즈넉한 해변에 한 송이 포도호텔
해변에서 먹물빛 포도가 하늘을 담고
푸르게 수채를 한 정원이
안개를 뿜으며 밤을 기다린다
전면 유리 넘어 정원은
평화로운 바람이 살짝 불고
머리를 흩뜨려 고개를 저어도
물결은 잔잔해
마음은 잔잔해
한 송이 포도호텔이 있어
오늘은 편히 잠이 들 듯하다

치자꽃 향기 남겨두고

김안려

흰 벽, 흰 기둥으로 둘러싸인
둥근 천장 아래
흰 미소로 가만히 누워 계신 모습
치자꽃 향기 아득히 남겨두고
떠나셨습니다
아찔한 어지러움으로
버티기조차 힘든 저희를 두고
멀리 가셨습니다
안타까운 후회, 미련, 절망 같은 것들을
주렁주렁 가슴에 달아주고
무게 없이 가벼워진 몸으로
그렇게 빈 자리 남기셨습니다

윤기나는 푸른 잎사귀 위에
눈이 부신 흰 꽃 달아맬 즈음이면
아버지, 그때엔
다시 오시렵니까?
치자꽃 흰 빛으로
진한 향기 온몸 가득 안고
저희에게 오시렵니까

부뚜막

김여정

우리집 정지의 부뚜막은
어머니 평생의 제단祭壇이었다

날이면 날마다
미명의 새벽 하얀 사기사발에
정화수 떠
어머니의 심장
불타는 꽃잎 띄워 놓고
식구들의 하루의 안녕과 성취를 비는
발원發願의 제단이었다

뜸이 잘 든 밥솥에서
한 그릇 한 그릇 식구들 수대로 정성스레 밥을 퍼담는
어머니 손길에서
더운 사랑의 김이 모락모락 피어올라
우리집 아침이 환하게
밥상에 오르고
온 집안에 비둘기 떼 은빛으로
가득 날아올랐다

고향집 부뚜막은
하이얀 앞치마를 두른 어머니가 계신
나의 추억의 거울
나의 그리움의 연못이다

딸들의 이야기

김연대

언니, 우리 병아릴 때
우리 세들어 살던 주인집이 쌀가게였지
그런데 엄마는 양식이 떨어져서
굶는 한이 있어도
외상 쌀을 가져오지 않았지
아버지는 새벽에 나가 밤중에 돌아왔지
아버지가 뭘 하는지 우리는 알지도 못했지
그런데 우리는 엄마에게
초콜릿이 먹고 싶어도 사달라고
조른 적이 없었지 다만
엄마, 떡볶이 장사해라 그랬지
엄마가 떡볶이 장사하면
우리가 떡볶이는 먹을 수 있을 거라
그리 생각했지
언니, 우리는 참 착했었지
그렇지, 언니!

어울림

김영곤

옥수수 고구마 감자
토란 상추 강낭콩
흙의 식구들이다

누구의 힘이 센지
누가 더 예쁜지는
생각하지도 않네

뿌리는 줄기를
줄기는 이파리를 위한
흙 속의 배려일 뿐

흙 속에 삶은
줄기의 이파리
평등으로 보이고

이파리마다
희망의 노래
아침부터 눈부시다

한 모금

김영근

저 몸 이제 누각이다 은혜사 보화루다 바람 놀러오는 곳이다 제
멋대로 갔다 다시 오는 곳이다 늑장쳐 따라오던 어둠이, 불평 한바
가지던 어둠이 마루 가운데 오래오래 앉아 있는 곳이다 홀로 잠드
는 곳이다 늘 모자랐던 저 잠, 그래서 개운하게 한잠 자고 일어날
까 형편없이 졸아든 아버지의 저것에 대해서 나는 이제 무어라 변
명할까 한때 나도 살았던 곳 한껏 부풀었던 곳 너덜너덜하거나 시
큼해진 것 그러다가 바싹 말라가는 곳. 저 변명을 내 안에 들인다
한 줌 정도는 남을 줄 알았는데 흔적도 없다 그게 미안한 듯 나를
보고 곁눈질로 웃는다 저 웃음 지겨운데, 지겨움마저 희미해질 텐
데 그땐 무엇으로 떠올리지. 누군가 담배 한 대 피워 올린다 오
랫동안 잊었던 그 맛 한 모금, 한 개비면 벌써 지겨운 한 모금의 아
슴한, 언젠가 한 번은 피울 것 같은 아버지.

'아줌마'라는 말은

김영남

일단 무겁고 뚱뚱하게 들린다.
아무 옷이나 색깔이 잘 어울리고
치마에 밥풀이 묻어 있어도 어색하지 않다.

그래서 젊은 여자들은 낯설어하지만
골목에서 아이들이 '아줌마' 하고 부르면
낯익은 얼굴이 뒤돌아본다. 그런 얼굴들이
매일매일 시장, 식당, 미장원에서 부산히 움직이다가
어두워지면 집으로 돌아가 저녁을 짓는다.

그렇다고 그 얼굴들을 함부로 다루면 안 된다.
함부로 다루면 요즘에는 집을 팽 나가버린다.
나갔다 하면 언제 터질 줄 모르는 폭탄이 된다.
유도탄처럼 자유롭게 날아다니진 못하겠지만
뭉툭한 모습을 하고도 터지면 엄청난 파괴력을 갖는다.
이웃 아저씨도 그걸 드럼통으로 여기고 두드렸다가
집이 완전히 날아가버린 적 있다.

우리집에서도 아버지가 고렇게 두드린 적 있다.
그러나 우리집에서는 한 번도 터지지 않았다.
아무리 두들겨도 이 세상까지 모두 흡수해버리는
포용력 큰 불발탄이었다, 나의 어머니는.

하얀 구들장
– 작은 손 22

김영박

우물 옆, 강수골 아짐이
혼자 살던 집터에
주인을 찾는 손님이 가득하다
가시넝쿨, 노송나무,
싸리나무, 찔레나무
한데 어울려
도둑이 들지 못하도록
집을 지어 놓고
돌아오지 않는 사람을 기다린다
외로운 체온이 하얗게 묻어 있는
구들장 몇 장 아직도 눈을 뜨고
허물어진 돌담 사이사이에
담쟁이넝쿨이 잎을
무성하게 피우고 있는데
내 키보다 더 웃자란
탱자나무 울타리에
붉은잎유홍초가
가지를 타고 올라가 하늘을 만진다
노랗게 속이 타는 붉은 꽃들을 찾아온
호랑나비 한 마리
앉으려다 말고, 앉으려다 말고
이 꽃 저 꽃을 기웃거린다

저녁 식탁

김영은

검은 등불 아래

우리는 검은 밥알을 씹는다

창 밖에선 찢어진 나무들이 춤추고

검고 검은 꽃잎이 지고 있다

검은 공기가 우리들의 가슴을 꼭꼭 채우고

흩어지지 않는 한숨을 토해낼 뿐

세상에 검은 것들이 꾸역꾸역 몰려와

의자를 밀고 당긴다

모두 어둠을 건너온 얼굴이다

그러나,

빨·주·노·초·파·남·보가 설익은 보리알처럼 씹히는

낯선 것들이 뒤범벅인 우리집 식탁

검은 것들은 내일 자기들의 색을 찾아들고

식탁에 앉을 것이다

자신만의 환한 빛깔을 뽐내며

너바나의 길

김영찬

모든 단추는 집이 있다네 똑딱단추는 제 집에 들어갈 때
똑딱~ 노크하는 버릇,
단추집이 있다네
ㅜㅜㅜㅜㅜㅜㅜㅜㅜㅜㅜㅜㅜㅜ 뿔단추는
뽈고동 일부러 크게 불어
단춧구멍 큰 대문 열고 의기양양 으스대며 들어간다네
ㅜㅜㅜㅜㅜㅜㅜㅜㅜㅜㅜㅜㅜㅜㅜㅜㅜㅜㅜㅜㅜㅜ
그러나 집이 없는 단추도 있고말고, 있다네

드잡이 중에 툭 떨어져나간 단추는 고아가 된다네
길바닥에 누워 밤하늘 우러르지만
저 하늘의 모든 별, 바람과 구름을 에워싼 이웃들이
집이 되어주는 건 아니라네

모든 단추는 집이 없다네
단춧구멍은 집이 아니라 임시로 잠깐 머무는
보호소 측간이 아니었나 싶다네
죄송합니다 ㅜㅜㅜ 저는 쌍팔년 8월에 태어났습니다
888년에 집을 나가 무작정 헤맬 작정이었죠
그런데 아직도…, 죄송해요 999년 이후 살고/죽고
뭐 그런 문제가 툭 떨어져나가
죽 쑤고 헤매게 되었습니다ㅜㅜㅜㅜㅜㅜㅜㅜㅜㅜㅜ
잘못했습니다 ㅜㅜㅜㅜㅜ 다시는 단추를 매달아
모가지 끌고 다니는 언행은 삼가겠습니다

단추집이여 어릴 때 문 잠그고 놀던 대문 작은 뒷마당의
단단한 추억이여,
단추는 목숨 걸고 집을 찾아 쓸쓸하다네

옛날 빵집

김영탁

칠십년대 고향 장터 빨간 페인트로 함부로 휘갈겨 쓴 상식이네
빵집
애 머리만한 찐빵이 모락모락 김을 피우고 있었다;
난, 아침을 거른 탓에 출근길 마을버스 속에서 겨우
밥밖에 모르는데, 덜커덩거리는 낡은 마을버스 바퀴가 일으키는
몸의 연동운동 일환인가, 왜 옛날 찐빵이 생각나는지

그 찐빵 때문에 빠알간 초여름에, 난
순진한 크리스마스가 생각나고
산타클로스 할배가 문득 생각나기도 하네
전봇대가 없다면
고압선이 없다면
밤낮 없이 차들이 쌩쌩 달리지 않는다면
산타클로스 할배가 선물 나르기도 편할 텐데;
아마 그 어른은 항상 하늘에서 썰매를 타고 내려와
가정방문을 한다는 내 관념의 그림카드들이
전봇대와 고압선과 무정한 차들을 걱정할 것이네.

다시, 빵집 안은 뜨거운 김으로 메워져
유리창엔 뿌연 우유가 흐르고 상식이는 부르튼 손으로 찐빵을
만지네
난, 자전거 술 배달 가신 아부지를 기다리며
찐빵이 집채만큼 부풀어 문짝도 기둥도 지붕도 벗어버린 빵으로
된 집을 꿈 꿀 것이네

이윽고 자전거와 술통이 덜컹거리고 서늘한 찬바람에 진한 막걸
리 냄새를 작업복에 묻혀 오신 아부지는
　뻑뻑한 막걸리에 불어터진 두꺼비 같은 손으로 한지에 싼 찐빵
을 머리맡에 툭 던져 놓고 횡하니 나가시네
　찐빵과 막걸리 냄새에 난, 달고 몽롱한 꿈에 취해
　김이 모락모락 피어나는 찐빵, 찐빵이 그 할배의 빨간 모자를
쓰고
　내 낮잠 위의 조선이불을 밟고 지나가네
　그리고 와르르 선물을 쏟아 놓고 지나가네

나의 고향은

김영호

나의 고향은
김매고 돌아오는 어머니의
흰 어깨 위에 앉은
어스레 달빛이었다.

흔들면 나무들이 별들을
살구처럼 떨구던 밤,
소쩍새의 메아리에 물어오는 철쭉 냄새는
산불로 타오르던 너의 이름이었고,

허기 속에서만 내려와
빈뜰에 가득찬 흰 눈송이
온몸으로 뒹굴어
입어도 입어도 알몸만 비치는
투명한 옷이었다.

나의 고향은 밤이면 숨찬 물소리,
꺼억꺼억 울부짖다 죽은 가슴앓이 누이
젖은 빨래처럼 쓸려간 바람 되찬 강.

하얗게 삭은 연탄 모양의 해가
모가지가 잘린 수수밭으로 들어가고
서녘으로 쫓기는 까마귀의 부리엔
누이의 신발 하나 물려 있었다.

비둘기 가족

김영훈

어디를 가나 화목한 가정이다
처마끝이나 쓰레기장까지 돌며
언제나 가족을 위하여 걱정이다
탄식할 때 구구구 구구구

하늘 끝까지 날아가 보아도
세상은 온통 독이 피어나고
평화의 징조는 멀리 달아나
집집마다 헐떡거리는 형편

인정은 남루한 전설이 되어
공해에 시달리는 두 날개로
대를 이어 살아가기엔 너무 힘이 든다
행복을 갈구할 때도 구구구 구구구

산천이나 고향은 폐허다
자식들은 어느 곳에 둥지를 틀고
연약한 두 다리로 서성이며
날마다 먹이 찾아 헤매는가

아내의 손

김완하

눈밭을 쓰는 조심스런 손끝으로
내가 모르던 점 하나,
아내는 나의 등에서 짚어낸다

쌓아 온 세월 어느 한켠에서
이 점은 자라온 것일까
손닿지 않는 곳
무수히 점은 있는가

창 밖을 쓸고 가는 바람소리에 깨어
늦은 저녁상을 물리고
눈 속에 버리고 온 발자국이 부끄러운데

창 밖에서는
추운 나뭇가지에서 떨어지는
눈덩이,
시린 나무 밑둥을 덮어준다

잠시 빌린 지구에서

김왕노

난 뱀이지, 사악해 스스로 눈멀어 버린 날름거리는 혀가 징그
러운
용서받지 못할 뱀이지, 똬리를 틀고
지구의 평온을 노려보는 독니가 근질거리는 나는 뱀

잠시 빌린 이 지구에서 난 사악한 뱀이지. 순결의 숨통을 조이는
사물의 시선을 공포로 몰아가는 난 메두사의 머리에 돋아난 뱀
이지, 청동의 뱀이지
어미를 물어 죽이려는 살모사지 나는 뱀이지.
어린 꿈속으로 기어들어가 악몽이 되는 뱀이지. 잠시 빌린 지구
에서
난 뱀이어야 하나. 그러나 난 뱀 뱀이지.

난 뱀눈을 가진 뱀이지. 난 뱀의 꼬리를 가진 뱀이지. 난 뱀의 뼈
를 가진 뱀이지.
난 뱀무늬를 가진 뱀
잠시 빌린 지구에서 허물을 벗고 벗어도 결국 벗어버릴 수 없는
뱀의 신분
난 뱀이지. 내게 온 이슬을 독으로 만드는 뱀이지.
징그러워 버림받는 뱀이지. 뱀의 운명에서 꼬리에 꼬리쳐 달아
나려는 뱀

날개 달린 뱀이고 싶지. 태양을 집어삼키는 뱀이고 싶지.
적멸보궁에 독니를 박아 넣고 싶은 질투의 화신 뱀이지.

밟혀도 잘려도 죽지 않으려는 질긴 목숨의 뱀, 난 뱀이지.

잡혀서 껍질이 지갑으로 혁대로 변해 가도 난 어쩔 수 없는 뱀,
뱀이지

꽃나무에 기대어

김용국

꽃나무에 기대어
꽃을 봅니다.
꽃나무 밖으로 떨어지는
꽃을 봅니다.

떨어지는 꽃은
저쪽 하늘에 기대어
나를 봅니다.

꽃이 떨어진 꽃나무는
나무입니다.
꽃나무가 아닙니다.

나는 나무에서 걸어나갑니다, 나가서
꽃 내린 들판에
가만히 서 봅니다.

꽃을 지나지 않으면
봄이 가지 않기에
꽃처럼 터지는 봄을
봄처럼 터지는 슬픔을
참고 참습니다.

봄은 슬픔을 꽃처럼
곱게곱게 피워내는
꽃길입니다.

나 손톱이 있어

김용하

처음 바람을 가르던
아 그 꽃잎 튕겨보던
친구의 얼굴에 지문을 찍어보던
하느님이 주신 칼

잘라도 또 잘라도 가락 끝에
어머니의 심줄은 되살아나고
잘 감추며 살았는데
앙다문 입술 사이 배시시 웃다가
주먹이 떨고, 뒤따라 세워보는 칼날
세상을 단번에 베어버릴 순 없었어,

쳐들고 가다 보면
성난 파도와 센 바람도 막을 수 없어
생을 긁어내며 작은 성을 쌓을 때
마무리에 필요했던 열 개의 손톱
마모되어 아프게 생을 짚어가는
닳고 닳은 손톱이 열 개

동행

김용화

노파가 죽었다

그림자처럼
달고 다니던

흰둥이
혼자

그녀의
주검 곁을 지키고 있다

할아버지

김원호

흰 머리카락 사이에서
첫사랑을 집어내 보이면
손주녀석은 빙글빙글 웃고

주름 사이에 묻혀 있는
옛 사랑을 펼쳐보이면
손녀도 생글생글 웃는다

할아비의 어제들은
그늘에 가려져
신비에 쌓여 있는 보물상자

귀가 안 들리고
바보스러워야 한다고
요놈들 깔깔 웃는다

슬플 때는 손을 씻어라

김유선

설울 땐 손을 씻능 겨
구정물에 씻은 손의 물기 털어내며
어머니는 맑은 물을 길어올렸다
봐라 잉, 아무거도 없잖여어
이쁜 니 손만 보이징?
어머니는 뽀드득 뽀드득
얼룩진 슬픔을 닦아냈다
설울 땐 일을 해야 혀
밭에서 돌아오는 어머니의 눈물은
새벽이슬처럼 반짝인다

울믄 뒤꾸녕에 털나는디?
다시 퍼올리는 어머니의 눈물

물은 물로 씻어야지
얼음장 깨고 생수 속에 손을 담그면
구부러지고 험악해진 시간이 물 속에서
흔들리고 있다
손가락 사이에서 반짝반짝 어머니의 눈물이
샘물로 쏟아지고 있다

천두복숭아

김유신

꽃이 필 때는 무릉도원으로
설렘 바람을 안으로 파고들게 하더라만

볼륨이 통통
빨갛게 농익어 유혹이구나.

백자 접시에 담긴
천두복숭아 그 자태.

마치 한삼 모시적삼에 속살이 내비치는 듯한
대청마루에 돗자리 펼치고 앉아 부채바람을 모으는 여인 같은

한 입 상큼하게 먹으며
사내라는 것을 다시 느끼게 하느니.

만주

김 윤

장춘 가서
푸이 살던 위황궁 앞을 오락가락 걷는데
푸른 기와 얹은 담장 너머
아편 냄새를 피우며 해가 지네
깃발처럼 빨래 내걸린 들창
후미진 모퉁이 중국 책방
한 번도 못 본 청년인 아버지가
내 둘째만큼 젊은 아버지가
상아 고리가 달린 책을 짚네
옛날 내 비상금을 숨기던 비단 표지가 있는 책
그 책 속 별자리 옆에 아버지는 앉아서
애야 애야
중풍도 안 걸린 스무 살 아버지가
청상 할머니만 두고 도망 나온 아버지가
한 시절을 밀치며
내 속 찌그러진 잠복세포들을 휘젓네
그 골목 어디 낡은 만선일보 사옥 있어서
몇십 년의 저녁이 와글와글 밀려오고
개장국이라고 쓰인 술청의 작은 팻말
진땀나는 등불이 흐릿한데
어린 날 그렇게도 아득하던
자주 술냄새나던 만주라던 말

깊은 소리

김윤자

울음은 바람이 울어주고
한숨은 새벽 안개가 거두어 갔다.
다림질 하여도 펴지지 않는 땅에
거룩한 지도를 그려 놓고
무위로 다가오는 소리에
결코 귀 기울이지 않으셨다.
검정 고무신과 지게의 낡은 목발이
전부의 힘이었어도
선뜻 그 누구도 택하지 않는 힘든 길을
걸어가지 않으면 안 되는 사유를
젖은 달빛 소리로 읊으셨다.
앎에 대하여, 미지의 길에 대하여
오만하지 않은 날개 하나씩 엮어주시고
준령 앞에서 무릎 꿇지 않기를
학의 고뇌로 차오르기를
삭풍은 아비의 등에서 꺾어지리라
그림자도 살아 일어서던 그 깊은 소리
산더러 바다라 하시어도
그리 믿고 살아왔습니다.
아버지

브레인트로피아닷컴

김윤하

초록빛 파도소리, 초록빛 산그늘
기억하고 싶은 것만 영화 화면처럼 펼쳐지는
기억력을 꿈꾼다
생각들이 의식과 무의식의 뇌 속을 질주한다
딱지 앉지 못한 상처 위에 걸려
생각 하나 넘어진다

폭우 속에 하루 종일 길 잃은 아버지
지금은 가족도 못 알아보신다
눈감으면 더 선명하게 떠오르는
젖은 아버지 모습
사시나무처럼 떨고 서 계시다 내가 원하는 기억력은 이게 아니다

그 이후
아버지의 망가진 기억의 뼈 한 조각
내 속에 자리잡았는지
나는 왼쪽 가슴께에 담이 잘 결린다
숨막히게 찌르는 아버지
이것 또한 내 몸이 원하는 기억력이 아니다
브레인트로피아닷컴을 마실 때마다
원하지 않는 통증의 기억력이 더 선명해진다
돌아오기 힘든 아버지의 정신은
어린아이처럼 초록빛 영혼을
꿈꿀 수 있을까

이제 나는 브레인트로피아닷컴을 마시지 않는다

*브레인트로피아닷컴: 머리를 맑게 하여 기억력을 증진시켜 준다는, 수험생이
  찾는 기능성 음료

어머니

김윤호

빈 나뭇가지마다
눈꽃이 피어날 때
머리에 수건 쓴 어머니가 보인다

싸리문을 조금 열고 마당을 지나
흰 발자국을 따라가면
내 유년의 검정고무신이
아직도 당신의 품안에 놓여 있다

그날 나는 연을 띄웠다
낯선 곳으로 떠가는
내 시선의 끝을
언제나 잡아주시던 어머니

한잔 소주에 비틀거리는
타향의 꿈속에
오늘은 나를 업은 연이 되어
굽어보시는 어머니

가족부

김윤희

올여름 내 집 가족부에 내가
입양해 올린 것은 아침마다 물 주러
내려갈 때, 오래 전 한 손이 놓고 간
작은 화분 속 대여섯 초록 잎사귀
그 위에 곡예하듯 올라앉아 나를
쳐다보는 억만 보 걸어걸어 내 집까지
온 초록 진물 이름 모를 벌레 몇
그들의 위험한 주택 노숙에 길들여진
초록 잎새들 그대로 그 자리에서 내 가족부에
올림, 그리고 그림자도 아직 없는 아주 조금씩
돋아나는 새잎들 그걸 보고 방문했다
헛걸음하고 돌아가는 마당의 참새들 그 모두
함께
나는 이제부터 없는 힘을 다하여
몇 입 더 먹여 살려야 한다

내 집 앞엔 바람이 서 있다

김은숙

밤새 사근거리던 봄비가
멎었다.

어둠을 걷어낸 명치끝이 찡하다.

커튼 사이로 햇살이
살근댄다.

엉킨 생각에 마음은 덧없고
갈근대던 바람이
빈 가지에 와 울었다.

지난 봄 죽은 동생의 마지막
숨소리처럼
오늘 아침에도 빈 가지는 허기져 울었다.

바람의 넋일까

울면서도 가지에는 열꽃이 돋았다.
내 가슴의 멍을 지우기도 전에

봄볕은 타고 있다.
환생의 여린 꿈이
나를 밟고

수레

김은정

오늘
매우 섬세하게, 다정하게
현관에 놓여 있는 어머니의 신을
바라본다

이 신은
어머니가 이 세상을 처음 만난 이래
몇 번째로 선택한 발그릇일까

이 신은
어머니를 모시고
어느 도시의 횡단보도를 걸었으며
어떤 골목의 흙들과 이야기했을까

나를 이 세상으로 실어 와 기르는 동안
얼마나 아름답고 착한 기원들로 밑창 달여 가며
뗏목의 의무를 다했기에
그 유한 규격에서
내 무한이 나오고 있는 건가

고요한 현관에 참하게 놓여 있는 어머니의 신

그래서 당신은

김은진

그래서 당신은 꽃잎입니다.

순한 눈빛으로 하늘을 쳐다보며
가느다란 한숨을 토해내는
조금은 쓸쓸하지만 그러나 청초한
꽃잎입니다.

그래서 당신은 바람입니다.

노여움을 삭이며 슬픔을 단단히 묻어둔 채
촉촉한 눈물을 감추는 어머니의 입김 같은 그런
바람입니다.

그래서 당신은 숲이 되었습니다.
외로운 새들이 빛살 퍼덕이며
부리에 이야기를 물고 돌아올 때
두팔 벌려 안아주는 그렇게 순수한
숲입니다.

할머니의 달

김인구

할머니 방에 멀쩡게 떴던 달이 죽었어요
아무것도 보이지 않아 손가락 휘휘 내저어 보니
둥근달 죽고 네모난 달, 길쭉한 달, 세모난 달, 뾰족한 달
달들이 노란빛을 벗어내고 시퍼렇게 떠 있어요
할머니
무서워요 이리 와서 저 달들을 잡아주세요
저 길쭉한 달이 나를 노려보고 있어요
째진 눈을 얼른 닫을 수 있게 후려쳐 주세요
내 뒤통수에서 주먹다짐을 하고 있는 세모난 달
달의 손가락을 잘라주세요
뾰족한 입으로 자꾸 나를 콕콕 쪼아대는 저 뾰족달의
부리도 톡 끊어주세요
아무것도 나를 향해 입 열지 못하게 손가락질하지 않도록
저 유형의 달들을 모두 죽여주세요
할머니
할머니가 예전에 내다 버렸던 붉은 배냇저고리가
시퍼런 달빛에 둥둥 떠다녀요
이제 그만 할머니의 벽사와 기도를 멈춰 주세요
밤마다 날기를 꿈꾸는 저 변형된 달빛의 일어섬을
다시는 용서하지 말아주세요
멀쩡게 떠오르다 반만 죽은 몸뚱이로 허옇게
피어오르는 저 달들의 내일을 이젠 허락하지 말아주세요
할머니!
이제 죽어도 기도 같은 기도 따위는 하지 마세요
달, 달이 뜨고 있잖아요

기억 속 얼룩

김정완

대양의 하늘 창 너머 캘리포니아 수평선에 먼동이 빛는 무한대 속
한겨울 길섶을 붉게 꽃피우는 행운의 땅에 내려 막내네 집
잔디 뜰의 분수가 뿜어내는 물안개에 무지개가 선다
무지개에 내 기억의 얼룩 한 자락이 걸려 있다
사십의 길 낭떠러지 나는 사과나무
등허리 휘어지는 내게 막내가 네 살
앓는 아이를 그냥 두고 가여워 가여워도 눈 돌릴 틈 없어
마지막이란 말에도 나는 서러웠다
새벽하늘 금빛 그믐달이 지켜보는 길
다섯 아이 초롱초롱 눈빛이 어둠에 수많은 별빛으로 쏟아내렸다
망초꽃 몰래 흔들려도 저녁 붉새 짙어 내일이 쨍쨍한 들판에
하늘도 벗어 놓고 땅도 벗어 놓고 꿈도 벗어 놓아도 무거운 내
어깨
칠순의 내 아버지 대들보로 떠받쳐 어머니 품은 온산 밤꽃보다
푸근했다
어디서나 길은 열려 아이들이 대학에 들어가
작은 어깨 작은 손을 내주어 드디어 셋째가 기둥으로 일어섰다
밑바닥의 자존심 수치심을 누르던 내 가슴의 얼룩 한 자락
크나큰 대륙의 물안개에 흩어버려 홀가분하다
이제 봇물로 쏟아지는 햇빛 아래 부산할 일 없어
휘파람새 울음 따라 숲에 들면 바람 한 가닥의 떨림에
나는 또 다른 우주 끝에서 바쁜 하루가 있다

푸른 숟가락

김정임

점점 가벼워진다

몸의 짐 덜어내듯
한 숟갈 한 숟갈씩 가벼워진다

시간의 밥숟갈이 푸른 밥알을 달고
싱싱한 가지로 내뻗던
꽃과 열매의 날은 가고
한 방울 한 방울씩 동그랗게 느려터진
링거액의 들숨으로 숨쉬고 있다

딱, 한 번만 도돌이표 찍고 싶은
흩어진 밥알들
남은 잎맥들
가만히 들여다보며 마음을 뒤척인다

병실 밖의 세상은
그와 아무런 관계도 가지지 않아 여전히 시끄럽고
밀쳐진 스텐리스 식기의 미음은 아직 따뜻하다

집에서 기다리는 얌전한 은수저에 푸른빛이 돈다

가랑잎

김종길

자식들 모두
짝지워 떠나 보내고
기러기 떼처럼 떠나 보내고

구만리 장천
구름 엷게 비낀
늦가을 해질 무렵

빈 뜰에
쌓이는 가랑잎을
늙은 아내와 함께 줍는다.

풀뽑기

김종섭

불혹과 지명, 이순을 넘긴
형제자매가 모처럼 모여
고향집 마당에 돋아난 풀을 뽑는다.
유년의 꿈과 사랑을 찾아
아득한 추억을 더듬는 것이지,
부모님의 초상화가 나란히 걸린
텅 비었던 방문을 열고
전등을 켜고, 마루를 닦고
실은 그리운 이의 은총을 닦는 거지.
그 많은 목소리 사라진
이제 아무도 머물지 않는 빈집
그 뜰에 돋아난 풀을 뽑은들 무슨 대수랴.
저렇게 무성히 자란 대나무, 오동나무
수많은 잡목은 큰 키로 어제를 덮고
자꾸만 허물어져 가는 토담과 사랑채
폐가에서 바라보는 저 하늘, 어린 날의 별무리
유년 시절 도란대는 개울물 소리
새소리에 떨어지는 대숲 노을빛이여
할아버지 할머니, 아버지 어머니
먼저 간 아우의
그리운 얼굴, 얼굴들이여.

족보 유감

김종태

해질 무렵 종손은 내게 떼까마귀의 울음소리보다 더 긴 족보의 그림자를 내려놓고 유유히 사라져갔다 그 나무껍질 속에 나는 金鍾泰라고 새겨져 있는데 혹자는 이를 두고 김종태라고 부를 것이며 혹자는 금종태라고 비꼴지도 모르겠다 또한 이런 마당에 金寧 金哥 본관마저 금녕인지 김녕인지 아닌 밤중의 홍두깨인지 나마저 헷갈리누나 허나 멀고 먼 내 후생이 있어 그가 제 성씨가 김인지 금인지 모를 지경에 이를 때면 족보의 이름 아래 내 씨족과 닮은 독음의 명찰을 붙여다오 저 활화산의 역사보다 저 먼지구름의 역사보다 더더욱 긴 족보를 이루기 위해서는 씨족의 영속된 영광이 필요한 것이나 쨍한 여름 족보에 실렸던 아버지가 홀연히 봄날의 저 하늘로 돌아갔는데도 나는 씨를 뿌려야 할 밭이 아직 없구나 아니 없어서 홀가분한 이 형언할 수 없는 가벼움을 두고 나는 나의 종친과 족보 앞에 한 점 부끄럼이 있는 것은 아닌지 종손이여 종손의 오른팔이 허공으로 날려 올리는 도포자락이여 계림이여 계림의 금관 부속이여 여기 흩뿌려진 족보를 의심하기 전에 나는 또 무엇에 의지하여 나를 믿어야 하는 것이냐

숲

김주혜

물어보자.
고개 떨군 꽃, 풀, 나무야
아무도 찾지 않는 이 험한 숲 속을 어찌 견디느냐

꽃과 색채와 향기, 온갖 새와 짐승들에게
온전히 자리를 내주니 행복하다고?

다시 물어보자
우리 어머니 어찌 살아오셨는지
자식을 위해 온전히 삶을 내주고
저세상 가실 때 행복하셨는지

아니, 아니지
어머니 향기로 가득 찬
내 살과 피, 온몸 구석구석은
영원히 잠들지 않는 거대한 숲이 되었지

그 푸르름 속에 사랑의 열매가 들어 있고
그 푸르름 속에 내 생이 이어지는 것이지

뽕순이
-가족에 대하여

김준식

나는 내가 사랑하는
모든 것들에 뽕순이란 이름을
붙였다.

처음엔 집에서 기르는
강아지에 뽕순이란 이름을
붙였고

다음엔 자동차에, 그 다음엔
컴퓨터에, 또 그 다음엔
여행용 가방에 그 이름을 붙였다.

거기다가 나의 부끄러운 과거와
어설펐던 사랑에까지
그 이름을 붙였다.

그리하여 이 지상의 모든
그리운 것들이 모두
뽕순이가 되었다.

코피

김지원

삼우제를 지내고 나니
코피가 났다
눈물 한번 흘리고 나니
주르르 무언가 흘러내렸다
잠자다 꿈속에서 무심코
피를 흘렸다
시를 쓰다가도 그렇게 흘렸다
그리고,
목구멍으로 핏덩이가 쿨렁이며 들어갔다
손등으로 쓰윽 문지르자
비릿한,
어머니 냄새가 났다

사춘기 돌보기

김지태

당구대 위에 네 개의 공이 있네
백구白球 두 개와 적구赤球 두 개
백구白球는 계속 적구赤球들과의 접촉을 시도하려 애써 보지만
번번이 그들과 빗나가고 말지
장애물 하나 없는 평평한 푸른 양탄자
곧게 맞닿은 직사각 틀
훤한 곳에서 길을 잃네
뻔히 그들에게 갈 길이 보이지만 자꾸만
엇갈리는 길, 길, 길

가끔 백구白球끼리 격렬하게 충돌하기도 하네
하여 가슴에 돌덩이를 하나 더 얹지

부딪힘은 가장 깊은 곳으로의 소통
스치는 건 가장 큰 흔들림

덜어내야 해
털어내야 해
적구赤球 속에 꿰어진 저 응어리 같은 무엇

너무 세게 다가가면 튕겨나가지
미끄러지는 가슴에 다시 초크를 바르고
천천히, 부드럽게, 가끔 강하게
적구赤球들의 피고름을 짜내야만 해

다시 열린 봄날에

김지향

활짝 열린 봄 속으로 들어선다
겨우내 외롭던 꽃밭이 식구들로 가득하다
빵긋거리는 노랑 빨강 하양 뺨들을 다독이며
창준의 손을 잡은 나는*
꽃으로 피던 시절을 생각하며 걷는다
아이의 손에는 빨간 꽃이 내 손에는 하얀 꽃이 복사된다
지난 겨울 떨군 꽃의 눈물이
다시 꽃을 피운다는 사실을 아이에게 설명하면서
어린 세대와 낡은 세대가 서로 다른 생각 속에
꽃들을 복사한다
시간은 그 시간이 아닌데 꽃들은 왜
그 꽃이지? 하고 아이가 물어 오면
나는 어떻게 대답할까
아이의 말은 늘 왜? 왜? 로부터 시작하고
길어지는 나의 대답엔 귀를 닫아버린다
대답에 궁색한 나는 아이가 스스로 알아갈
길만 안내해 준다

아이는 얼마 안 가 혼자서 봄 속을 달려갈 것이다

* 「文學의 집 서울」 제78호 2008년 4월호 권두시

첫 독자

김진성

시를 쓰고 나면
아내에게 들려준다.

아내는 내 시의
첫 독자

'좋다'라는 말보다
'느낌이 없다', '어렵다'라는 말이 더 많은
무섭고도 두려운 독자

그러나 내 아내는
시를 모르는 사람

시는 몰라도
잔눈물이
많은 여인

발의 집

김찬옥

구두를 샀다 조금 신다 보니 유난히 바닥이 낮고 커서 웅덩이에 빠진 듯 발이 헛돌았다 바람난 가족처럼 발가락들이 제각각 따로 놀았다 걸핏하면 술에 취한 듯 길이 비틀리거나 고꾸라졌다 피식 피식 바람이 빠지며 속도에 탄력이 붙지 않았다

정류장 근처에 있는 수선집을 찾았다 늙은 수선공은 사정을 다 듣기도 전에 구두 속에 깔창 하나를 깔아주었다 식구들이 겉도는 썰렁한 집구석 같은 발의 집, 용한 부적이라도 한 장 발바닥에 붙인 듯 신통하게도 겉돌기만 하던 발가락들이 바람을 빼고 한 곳으로 힘을 모았다 바닥에 깐 창을 통해 서로의 속을 들여다본 것일까

덜컹대던 집이 순간, 조용해지고 발끝에 가속도가 붙었다

염소똥과 눈물은 둥글다

김추인

그는 늙은 염소다 가난한 풀밭을 한 뙈기 경작하고 있었다 이따금 당신의 학동들 닦달하듯 우리를 끓어앉혔으며 훈시는 수염보다 길었고 번번이 윗대 시조 할아버지가 등장하시는 참이었다 그때마다 우리는 눈을 내리깔고 뒤로는 발가락 장난을 치며 메에에~ 낄낄. 에이—ㅇ 구식 영감 땡감 혓바닥을 내밀곤 했다 아그그 박물관 우리 아버지–

세모진 얼굴 세모진 눈에서 염소똥 같은 눈물이 뚝 투둑 그의 발등으로 지는 걸 본 적 있다 난생처음이다 염소가 딸을 치우던 날이던가 염소의 딸이 염소똥만한 딸을 낳았던 때던가 둘 다였던가 그는 눈물조차 까맣게 절었을 줄 알았는데

어디선가 건초 냄새가 난다
불쑥 염소가 그립다
염소의 마른 풀밭이 앉은뱅이 거울 속으로 들어간다
거울 안쪽은 오래 묵은 방,
염소의 똥과 눈물과 그의 어록들이 둥글게 빛나고 있다

잘 구워진 염소가 먹음직스럽고 알싸한 건초내는 벌써부터 가을이다 거울 속에서 나온 치마 입은 염소가 고기를 뜯어 아이의 입에 밀어 넣으며 검댕 묻히고 온 딸을 다그치고 있다 "외할아버지께선 말야–" "에에이 구식 똥차 폐차, 메에에~" 누가 낄낄거렸던가 난 청인가 딸애는 염소똥만한 엄지발가락을 꼼지락대고 있을 뿐인데 … 박물관 아버지, 요게 제 새끼데요 절더러 벌써 똥차라네요 곧 날 구워 먹겠지요?

아비

김충규

밥 대신 소금을 넘기고 싶을 때가 있다
밥 먹을 자격도 없는 놈이라고
스스로에게 다그치며
굵은 소금 한 숟갈
입 속에 털어 넣고 싶을 때가 있다
쓴맛 좀 봐야 한다고
내가 나를 손보지 않으면 누가 손보냐고
찌그러진 빈 그릇같이
시퍼렇게 녹슬어 있는 달을 올려다보며
내가 나를 질책하는 소리,
내 속으로 쩌렁쩌렁 울린다

이승이 가혹한가,
소금을 꾸역꾸역 넘길지라도
그러나 아비는 울면 안 된다

입양 가족

김태은

코리아의 아기가 기내에서 울고 있다
푸른 눈의 양모가 낯설어 자지러진다
모국을 원망하는 듯 울분에 찬 절규다

낯익은 스튜어디스가 떠는 아기 안아주니
안도의 숨 돌리며 엄마 품인 듯 잠이 든다
우리는 내 나라 고아도 기르지 못한 수전노들이다

입양아란 A자를 달고 낯선 가족과 섞일 때
발음보다 굳어진 입술 사랑으로 언 볼 녹이면
양부모 밝은 표정 읽으며 달처럼 떠올랐다

손금이 마구 엉켜진 운명의 숲길을 찢고
이방인들 얼굴에서 사랑을 베끼면서
투명한 꿈을 들여다보며 청청하게 자랐다

부활절이나 연등절이나 먹구름 흐느껴도
사랑이 없으면 지독한 가뭄이다
생활에 사랑을 엮으면 연꽃보다 환하겠다

아버지의 자리

김태호

더러는 따뜻한 눈길
주시다가도
네 자리 지키라며
설레발이 철없는 아들
꾸짖으시던 아버지

어젯밤 꿈에 오셔서
등굽은 아들 잠자는 모습
물끄러미 바라보시곤
말없이 방을 나가셨네

환갑 나이 눈앞에서
모진 병마에 애타는
가족들 손 놓으시고
먼 길 가신 아버지

서느러운 기침소리
칼칼하던 그 음성
백발 성성한 나이에도
아버지 모습 그리워
먼 하늘 바라봅니다

비오고 바람불 때
더 커보이는 자리
오늘도 조용히 다녀가신
아버지의 빈 자리

합창단

김행숙

우리들이 똑같은 모양으로 입술을 벌릴 때
입 안에 담은 것과
입술 바깥으로 퍼져나가는 것이
모순을 일으킬 때
어느 쪽에도 진실은 있어요

턱을 끌어당기며 더 낮은 음으로 인도합니다
어느 가을날의 심정으로
우리들은 얼마나 높은 음까지 올라갈 수 있을까요?
공중에서 몸부림치는 저 새의 몸통을
마침내 벗은 하얀 깃털이
느리게
부드럽게

우리에게는 어떤 열매가 툭, 떨어질까요?
우리는 기뻐했어요

입술 바깥으로 퍼져나가는 것이 기약 없이 항해를 떠날 때
부두에 선 것처럼
입술이 떨렸어요
가장 검은 입술도
가장 얇은 침묵도
격렬하였습니다

산에서

김현숙

내겐 사랑하는 이들이
바로 바라보는 산이었다
터진 신발로 일등 달리던
눈웃음 큰 아이
얻어 입힌 옷으로도
왕자처럼 환하던 막내
유리파편처럼 바싹 부서진 나를
조각조각 짜맞추던 그 사람
그들의 웃음과 눈물
내가 온몸으로 기대고 매달리던
산이었다

그 사람도
나의 아이도
지금 내게는 강물
내가 멈춰 사랑하는 동안
아득히 흘러가 버렸다

네 이름이 예술이야

김현신

"우리 예술가 왔구나." 천천히 감겨 오는 눈꺼풀 소리 난 말없이 할아버지 곁에 앉아 있었지 오늘은,

추석 차례상 앞에 엎드려 잔을 올린다 앞엔 제관인 남편, 옆엔 손자, 거실 창엔 햇살

할아버지께서 말씀하셨지 "나타낼 현顯, 믿을 신信, 현신이야 한 번 불러봐 여자도 재주를 키워야 해" 할아버진 이듬해 작은방을 떠나셨네

거실에 햇살 가득한 아침 차례상 위엔 밤, 대추, 산자, 옥춘······ 그이를 보며 말했네 "생각나지?" "무슨 생각?" "할머니 생각?" "요즘 지난 사랑 기억하는 장손들 몇 될까?"

잿빛 향불이 피어오르는 아침,
놋쇠 잔에 술을 따르던 그이가 말하네 "오대 독자에 장손, 그러니까 나를 무조건 사랑했을 거야."

오늘도 작은방을 찾아 인사드리면 "신信이 왔구나. 네 이름이 예술이야" 힘없는 목소리로 들려주실 것만 같다

가족

김현자

가장 낮은 곳에서
환한 등불을 켠 나무

발 아래 튼튼하게 뿌리 내리고
희망의 초록 가지 뻗어 그늘이 되어주고

울타리가 되어
거센 비바람 막아주는

온몸 불살라 검은 숯덩이가 되어도
낮은 몸짓으로

너울너울
가슴으로 감싸주는 넉넉한 온기

사랑

수면水面 2

김형영

너와 나 수면을 이루기 위해
일생을 흘러왔구나

살아서, 아아
어느 하루 편안한 날이여

꽃보다 가벼운

김혜원

문고리를 잡았던 손의 힘점
느슨해지고
문풍지에 먹인 풀발조차 나른한 이른 봄
지상의 단 한 송이 꽃을 업고
봄나들이 갑니다

쑥부쟁이 그늘에 핀 제비꽃의
힘겨운 나래짓에
살짜기 내미는 마른손,
놀라
다북쑥 한 줌 뜯어
발치에 고개 내민 할미꽃을 덮습니다

갈꽃의 등에 업힌
꽃보다 가벼운 꽃이 질까 두려워
휘황한 거리에서
해 뜨도록 걷고 싶은 봄날입니다

우리 가족

김후란

우리집 네모난 방들은
저마다 다른 얼굴로
치장을 하고
저마다의 향기로 채워져 있습니다
발그레 뺨이 고운 우리 가족들
거실에서 식탁에서 침실에서
노상 쏟아지는 웃음소리 음악이 되어
천장을 울리고
창 밖으로 새어나가고
레이스 커튼 하르르 날리고
피어나는 화분에 빛이 넘칩니다
정겨운 낡은 풍금처럼
언제 보아도 편안한
우리 가족

나를 위한 노래

나숙자

이른 잠을 깬 아이가
양치지를 한다
늘 부족한 것뿐인,
가슴에 먹먹히 앉은 땟자국들
때론 아르르 무너져내리고
다시 조심조심 쌓기를 수십 번
어느날은 바람이 너무 거세
눈도 뜰 수 없고
하늘을 쳐다볼 수도 없었다

더 높이 날기 위해
날개를 퍼덕이다 보면
영락없이 곤두박질치고 마는 시간들

이젠 아이도 그 시간을
마름질하고 꿰맬 줄 안다
그리고 하늘 높이 연을 올린다
팽팽하게 꼬리를 세운 연이
가득 빛을 담는다

아이가 환하게 웃는다

길 위에서

나영자

우리가 서로에게
작은 지팡이가 되어 있음을 알았을 때
우리는 이미 너무 멀리 와 있었습니다
남은 길 함께
함께 걷다 문득 돌아보니
등뒤에 성큼 와 걸려 있는 노을
돌아보면 일상의 허허로운 것들이
발목을 잡기도 했습니다
다시 그리워지는
길고 어두운 통로의 세월이 있었지요
소리없이 피었다 지는
꽃잎 같은 기억들이
따스한 햇살 아래 한 무더기
들꽃처럼 피어
황홀한 이승의 꽃길 하나 묻어둡니다

청벽을 지나며

나태주

물이 들어 단풍 들어
이랑이랑 굽이치는 저 산과 산들의
등성이를 좀 보시게
가을 햇빛 받아 굼실굼실 몸을 뒤채며
순하게 익어가는 수없이 많은
짐승들의 등허리를 좀 보시게
어쩌겠나 어쩌겠나 이대로는 안 되겠는 일
근심의 보따리들 잠시 내려놓고
팍팍한 다리도 좀 세워두고
우리들 마음만이라도 저어기
잘도 익어가는 산의 등성이
지극히 선하신 짐승들의 등허리에 조금
얹어볼 일이네
굳이 군시럽다 무겁다 타박하지 않을 것이니
그렇지 그래 마음만이라도 하루치기
멀리멀리 여행 보내고
모처럼 맑고 푸른 하늘 바다에 첨벙!
적셔볼 일이네

나도 붕괴되고 싶다

노명순

평생 퍼진 국수 가닥으로
서울 변두리 그릇에 늘어붙어
발동 달린 잡화상 끄는 앉은뱅이 김씨,
호화판 S백화점 동굴 참사
무더기 죽음에 출연한 배우의 출연료가
그나마 부러워
비가 새는
일세방 천장의
빗물 새는 물방울 아래
비 받친 세숫대야와 겸상하여
주거니 받거니 깡소주를 까고 있다

내한목숨바쳐
시골의늙은부모와어린자식새끼들이라도
살기편하게
해줄까

"엑기! 이. 사. 람. 자. 네. 취. 했. 나?"

꽃비 단비 그 모음

노혜봉

어디선가 마른 풀냄새 향긋한 바람결이
당신 곁에서 쉬다 맴돌다 가곤 합니다

어머니는 바싹 마른 대파 껍질입니다
검붉은 물무늬로 얼룩진 양파 껍질입니다
당신의 살가죽이 벗겨질 때마다
아가는 눈부신 알몸으로 새롭게 태어납니다

쉬지근한 땀냄새 물큰한 젖냄새도 어머니!
그 이름 그 안자리를 선뜻 비켜주셨지요

(퀭한 눈자위 당신은 마른 꼬챙이에
아가미가 꿰어진 금빛 황태입니다
어머니는 갓 잡아올린 등푸른 바다
생선 옆구리에 찔린 칼집입니다)

밤마다 가시 면류관을 내려 바늘을 만듭니다
천년에 새천년 다시 일곱 해 쉬임없이 예언대로
탱글탱글 아기목수를 낳아 푸른 풀밭에 눕혔지요
당신은 다소곳이 배내옷을 지었습니다

------네, 네, 하느님께서 부르신 몸
보잘 것 없는 이 몸은 당신의 끈입니다------
쉬임없이 맨발로 풀밭을 달려오시는 어머니

옷자락에는 흠뻑 새벽이슬이 찰랑찰랑 구릅니다

당신의 피눈물은 밤마다 쌀가마니 가마니로
몇 말 몇 되나, 곱다라니 쌓으셨는지요?
(기뻐하여라 은총을 가득히 입으신 분을)
씨앗은 말씀으로 말씀은 다시금 씨앗으로

통통통통 잘 익은 하늘수박 통째로 고스란히 바칩니다
(뼈에서 나온 그 뼈, 살에서 나온 선홍빛 살과 핏방울)
복되어라 어머니는 온몸 피멍으로 탯줄을 두른 채
이 초록별 지구를 또 몇 바퀴 굴려야 될는지요?

저 멀리 원두막의 불빛이 어렴풋 보입니다
당신이 머무시는 집 지으시려고
아기목수님 첫 손에 정성스레 대못을 잡으셨지요
간절히 바랍니다 어머니 그 열쇠고리의 끈 좀 나누어주십시오

단감을 따며

도한호

단감을 따는 날 아침
시집간 딸아이의 서랍에서
오래된 수첩 하나를 발견하고
무심코 펼쳐본다

조헤레나 구구팔 육삼팔삼
고정선 삼이오 사공육육
수첩에는 어릴 적 제 친구들의
전화번호와 날마다의 느낌이
깨알같이 적혀 있다

이 소중한 보물단지를 던져두고
딸아이는 홍콩에서 살고
헤레나와 정선이도 구구팔과
삼이오에서는 살지 않는다

그 아이들이 앳된 모습으로
내 집을 드나들 때는, 뜰의
단감나무도 여리디여렸거늘.
조심하여라. 너희들 이름
매단 가지가 바람 끝이구나

울음더위

류인서

사랑지상주의자 a는 휴가 첫날 가방을 싸들고 폭풍의 언덕으로
떠난다
고소공포증의 b는 바다로 떠난다
겁없는 선남선녀들 맹수 아가리처럼 뜨거운 예식장 장미아치 안
으로 걸어들어가는 동안
땅 속에서는 혼인비행을 마친 여왕개미가 힘겹게 산란굴을 판다
강 건너 고립의 섬에서는 노회한 정객들이 망각의 의자에 엉덩
이를 맡긴 채 오수에 빠진다

시궁쥐와 비둘기와 떠나지 못하는 이들만 도심에 남아
그림자에 남은 수분까지 앗아가는 필바라침의 악풍을 견뎌내고
있다
가로등 아래 귀화종 매미가 밤 없이 울어댄다

갈퀴덩굴처럼 우거져 귓전에 들러붙는 한 남자의 설레발과 오리
발을 잘라내느라 계절 내내 당신도 잠을 설친다
두툼한 마스크를 안대 대신 눈에 쓰고 침대로 기어오르지만
당신 감정의 불안정한 기류가 뜻하지 않은 구름을 만들어 한줄
금 격한 소나기를 부르기도 한다

그린힐 요양원

류정희

혈육을 떠나 또 다른 가족들과 한 지붕 아래
아슬아슬하게 서 있는 러싱홈 그린힐
누워 있는 자리 한 뙈기가 내 땅의 전부였네

여기 모인 가족들 몸 크기 맞추느라
똑같은 옷을 입고 똑같이 머리 자르고
한 밥상에 모여앉아 똑같은 시간에
밥을 먹네

지상의 사랑하는 것들은 모두가
모진 흉터를 가졌네
모두 늙고 병들었으나 아무도 아프지 않아
영전 사진처럼 빙그레 웃고 있네

지상의 꽃들은 모두 이곳으로 몰려오네
하늘과 땅 사이를 꽃잎처럼 팔랑거리며
모두들 오고 있네
누군가 가고 있네

밥 짓는 아내

문상재

달그락 소리에 눈을 뜬 아침
아내는 밥을 짓는다.
그만의 몫으로 굳어진 일상

비오는 날의 아침 식탁
생선 가시가 세월의 눈금처럼 누웠다.

아내는 설거지를 한다.
그의 뒷모습에 세월이 묻어
양파처럼 눈이 쓰리다.

성묘省墓

문수영

되감고픈 시간이
풀꽃으로 피어 있는,
아버지 살고 계신
산에 급히 오르네

날아온
나비 한 마리가
앞장서서
훨훨 가네

저녁이면 가끔

문인수

저녁이면 가끔 한 시간 남짓,
동네 놀이터에 나와 놀고 가는 가족이 있다.
저 젊은 사내는 작년 아내와 사별하고
딸아이 둘을 키우며 산다고 한다.

인생이 참 새삼 구석구석 확실하게 만져질 때가 있다.
거구를 망라한 힘찬 맨손체조 같은 것,
근육질의 윤곽이 해 지고 나서 가장 뚜렷하게 거뭇거뭇 불거지는
저녁 산, 집으로 돌아가는 사내의 우람한 어깨며 등줄기가
골목 어귀를 꽉 채우며 깜깜하다.

아이 둘 까불며 따라붙는 것하고
산 너머 조막손이별 반짝이는 것하고, 똑같다.
하는 짓이 똑같이
어둠을 더욱 골똘하게 한다.

석류

문정영

심하게 부풀은 머리뼈 속의 종양
내가 아프지 않다고 지금 내 길이 아니다고
형의 종양이 어디 가랴
나는 형의 유전자를 따라 해시계처럼 돌며
그늘을 만들며 살았다
형의 둘레에 나도 아우도 갇혀 있다
왜 부모는 우리의 피를 나무의 물관으로 연결시켰을까

가지 하나가 병들면 그 옆의 가지도 시든다
7시간의 수술로 아물 수 있다면
나도 형도 싱싱한 가지가 될 것이다
파르르 떨며 수술실로 들어가는
형의 눈을 나는 바로 보지 못했다
나도 내 젖은 눈을 누구에게 보여주지 못했을 것이다
흰 붕대로 감은
흔들면 금방 쏟아질 것 같은 붉은 알갱이들

홀몸의 어머니 늦봄 석류가 열렸다는 것을
아직 모르시고 계신다

사진 속의 어머니

문창갑

자식에 관한 일이라면 어머니에겐
저승과 이승의 경계가 없습니다

한 자루 시름 지고 돌아온
이승의 자식놈 밥 안 먹고 그냥 잘까 봐
어머니 또 사진 속을 나오셔서
딸그락딸그락 저녁상 차리십니다

나 오늘도 씩씩하게 밥 먹고 자야 합니다
우리 어머니 웃고 가시게요

아버지의 향기

문현미

　아버지는 미처 자라지 못한 내 손목을 꼬옥 붙들고 남새밭을 거
닐다가 야릇하게 코끝을 간질이는 들깻잎 냄새를 맡곤 하셨다 그
럴 때마다 딸은 지문이 닳은 아버지의 손에서 달아나려고 꼼지락
거리곤 했다

　그리곤 아버지와 딸 사이에는 서로의 그림자조차 볼 수 없었다
하얀 벙거지를 쓰신 머리칼이 황장목 뚜껑 아래로 들어가 버리고
이승에서 마지막 행렬이 고향집 뒷담길을 지나갈 때 마른 들깻단
에서 아버지의 헛기침소리가 들려오자 어느새 사십여 년의 오래된
미래가 슬픔의 울타리를 치며 목덜미까지 차올랐다

　제 앞가름하느라 세상의 골목길을 물목물목 쏘다녔던 딸의 발바
닥에 아리도록 붉은 징이 박혔다 결별의 천길 낭떠러지 앞에서 내
장의 수액은 말라버려 눈시울엔 바람파도만 일렁이고 언제까지나
살아계신 듯 주름 이랑진 어린 딸의 손등을 어루만지시는 아버지,
들깨꽃 피는 계절이 되면 아버지의 향기로 실컷 배가 부른 오래도
록 철없는 어린 딸

이국의 딸

민영희

새벽은 너와 나의 잔물결이다

미끄러지듯 다가서는 여명 속에는
오래 전에 미국으로 떠나보낸
너의 얼굴이 소담스레 올라앉아 있다

푸른 것을 빨갛다고
억지 싸움을 걸어오던 심술을
숨결처럼 접어 가슴켠에 찌르며

"그래 네가 사랑하는 방식을 나는 안다"

떠날 때 돌아서서 떨어뜨린 눈물에
깨진 발등은 얼마나 아물었을지
애써 살펴보지 않고 덮어둔 기억을 꺼내
마음속 비석에 새겨두고 한세월
저도 어느새
드센 아이들의 고달픈 어미가 되어
기운이 쑥쑥 빠져나갈 나이인가?

철거가 임박한 무허가 가슴에
비걸레질을 한번 더 해 보는데
엎드린 채 울지도 못하는 내 전화기

이웃집 전화기는 고장도 없더라마는

도지

박경림

나무꾼 지게꼬리만한 산밭을 도지로 얻었다
이따금 산짐승들이 다녀가고 새들이 사는
달팽이 뼈와 염소의 뿔을 두엄으로 한 흙은 기름졌다

바람이 불 때마다 밭에선 짐승 비린내가 났다

산새 우는 소리를 듣고 어린 아들을 전장에 내보낸 여인은 아들
의 넋이 와서 우는 것 같아
통곡했다는 고사리순 같은 얘기를 들려주었다
여인의 이야기를 먹고 자란
알곡 속에선 도랑물 흐르는 소리가 났다

어느날 바둑이는 쥐약 섞인 날곡을 먹고 마루 밑을 파헤치며 뒹
굴었다
먼지를 뒤집어쓴 헌신짝들이 일어났다
바둑이는 진초록의 눈을 번뜩이며 거품을 토해냈다

산밭은 올해에도 풍년이다

새로 도지를 얻은 사람이 다시 여름날 차비를 하고 있다

그 자리 그렇게

박경임

먼길 오느라 피곤한 자식
잠시도 세워둘 수 없어
어머니 마음 삽짝에 팔 벌려 서 있다

들어오는 것만으로
가슴 졸이던 맘 다 풀린 듯
기다려 서 계시던 그 얼굴은
하늘로 돌아간 아버지 자리를
메우지 못한 채 비어 있고

열리는 소리로 들어오는 기분까지 다 헤아려
미리 조금 열어두곤 하셨지
늦은 귀가 살며시 들어서는 것 아시고
무사히 돌아온 것 고마워 따뜻이 반길 때
저 삽짝 응시하며 상념에 잠기셨겠지

가슴 조이는 삶의 기슭으로 달려와
뜨거운 눈물 한방울 뚝 흘릴 수 있는 곳
봄이면 넝쿨장미 휘돌아 올라갈
긴 세월에 쓰러질 듯 고향집 사립문이 서 있다

딸들의 시대 43
- 미씨족

박곤걸

동지冬至 지나고 첫눈이 쏟아진다.

스카프 한 장으로 눈을 끄는
애인 같은
아내가 나비춤의 멋을 내고
리듬과 컬러로 어울린
대담한 원색론을
허리에 묶는다.
귀걸이 하나로 딸랑대는
딸 같은
며느리가 학의 춤을 추고
바탕과 무늬로 분위기한
현란한 기하학을
한 어깨에 언밸런스로 걸친다.
바람에 펄렁대는
머플러 양자락을 앞섶에 뽑아내고
액세서리 한 포인트가
두 눈을 번쩍 뜨이게 한다,

입춘立春 앞두고 봄눈이 휘날린다.

산책

박광옥

애야!
저 귀뚜리 소리 들리느냐
멀리 기차가 걸어가는 소리는
나무들 숨소리 스치는
숲으로 난 길을 걸어
밤의 고요 속에서
네 작은 손은 무척 따사롭구나
애야!
손이 따스한 사람은 인정이 많다 하던데
사내가 맘이 너무 여리면 못났느니라
애야!
내 등에 오줌은 싸지 말거라
너무 멀리 나와 집까지 갈 길이 멀어졌구나

벽조목

박남주

벼락 맞은 대추나무로 만든 도장이 행운을 가져온다기에
벽조목으로 도장을 하나 새겼다
이제부터 이 도장이 요사한 기운을 다 물리치렸다?

"구설수에 휘말리고, 소중한 물건이 손을 타고, 건강을 해치고,
길이 꽉 막혀 앞으로 나가기 어렵고……"
줄, 줄, 줄 주워섬기는 점쟁이의 말이 무색하것다?

주인 허락 없이 슬그머니 들어와 자리 차지하고
하늘 무서운 줄 모르고 마구 날뛰는
빨강귀신, 노랑귀신, 파랑귀신
뜨거운 불로 내리쳐 혼쭐내고
도깨비 시늉하며 동에 번쩍 서에 번쩍
뿔 달린 방망이 사방으로 휘두르는 잡귀
깜깜한 땅 속에 밀어 넣어 다시는 나오지 못하도록
두 팔 두 다리 꽁꽁 묶어두고

까맣게 타서 재가 된 가슴 활짝 열어젖힌다
잿빛 재를 뒤적여 가쁜 숨을 몰아쉬는 불씨를 찾아낸다
불의 씨 꺼뜨리지 않으려 납작 엎드려 숨어 있는
소리없이 불화살의 시위를 당기고 있는

행복한 사람

박덕중

당신이 그냥
곁에 있어 주는 것만으로
나는 행복한 사람이다

꽃병에 꽃이 꽂아져 있지 않은
빈 꽃병은
얼마나 쓸쓸한가

당신을 그냥
바라보는 것만으로
나는 행복한 사람이다

가을 풍경, 오후

박만진

고추밭 고추와 고추잠자리가
가을 풍경에 참 잘 어울리네

고추밭 호두나무 한 그루,

아무리 생각해도 고추와 호두는
영 어울리지 않을 것 같은데

호두나무 위 저 날다람쥐에
돌팔매질을 하는 오후,

친구 손자 백일 사진을 보니
붓날리는 욕심이 걱정으로 바뀌네

과년한 내 딸아이들은
정말 언제쯤 시집을 갈 것인지

자식농사에 되우 소홀했던
애비 가슴이 헛간이듯 휑뎅그렁하네

파란 하늘과 흰 구름 한 점이
가을 풍경에 참 잘 어울리네

x파일 속으로 스며버린 남자

박명자

'막차는 좀처럼 오지 않았어.'
코트깃을 세우고 감기 바이러스에 쫓기며 콜록거리며
당신께 드릴 한 마디 말을 체온으로 덥히며
눈발 속에 서성거리며 사랑니 앓던 지난 스무 해……
어느 깊은 밤 뭉개져 가는 시간을 응시하다가 당신은
내 가슴에 대못 하나 격동적으로 박아 놓고 가파른 음계 속으로
이내 스며버렸어.

캄캄한 파일 속으로 사라지고 말았어.
눈내리는 세상 한켠 외연의 뜨락에 나 혼자 세워두고
긴 시간 내내 소식 한 자 보내지 않았지?
돌아보면 내 생애 반 이상은 한 남자의 실체를 잡으려고
뛰어온 긴 여로가 아닐까?

가을비 굽이치는 벼랑 위의 집, 한 마리 방게처럼 당신은
울타리 밖으로 떠돌아다니고 빈집에 나혼자 빨래처럼 펄럭거렸어.
어둑살까지 막차를 기다렸나 봐. 대합실에 흰눈 내리는 계절
한 줄기 바람결 일구면서 x파일 속으로 스르르륵 스며버린
오직 한 남자의 떨리는 그림자……

내리사랑 타령

박문재

젊은 시절 어느 무더운 여름날
과천 관악산에 자식놈 둘 데리고 소풍 갔다가
머리빡이 깨질 듯 하도나 더워
아이 둘이 물 보더니 환장을 하여
얘들아 조심하그라 제발 물 조심하그라
그 말이 떨어지기도 전에
깨 홀랑 벗고 저수지 방죽에서 잘놀던
새끼 둘이 다 없어져
새끼 둘이 어디 갔나 물 속에 가라앉았나
이리 뛰고 저리 뛰고 다 헤집어 봐도
생때 같은 두 새끼가 온데간데 없어져
아뿔사 두 새끼를 내가 다 죽였구나
가슴은 조마조마 심장은 통게통게
맥박은 한량없이 벌름거리고
입 안은 바짝 혀끝은 소태맛으로 돌변하여
한참을 정신나간 애비되어 머엉하니 기진해 있자

산 저쪽에서 깨벅쟁이 두 새끼가
애가 타는 애비 앞에 홀연히 나타나
아빠 아빠 메롱메롱 놀리는 품새가
꼭 하늘에서 내려주시는
더없이 귀한 천사들 같은지라
막혔던 요도 뚫리듯 십 년 체증 다 사라져
새끼들을 죽을 둥 살 둥 사랑해 뻗지는
이 애비의 내리사랑 독자들은 알란가 몰라

종이상자로 지은 집

박방희

지하도 노숙 아저씨가
하룻밤 잘 집을 지었다.
종이상자를 뜯어 지은
네모 반듯한 집

관처럼 보이는
종이집 속에 드니
배달되기를 기다리는
택배 화물 같다.

집 속에 누워서도
아저씨는 집을 짓겠지.
백 번도 더 지은 집
또 한 번 짓겠지.

고치 속 누에처럼
따뜻한 집 한 칸 짓다가
진짜 집이 그리워
울기도 하겠지.

화염산 늙은 낙타

박분필

1
석양이 다시 불을 땡긴다 손오공이 파초잎
부채로 활활 타는 불을 껐다는 모래산 꼭대기

양은냄비 슬쩍 올려놓으면 김치라면 금방
끓어오를 것 같은, 라면발 고슬고슬 피어오르는
화염산 아래로 병들어 쫓겨난, 늙은 낙타 한 마리
비척비척 갈 지之자로 비탈을 내려온다

썩은 지푸라기처럼 휘감기는 다리, 낙타풀이
먹고 싶다 가시에 입 안이 온통 피범벅이 되도록

2
흉가의 문살 같은 갈비뼈, 말라버린 낙타 봉,
아! 아버지의 자서전 한 권
"영혼의 어둔 밤을 건너온" 사막 기행문이다

마지막 문장 써내려온다 사막뱀 같은 붉은 생生의 끈
천만 근 끌고 잴 수 없이 가팔랐던 삶, 한 눈금이라도
놓칠세라 쓰러지기 전까지 한 생애 마무리하려는 듯

산 아래 젊은 낙타들 누군가를 기다리며 졸고 있다
양재동 새벽 노역시장에서 먼저 뽑히려고 이리저리
몰려다니던 그날의 아버지처럼, 아! 아버지 짚 공처럼
동그랗게 몸 말고 그 틈바귀를 본능으로 기웃거린다

*이난호 : 「산티아고 데 까미노」 중

190

연緣

박선조

햇빛이든 구름이든 비바람이든
계산 없이 산 날들
눈빛 하나로 희노喜怒의 중량을 측정할 수 있는
내 작은 울타리 안

사랑과 미움의 씨앗들을 싹틔우게 한
인고의 늪은 넓기도 했고 깊기도 했어라

육신 건사해야 할 고희古稀의 상차림엔
짐은 되지 말아야 할 흐느낌 같은 작은 소망 안고
몸 속에 있는 점액 한 점까지도 다 쏟아내어
불혹의 자식들 안위를 기도하고 또 기도하는
지칠 줄 모르는 끈끈한 연緣 그것밖에

공들이고 마음 쓴 만큼의 세상살이는
쉽게 불러어지는 흥겨운 노래가 아닌 것을

오늘은 가고 있고 내일 또한 내일 되면 가버릴 것
아까운 이 순간들을 가슴에 새겨둘 만한 흔적들로
가꾸고 꾸미는 몫이 남았구나

어머니의 잠

박성웅

잘못 지나온 굽이, 무늬지게 감싸주기도 했던
그의 잠은 머나먼 터에 못박히고
생애의 첩첩함이 쫓기고 또 쫓겼구나
길 멀어 열두 굽이 등성이에서
올 때마다 메어지는 기다림에 갇히시니
어린 것을 손잡아 주저앉히지만
해주오씨지묘海州吳氏之墓는 소식을 막고
사랑은 마음에 머물러 지워지지 않는구나

흑백 가족사진

박송죽

아직도 마냥 복사꽃 웃음을 터뜨리며
모세혈관마다 뜨겁게 달구어진
사랑으로 또아리를 트는
배꽃이 만발한 과수원 언덕길을 배경으로
살 속에 살, 피 속에 피로
산목련 흔들림으로
유년의 강은 흐르고 있구나.

깊이도 넓이도 잴 수 없는 까닭없이 포획하며
온몸 촉촉이 싸고도는 그리움으로 고개 숙인
일흔셋의 노을 깔린 자락 끝에 서서
– 문득 되돌아보니,
내려놓을 수도 짊어지고 갈 수도 없어
탄원하고 싶은 이 삶의 무게만큼
어질어질 취기처럼 내 몸 속 피로 흘러
목숨 심지 사랑으로 찬란하게 굽이도는,
청향淸香으로 물들이는
이 흑백 가족사진.

개망초 그 너머,

박수현

성묘를 갔다
큰비가 오고 나면 틀어지고 마는
산길을 따라가다 맞닿은 끝에서 몇 번이나 돌아나온다
비석이나 좌판의 글씨를 더듬어 겨우 찾아낸 무덤,
군데군데 황토가 드러나 있다
여러 번 객토를 하고 떼를 입혔는데도
유골은 생전처럼 자주 옷을 갈아입고 싶은 것일까
낫을 세워 풀을 베다
봉분 쪽으로 엉켜드는 아카씨 뿌리를 캐내는 그의 등이 곤해 보
인다
나도 묏잔등의 개망초꽃을 뽑는다
뿌리째 뽑히지 않고 손에 잡혀 툭툭 꺾여지는 줄기들,
문득 봉분 어디쯤에서인가
살아생전 끝말에 딸려나오던 한숨 같은 소리들이 한 줌 뽑혀져
하얗게 흔들리다 내 피돌기를 따라 흐른다
이 산기슭 한 줌 흙으로 엎드리기 위해
그분이
또 어머니의 어머니의
젖은 말들이 키워 온 목울대 긴 그늘들,
바람에 날리며 한꺼번에 재채기를 해댄다

한때 꿈꾸었던 것들이
날마다 한 줌씩 뽑히는 줄도 모르면서
신도림역에서 떠밀리지 않으려 버티는 내 독한 걸음을

산소 둘레에 찍고 또 찍는다 돌아보니
언젠가 나를 메고 떠날 시큰한 봉분 하나
입 꼭 다문 발자국 안에서 어둑하다

아버지 당신은 내 영원한 밥이다

박승미

밥은 참 만만하다
밥 한 그릇만 있으면, 나에게는 그런
밥만큼 만만한 사람이 있다

혼자 있어도 같이 있는 듯
내 편이 하나도 없다고 느낄 때
언제나 내 편이 되어주는
세상에서 내가 제일 잘 났다고 부추기는
때때로 마음 상하는 일로 혼자 떠들면
절대로 참견하지 않고 무던히 기다리는
내 흉허물 이리덮고 저리 덮어 주느라
많은 밤을 하얗게 밝히는
앉아서도 천리라는 그런,

벽에 걸려 있는 아버지 사진이
역시 내 생각이 다 맞는다는 뜻인지
맞장구를 치듯이 고개를 깊게 끄덕인다

내가 기쁘면 같이 기쁘고 내가 슬플 땐
나보다 더 슬픈 얼굴이 되는 아버지
아버지 당신은
내 영원한 밥이다
밥만큼 만만하다

부산역 광장에서

박시향

비둘기 떼들이 한 바퀴 공중을 선회하여
광장을 끌고 온다
하늘이 푸르게 휘어진다
하얀 눈발을 기다리던 나뭇가지도 둥글게 휘어진다
빌딩 숲을 돌아 세상이 덩달아 잠시 둥그러진다
길이 시작되는 곳에서도, 길이 끝나는 곳에서도
돌아가고, 돌아오는 사람들도
둥그러진다

다시 역 광장을 물고
비둘기 떼들이 어디론지 떠나가 버린다
아, 그렇구나
새들도 밤이 되면
오순도순 깃털을 맞댈 가족의 품으로 돌아가는구나

칼바람이 분다
어둠을 짊어지고 빈 광장으로 돌아온 노숙자들
누더기를 걸친 각자의 사연들이
벌써 자정을 넘겼으나 광장의 시계 초침처럼
제자리를 빙빙 돌며 불면증에 시달리고 있나 봐
춥다 그립다
별빛처럼 빛나는 단어 떠올리며
돌아갈 곳이 없는 자들은
하늘 한 조각 이불처럼 끌어당긴다

마무리

박신지

어제는 백담 흐르는 물에
때묻은 손발 씻고 또 씻고

오늘은 수렴 넘치는 물에
등허리 묻은 땀띠를 닦고 또 닦는다

간밤에는 구곡담에서 여름 때 문질러 씻어내고
오늘은 천불동에서 가을 먼지를 털어낸다

흙벽을 짊어지고 앉아 있어도
도반은 능소화 꽃향기에 젖어 있고

나는 백팔 배, 열 곱도 서른 곱도
무릎 꿇고 허리 굽히며

마등령 억새풀로 무거운 겨울 짐 들쳐 업고
허위허위 피보라치며, 힘든 재 하나 넘어간다

오누이

박영덕

잘 자랐나 했는데
두 갓난 동생 먼저 보내고
다섯, 일곱, 두 살 터울
살가운 정이 유별났건만
하나 동생마저 먼저 떠나보내
어린 오라비 눈물
한강 이뤄 소문나

그 아이 자라
키운 한 살 터울 남매
전출 따라 온 새마을 텃세
네다섯 살 애들에게 가혹한 시련
매맞는 동생 꼭 껴안고
도망칠 준족 주저앉혀
함께 매를 맞더니 태권도를

그 태권소년 자라
가족 거느리고 귀성
신바람내며 노는 자식들 재촉
귀가를 서둘러 섭한 마음 들더니
어린 여동생 늦은 상경열차 안쓰러워
인터넷으로 오후 시간대 비싼 열차 예매
핸드폰 내밀고 편히 가게 배려
늦게 안 할부지 눈가에 이슬이 촉촉

어머니와 아들
－ 군軍에 간 아들 면회 가는 길

박영숙

휘몰아치는 휘모라치는
눈보라의 아우성
차창 때리며
미끄러져 내린다.

가물가물 희뿌－연한 산
보일듯 가리우는 아들의 마음
머언 하늘 바라보며
기다림으로 메아리치는 소리
어머니……

꼭 가야만 하는 가야만 하는
어머니 마음
천리에도 알아보는
아들의 생각
쌓이는 눈송인
어머니 손등을 얼리지 못한다.

어느 이름모를 겨울새
울음소리 담은 하루가 저물어
하－얀 허공에 그리움 퍼내는 소리
아들아……

가족사진을 바라볼 때면

박영우

문득 가족의 얼굴이 그리워질 때가 있다.
오래된 가족사진을 바라볼 때면
나는 항상 사진 속
그 시간 속에 머물고 싶어진다.
머나먼 흑백의 시간,
그리고 젊디젊던 어머니의 품안,
하이얀 강보에 싸여
초롱한 두 눈을 빛내던
청과일 같은 유년의 그 시간 속으로
역류해 가고 싶어진다.
가족사진을 바라볼 때면

가족

박영하

부모의

붉은 피와 살로 태어난

한 줄기 뿌리

관심을 떠나선 살 수 없는

우리는 한 핏줄

풀리지 않는 삶을 살아가는

우리는

영원한 인생의 동반자

건망증

박완호

군복무를 마치고 복학 수속을 밟을 때입니다 주민등록번호를 써 넣고 보호자를 적어야 하는데 하나뿐인, 아버지의 이름이 순간 떠 오르지 않더라고요 텅 빈 머릿속에서 누군가 후레자식,이라며 나 무라는 소리가 들려왔습니다 살아온 날들보다도 길었던 잠시, 가 지나고 아무 이유 없이 기억의 집을 나갔다 돌아온 아버지가 또박 또박 빈 칸에 채워지기 전까지 나는 꼼짝없이 후레자식이었습니다 이름 모를 아버지,의 아들이 되어 학교를 찾고 밥을 먹고 시를 쓰 며 한세상을 살았습니다 손톱 밑 가시처럼 아린 그의 낯조차 가물 가물한 봄날, 나는 다신 적을 데 없는 이름 세 글자를 감기 앓듯 떠 올리며 쿨럭쿨럭 한 생애를 흘러가고 있습니다

오래된 거짓말

박의상

너 또 오줌을 쌌구나
요놈아 이 할아버지는 말이다
일곱 살까지 엄마 젖에
　　　　앙앙 칭얼은 댔어도
오줌은 안 쌌다
　　　　세 살 때도 안 쌌다 말이다
두 살 때 벌써
　　일곱 시면 벌떡 일어나
제 손으로 이불 걷고, 바지 입고
뚜벅뚜벅 변소에 가서
　　　　떠억 버티고 서서
그 팅팅 분 것을 이렇게 이렇게 쳐들고
　　　　천장 높이 오줌을 쏘았다 말이다
거짓말 아니다
　　　　내일 아침에 보아라
변소에 창 하나 뻥! 뚫린 것
하, 하, 하, 하, 바로 그것이니라, 아,

여름 단상

박자원

키 작은 패랭이꽃에
덜 자란 듯한 쑥부쟁이가
명아주 그늘에서 졸고 있다

활짝 고개 쳐든
도라지꽃 위로 높직이
햇빛은 내리쬐고

훌쩍 키를 세운
갈대들도 일어나
숲을 이루고 섰다

걷다 보니
나도
시간이며 방향을 다 놓쳐버렸는지

구름과 바람 사이
어디서 그랬는지
지친 발을 쉬어 가야겠다는 생각이다

햇살이여
바람이여
시린 내 가슴 좀 따숩게 해다오

아름다운 굴레임을 느낄 즈음

박정자

한때는 몹시 거추장스런 짐만 같아
홀홀 벗어던지고 싶어
마음 한 켠이 찜찜하기도 했지만

늘 함께 있어 잘 모르는
공기와 같은 존재임을
세월로부터 알게 되고
인연 중에 가장 아름다운
운명적 굴레임을
바람처럼 느낄 즈음

한평생 푸르기만 할 줄 알았던
인생의 벌판 위로
황혼빛 노을 너울거리고
한 치 눈앞의 풍광도
시나브로 침침해지더이다

부부 夫婦

박정진

서로 아무것도 모르고 만나서
물고 빨고 10년
으르렁대기 10년
사는 것이 싸우는 것인지
싸우는 것이 사는 것인지
10년, 또 10년 넘으니 뒤섞여
누가 누군지 모르겠네.
거울을 보며 서로
나는 너를
너는 나를
자기라고 우기네.
부부로 살다 보면
저절로 지천명知天命하고
저절로 이순耳順 되네
이제 여보! 라고 부르지 않아도
미리 알고 움직이네.
서로 따로 태어났다가
죽을 때는 함께 합장되네.

모래의 집, 불의 집

박제천

여섯 살짜리 손녀 정주가 모래집을 짓는다
- 여기는 할머니 집이야
까슬한 마음의 모래알들이 모여 하나의 집을 이루었다
- 모래집 속에 할머니가 계셔

모래의 집을 들여다보며
문득 불의 집을 떠올렸다
엊그제, 화장장의 분화구에서 아내는 불길 속으로 사라졌다
불의 집으로 거처를 옮겼다

그로부터 내 가슴에도 불의 집이 생겨났다
그, 불의 집은 휴화산처럼 불을 숨기고 있다
혼자 캄캄하게 마음의 집을 지키고 있노라면
불의 집이 나타나고, 불길이 다시 솟아오른다
보이지는 않지만, 저 불 속에 아내가 있을 것이다

땀을 흘리며 만든 모래집을
정주는 다시 뭉개고, 새 모래집을 짓는다
나도 불의 집을 보기만 하곤, 다시 지워버린다

정주와 나는
이렇게 매일 새 집을 짓는다
- 할머니에게 늘 새 집을 지어줄 거야

어느새 내가

박종숙

우렁각시 울어머니
바쁘다며 동동거리는 외동딸이 안쓰러워
바람처럼 오셔서 맛난 반찬 만들어 놓으시고
궂은 살림 윤나게 닦으시고
버리지 못한 허접을 끌어내시어

미안타는 말과
죄송타는 말은
목구멍에 얼어붙은 채
차마 입밖으로 내지도 못하고
평생 죄인으로 살게 하시더니

어느새 내가 딸내미 집 냉장고를 채우고 있다
허물처럼 벗어 놓은 일상들을 주워 개키고
딸이 낳은 아기를 등에 붙이고 서서
내 어머니의 수고를 생각한다
아직도 우렁각시인 팔순의 내 어머니를

겨울의 한담

박종철

차게 뽑아올린 푸르름이
얼지 않고 서서
노오란 꽃망울 터뜨렸다

송이로 내리는 눈발이
시루 속을
훈훈하게 데운다

청둥오리의 벗은 발
물갈퀴가 얼음 밑 강물보다
새파랗게 투명하다

바람이 방패연의 바람구멍을
조심스럽게 통과한다

날마다 한데
살피고 들어와
촛불을 켜고
생일 축하 노래로
웃음꽃을 피우는 즐거움

선물

박주영

"엄마, 사랑해요" 아들의 메모가
꽃바구니 속 장미한테서 낮게 번져나옵니다
후리지어, 금어초 앞다투어 손 흔들고
"저두요"
"저두요"
왁자지껄 가지를 흔들면서 마른 몸 비비대고
젖은 이슬로 몸 불린 늪 하나
깃을 치며 숨가쁘게 굵고 맑은 눈망울
굴러내리고 있었습니다
불쑥 다가선 아들의 얼굴 뒤로
꽃들의 행렬이 세상을 가득 채웁니다
"엄마, 힘내세요"

유달리 파아란 하늘에서
풀씨 하나 떨어지더니
굵은 뿌리 내릴 준비로 부산한
화이트데이입니다

남자

박준식

깊은 곳으로부터의 울컥임이 잦다
남자로 산다는 것은
여자 같지 않음을 강요당하는 나날
슬픔엔 내색조차도 낼 수 없다
그렇게, 남자의 슬픔엔 냄새가 없다

복받침에 구겨진 그리움을 펼쳐 허공에 걸쳐 놓고
하나, 둘 헤아리는 주름만큼 한 날들
마지막 시간까지
그리움 또한, 그 흔적이 없어야 한다
남자다움에 감정의 이입은 허락되지 않기에

하루

박준영

　　　　　　－ 외출에서 늦게 돌아와 보니 하나뿐일 수밖에 없는
　　　　　　한 여인이 홑이불을 둘러쓰고 훌쩍이고 있다

한몸이었다가 서로 갈려 다른 몸이 된*
시집 간 딸과 싸웠단다
서로 상처받고
듣는 나도 아파 온다

약수통 둘러메고 산길로 향한다
아이 밴 옥수수 일가가
수수하게 인사하고
짝을 진 노랑나비 훠어-휠
아는 체 손짓한다

하양 보라 알맞게 섞어 핀 도라지도
방긋거리고
이이잉 벌소리 바쁘고
새 노래 하늘에 맑다

이렇게 온 세상 하늘이
마음 하나 비우면
다 친구인 것을

*김초혜 시 「어머니 · 1」에서

아버지의 잠

박지영

아버지 깊은 잠 속에 빠지셨다
가는 고무호스에 질질 끌려가는 잠
불러도 미동도 않으신다
부리부리한 눈이 무서웠던 아버지
커다란 덩치가 나날이 가벼워지신다
냉장고 속 파뿌리 실없이 자라듯
허연 수염 자라나는데
비늘 돋고 지느러미 돋아나듯
온몸에 살비듬 덮인 아버지
물 속 헤엄쳐 가는 꿈 꾸시나
바다로 길을 내시나
뭍에 갓 나온 물고기 아가미 뻐끔거리듯
가쁜 숨 몰아쉬신다
꼬리지느러미 흔들며 넓은 바다로 가시려나
깊은 잠 속의 아버지
허연 비늘 세우고 꿈틀하신다

가족
– 엄마처럼

박지혜

하나님의 작품 중에서도
가장 우수작이라는 엄마
얼마나 자식을 사랑하는지
만들어 놓으시고도
스스로 감탄하시는 하나님

군중 속에서 외로울 때
뙤약볕에서도 오한이 나는 몸으로 불러보면
언제나 푸른숲이 되어 품어주시는 엄마

교통수단이 닿을 수 없는
아주 머나먼 곳에 계신데
간절히 보고 싶을 때면 어느새 다가와 계신 엄마

우주 속에서 제일 큰 알
사랑의 부화기
미숙아인 내가
언제나 안기고 싶은 인큐베이터

나도 그런 엄마가 될 수 있나요
엄마처럼 살고 싶어요 엄마로만 살고 싶어요

짚 2

박찬선

아버지 짚이 되셨네.
햇살 밝은 가을날 벼 거둔 천수답에서
퇴비 깔고 보리씨앗 넣으시며
'참 좋다 참 좋다' 이르시고 짚이 되셨네.
마당 가득 처마보다 높게 차곡차곡 쌓인 낟가리
볏짚으로 쌓은 황금의 성
그때는 정말 넉넉한 부자였네.
은은한 달빛 넣어 꼬아낸 새끼줄보다 질긴
삼신줄을 엮어 오신 우리 아버지
포성이 오갔던 그해 여름
문경새재 보국대 다녀오신 뒤
목마를 해서 건넜던 낙동강
아버지의 높은 어깨에서 솟아났던
쇠죽솥의 구수한 짚냄새
한가한 날 약주를 즐기셨던
아버지의 불그레한 얼굴이
근심을 태우셨던 아궁이의 불기운으로 상기된
그 모습으로 나도 홍시가 되면
멍석에 누워 별 헤며 들었던
가마니 치는 소리 솟아나고
이엉 엮어 새로 덮은 집의
따뜻한 겨울밤에 닿는데
짚 거둬간 빈들
썰렁하다 못해 차가움으로 오는

대설 지난 지금에야 조금 알 듯도 하네.
짚이 되신, 흙이 되신
아버지의 길지 않은 생애를

흙의 집

박천서

지친 세상살이 널어 말리며
주름진 손잡아 함께 머무는 곳
결 따라 찾아오는 길손
시름 벗고 웃음 흘릴 수 있는 곳
사철 꽃이 피고 지고 송진내 감도는
별 헤아리며 마시는 커피에
정신의 무게 토해 놓으며
영원히 함께하고 싶은
구름도 바람도 쉬어가는
서까래며 대들보며
하늘이 물결 보이는 집

허름하지만 믿음직한
따슨 집 한 채 짓고 싶다

식물여자

박춘석

내 안에 심겨진 당신을 뽑아낼 수가 없다는 말로 그는 내게 청혼을 했다. 그날부터 나는 어린 나무가 되었다. 그는 집에 나무를 심어놓고 날마다 대문을 나섰다. 20년이 넘도록 그는 나무를 키웠다. 20년은 얼마나 멀고 넓은 곳일까? 세상이 아무리 넓어도 그의 시작과 끝 지점에는 나무가 있었다. 그는 나무둥치에 묶여진 끈에 팽팽히 당겨져 돌아왔다.

그의 잠 속에 무슨 일이 있는 걸까? 슬픈 울음이 잠 밖으로 샌다. 지쳐 잠든 그에게서 20년을 키워 온 나무 냄새가 진동한다. 하룻밤 잠보다 더 무거운 나무그늘이 그의 얼굴을 뒤덮고 있다.

나무는 먼 곳으로 여행갈 때에도 뿌리를 그의 곁에 두고 갔다. 나무가 여행 중일 때에도 그는 뿌리에 물을 주었다. "신랑 밥이 좋은 모양이네. 가지가 여린 순을 길게 뻗었어. 사는 게 힘든 모양이네. 아직 때이른 단풍 들었어." 사람들은 그와 나무의 단편적인 풍경을 읽곤 했다.

나무는 아이들 발에도 끈 하나씩 묶어주었다. "아무리 멀리 가도 집은 잃지 않을 거야. 어두워지면 팽팽히 당겨질 테니 어두워진다는 건 뿌리로 가는 길이 열린다는 뜻이지."

그가 벌어 온 밥과 세상을 먹는 나무는 한 채의 집이 되어 갔다.

너희 스물 넘고 내 쉰 넘는 날

박칠근

한땐 풀잎에 맺힌 이슬처럼 위태로웠다
출생이 임박한 혜린의 목소리 듣기 직전
동짓달 찬바람 가득한 깜깜한 차 안에
네 살 휘영일 맡겨 놓고 분만실 복도를 서성일 때
유리창에 서린 성에처럼 세상이 초조했다
최초의 목소리가 들릴 때 기분은
창가의 난초처럼 나긋한 촉을 세웠었다

속썩인 적 없어 늘 마음뿐인데
내 조바심을 덜어준 효심에 눈물겹다
태어나면 경유하는 사춘기 지켜보면서
안타까움이 유리창에 머문 입김으로 대신했지만
멈출 수 없기에 머물 수 없는 날들이 흐른다

너희 스물 넘고 내 쉰 넘는 날
너풀대는 토끼풀처럼 강둑에 앉아 물길 바라보자
너희 갈 길 있고 내 갈 곳 따로 있으니
바다로 가는 너희와 바다에서 돌아오는 내가 만나면
나비처럼 가벼운 날개를 가슴에 달자
개울도 건너가고 고개도 넘어가는 그런 날개를

순아

박태흥

하루해를 보내는데
눈에 스쳐가는 솔솔바람
귀에 아련히 들리는 노래들

당신의 애창곡을 들을 때는
젊음을 잊었었지만

세월은 칠십고개 넘기고
병상에서 무엇을 기다리는가

모두가 기도하는데
그 기도소리 듣는가

가족

박향숙

아이와 엄마 아빠 같이 있을 때
많지 않은 식구가 한 가정 이뤄
행복을 공유한 듯 충만하다

아이가 집을 나서 학교나
거리 회사에 있을 때
부모는 가정되어 마음에 있다

아이가 할머니댁에 머무를 때
부부는 아이의 나침반 되고
할머니는 부모의 가는 모습 되어

때로는 아프거나 삶이 고달퍼도
위로 바라보는 미래가 있고
아래로 따라오는 아이가 있다

시집 보내던 날

박후식

셋째녀석 시집보내던 날
하필 봄비가 내리실까
벚꽃 만개한 농촌진흥원 산 5길
예식장 3층에서 내려다본 벚꽃 군락이
봄비와 어울려 한결 고와 보인다
식순 끄트머리던가
콧날을 시큰케 하는 대목이 있다
곱게 길러 시집보내 준 부모에게
창가에 피어난 꽃,
그렇게 인사를 올리라는 것이다
셋째녀석 갑자기 눈이 커지더니
억지로 무언가를 참고 있구나
빨개진 눈가장자리로 피어오르는 안개
제 어미도 덩달아 우는구나
흘러간 세월을 참고 있구나
공항 휴게실
양장으로 갈아입은 쑥색 발랄한 모습
손가락을 저어 보이는 녀석이
한결 예뻐 보인다

신神의 영역

박후자

퍼즐놀이 짝맞추는
첫돌 지난 우리 아가
고양이 돼지 코끼리……
제자리에 꼭꼭 맞춰 둔다.

내가 빼어 놓은
러닝머신, 티브이의 플러그
꼭꼭 찾아 스위치를 꼽는다.

죽은 듯 늘어진
내 영혼의 플러그에
"함니" 하며 안겨 오는 따뜻한 입술

반짝 불이 들어온다.
찾지 못한 나의 스위치
제자리 꼭꼭 찾아주는 예쁜 아가.

빈 쌀독

박희선

오래된 빈집 마당에
금이 간 쌀독 하나가
하늘을 향하여 운다
쌀독 안에서는 아직도
식구들의 저녁 먹는 소리가
도란도란 들린다
제일 크게 들리는 것은
젖이 모자라 보채던
세 살짜리 막내딸 울음,
찬바람 부는 저녁이면
목발 짚은 바람들이 와서
새우잠을 자고 가는 것을
여러 번 목격할 수 있었다
가난한 굴에
저녁때가 되면
키 작은 안주인은
깊은 쌀독에다 상반신을 묻고
바가지로 바닥을 긁었다
바닥 긁는 소리가 언제나 축축했다
삼십 촉 백열등 아래 저녁 밥상
푸른 아욱죽 위에는
바가지 긁던 소리가
동동 떠다니는 것이 보이었다

어미

방지원

갓난이를 옆구리에 받쳐 안고
어미는 아랫도리 벗은 새까만 아이와
무리에 섞여 거리에서 구걸을 한다
눈이 마주치면 금세 슬픈 표정으로
입을 두드리는 간절한 눈빛
훤히 드러난 허리춤에서 허기가 흐른다
오직 먹기 위해 살아가는
갠지스 강변의 태양이 원망스러운
검은 하늘 사람들
아비는 어디에 있는가
영문 모르고 태어난 긴 목숨
그들은, 나는 무슨 죄인가
— 어쩔거나 동그랗고 까만 눈동자를
화려한 옛 궁전 옆에서
지독한 냄새의 기차역에서
내림받은 구걸을 자식들에게 다시 가르치는
목울대 질긴 여인들
온 세상을 향해 벌 떼처럼 외치는 소리
'원 달러(One Dollar)'!를 외면해야 하는
잔인한 발자국들은 등허리가 부끄럽다

명태

배홍배

명태가 바짝
햇볕에 마르고 있다
쫙- 벌린 아가미에 핏줄이 말랐다

바닷물이 드나들던 길

그 물길로
바람이 드나들고, 마르다가

바람의 길마저 말랐다

물고기의 눈 안으로 뜨고 졌을 달은
휑한 눈두덩 안에서 다시

만월이다

어둑한 가슴이
두근두근
까맣게 반짝일 차례다

핵가족

백우선

밥 먹는 입 셋에
말하는 입 셋인데

그 입들마저 다 어디로 갔을까?

금혼金婚 낙서

범대순

　며칠 굴리다가 마음먹고 새벽에 일어나 시 한 편을 마무리지으면서 버릇으로 자기도 모르게 '헛소리다' 하였더니 옆에서 아내가 마음에 들었던지 크게 호응하였다. 그는 나를 너무 잘 안다. 나의 헛소리 나의 머시기까지도 너무 잘 안다. 최근에는 더욱 나의 시가 그의 가슴을 떠나고 있고 더구나 그것이 그가 바라는 비엔나 여행의 까닭도 아닌 것을 모르는 바는 아니지만 그래도 그가 나의 새벽을 우습게 생각한다 싶으니 화가 났다. 더러 들리는 이야기는 2회성으로 3회성으로 사는 세상도 있다는데 우리는 50년을 일회성만으로 살고 있으니 그도 또한 헛세상이 아닌가. 돌아누워서 화를 삭이다가 혼자 생각한다. 그렇다. 아니다. 내가 화가 난 것은 그 때문이 아니다. 한때 우리는 같이 나의 새벽이 하늘인 적이 있었다.

울어머이

변승기

참말로 가련하신 울어머이
김해 김씨 문중門中서 열일곱 나이에
초계草溪 변씨卞氏 가문家門으로 출가出家
가지 많은 나무 키우느라
첫째딸 둘째 여자 셋째 계집애
넷째 가시나 다섯째 여식아 여섯째 또 딸
그리하여 겨우 우리 백씨伯氏 낳으시고
지가 막내 아잉가베
울어머이는 늘 다리 밑서 주워 왔다 했능기라
저 애무러기 지 여편네 맞는 거 보고 죽어야제
아이고 어찌 눈 깜껐노
울어머이 지금 이 땅에 없심더
지 장가가는 것도 못 봤지예
저승길 어딘가에 풀꽃되어 누워 계실낍니더
그래도 어머이요 속만 태우던 이 애무러기
반달 같은 여편네에 떡뚜꺼비가 두 마리
어머이요 인자 괜찮심더
감지 못하신 눈 감으시고 마음놓고 푹 쉬이소
사는 날까지 기죽지 않고
남의 험한 욕 먹지 말라시던
어머이 말씀 그대로 지는예 열심히 살아갈낍니더
어질고 어지신 울어머이

230

자꾸만 장구가 되어 가던 쌀통

상희구

대구 칠성동
단칸방 시절
큼지막한 손아귀 둘이 포개져서 악수하는
그림 위로 글귀도 선명한 UNKRA 유엔한국재건단의
커다란 원통형 분유통을 우리집 쌀통으로 섰는데
쌀이나 보리가 그득할 때는 도무지 쌀통이란 것이
둔중하고 묵직해서 한 됫박을 퍼내도 그만
한 말을 퍼내도 그만이어서 소리가 나지 않았다.

내용물이 점점 줄어들어 속이 비게 되면
이 쌀통은 큰 울림통의 장구처럼 되어 마침내 울기 시작한다.
어느 늦은 봄날이었던가
신새벽, 몰래 일어나신 엄마가 바닥을
들어내기 시작한 쌀통을 긁자 쌀통이
버어억-버어억 울었다.

“아이고 이 새끼들 다 우짜꼬”
“아이고 이 새끼들 다 우짜꼬”

엄마가 숨 끊어진 다음의 자투리 같은
끓는 소리로 내뱉었다.

나는 그때부터 새벽잠이 없어졌다.

장구든 북이든 쌀통이든
속을 비우면 다 우는가 보다.

침묵
– 일기 5

서경온

아버지

이제는
그림자가 없는 사나이

좁고 옅은 그늘이나마
거두어 가시니
뙤약볕 아래 홀로 서신 어머니
숨이 가쁘시다
넘어지시다

한평생보다
무거울 그 문패를
비단보에 싸서 가슴에 묻으시다

그날 이후의
투명한 침묵

이산가족의 꿈 이야기

서범석

모르는 누이가 전화를 걸어와
생딸기 같은 말 나누다가
모르는 주장을 남북이 서로 우기다가
전화 끊겼다
모르는 전화가 다시 걸려오면, 물어볼 말

　　— 아버지 생존해 계시는가?
　　— 그쪽 어머니와 자녀들은?

허둥지둥 메모하기 바쁜 틈에
내 눈에 들어오는 흰 옷 입은 어머니
와병 중인 평소와 달리 잘도 움직이시네!

어허, 어머니 기적처럼 회복할 꿈인가
북에 있을지도 모를 아버지에 대한 예보인가
아니면, 53년 빈 세월 싸들고 떠날 어머니의 저승행 차표인가

까치소리에 얹어 보는 이 아침의 늪!
그래요, 희비가 문제되지 않아요
밤이 가면 낮이 오듯이 한 번만이라도
이 늪에서 벗어나고 싶어요

부지깽이

서상만

어머니는 아궁이 가득 검불을 지폈다
연기나는 삶을 이리 펴고 저리 펴서
검게 그을린 몽당 부지깽이로
불씨를 살렸다

군불 지펴 언 몸 녹이고
밥짓고 물 데워 우릴 키웠다

가난한 어머니의 궁량은 늘
참고 견디는 일이어서,
제 몸 마디마디 다 태우고
끝내 동강난 부지깽이로
아궁이 앞에 버려져 누웠다
오직 자식의 불꽃을 보기 위해
자신을 태운 어머니의 사그랑이 손은
늘 빈손이었다.
어머니 손은 몽매에서도 잊지 못할
그리운 꽃이었다

이슬

서승석

연꽃 잎에 구르는
이슬방울 두 방울처럼
서로 공명하고 다정했던
오십삼 년

아버님은 한평생 붓과 먹을 닮리시고
어머님은 그 곁에서 종이공예 벗하시며
도란도란 도반 되어
함께 향하시던 미의 절정

지금 서랍장 깊숙이 쉬고 있는
어머님의 뜨개바늘처럼
손에 못이 박히도록 시력이 흐려지도록
한시도 쉬지 않으시던
어머님의 손놀림은 이제 불현듯 멎었어도

상실의 아픔을 서예로 승화시키며
묵향 속 예술의 다리 위에서 재회하며
현란한 무지갯빛으로 다시 하나 되는
이슬방울 두 방울

등뼈를 밟다

서승현

아가야 등허리 좀 밟으려므나

햇빛 반사되는 호미날 따라

흙 묻은 감자알 툭툭 튀어 오르던 날

저녁 드신 아버지 고단한 몸 아랫목에 엎드리셨다

등 위에 간신히 올라섰지만 어린 발바닥은

마른 혀처럼 오그라들다 허둥대며 미끄러졌다

밟히는 자리마다 삭정이 꺾어지는 소리 들리던

얇게 마른 아버지는

좀더 세게 밟거라 그 발목 힘으로 세상 어찌 사느냐

꺾어지는 목소리로 붉게 역정 내셨다

척추 속 등뼈 알 같은 흰 감자가

마당에 둥글둥글 작은 언덕 이루던 밤

꼭꼭 밟지 못해 야단맞은 마음이

노곤한 신음 따라 숨죽여 울음 울 때

달빛 아래 키 큰 오동나무는 쪼그려 앉은 어깨 위로

물기 마른 잎새 두엇 떨구어 주었다

감자포대 그득히 창고에 쌓인 후면

칼바람 몰아쳐도 겨울은 따뜻했다

광대뼈 검게 불거진 아버지가

손톱 밑 갈라터진 투박한 손으로 건네주던

찐감자 속 뽀얗게 묻어나던 분덩어리 덕분이었다

까마득한 어젯밤에도 단발머리 어린 소녀는

따끈한 등뼈 속 하얀 뼛골 빼먹으며

발목은 조금씩 굵어져 갔다

즐거운 소녀들 1

서안나

동물원에서 짐승들이 사라졌다는 뉴스가 되풀이로 보도되었다
저녁이 되자 보도블록 틈새에서 털 돋은 손가락과 피묻은 손톱들
이 자라났다 어느날은 비디오방에서 순식간에 사랑을 알아버리기
도 했다 뒤를 돌아보지 않으려고 입술을 깨물곤 했다

무작정 도시를 질주했다 아랫도리에 붉은 도벽의 꽃들이 피어났
다 아버지가 뺨을 후려칠 때 핏발선 눈동자에 금이 갔다 나는 상냥
한 아버지를 낳을 거야, 은밀한 낙서를 하며 자신을 부정하는 법을
배웠다

밤마다 젖가슴이 아팠다 주둥이를 벌리고 붉은 간을 토해냈다
무른 토마토처럼 울컥 아버지 없는 아이를 낳았다 떠나고 싶었지
만 도착할 곳이 없는 소녀들이 북적거렸다 도시가 갈라지는 기적
은 일어나지 않았다

어머니

서영수

나이 육십이라도
어머니 앞에 서면
나는 어린애.

팔순이 넘도록
바늘에 실 꿰듯
뚫어 온 눈
어둡다고 하지만
내게는 밝다.

안경 너머 저편
어머니 땅에서면
흰머리를 흔들며
투정 부리는
나는 철부지 어린애.

천자문千字文 외우던 내 음성
꽃씨 봉지에 깊이 싸두고
사철 씨 뿌려 가는
어머니 절기節氣
나는 모를 수밖에.

작은 손

서정란

아가야, 네 작은 손은
세상에서 가장 힘센 손이구나
별꽃 같은 고 작은 손으로
황소 같은 네 아빠를 일으켜세우는가 하면
바위처럼 꿈쩍도 않던 할아버지를
손가락 하나만 잡고도 벌떡 일으켜세우기도 하는
아가야 너는,
세상에서 가장 힘센 손을 가졌구나

하지만 아가야 너는
힘센 자랑 따위나 으스댈 줄도 모르고
그 어떤 테러나 폭력 같은 것은
더더욱 할 줄 모르는
아가야 너는,
우리 가족에게 즐거움을 가져다 주는
하느님 닮은,
세상에서 가장 평화로운 손을 가졌구나

어머니

설의웅

해질녘에야
이고 간 나뭇단 팔려
장보시던 어머니

시오리 차호나루에서
허기져
치마끈 조여맬지라도

동전 아껴
허리춤에
눈깔사탕만은 꼭 간직하고 돌아오시던 어머니

시간의 저편

오늘은
무얼 품고
저승길 떠나셨을까

그대 눈빛은

설태수

숱한 빌딩, 그 너머의 산, 구름, 새들
모래알과 바위
오고가는 사람들과 철교 위의 기차도
눈동자에 들어온다.
눈감으면 순식간에 물러나지만
보는 족족 나와 통하지 않는 게 없다.
매일 눈맞추는 나무들, 셀 수 없는 풀잎들.
끊어지지 않는 강물 줄기와 밤하늘의 별빛도
두 눈에 들어온다.
그래도 내 안의 빈 자리는 여전하여
등뒤에서도 다들 무한정 기다린다
언제 돌릴지 모를 내 눈길을.
하여, 이미 나의 내면은 무한이다.
잠시 후에 어찌 될지 모른다 해도
무한이다.
하지만, 응시하는 그대 눈길 앞에서는
나의 전부가 흔들리기도 하니
한순간의 그 눈빛은
이처럼, 무한을 뒤흔들기도 한다.

정답은 없다

성찬경

천지天地는 인仁이다. 물론이다.
천지는 불인不仁이다. 물론이다.
천지는 인이며 불인이며 불인이며 인이다.
당연하다. 모순은 없다. 물 흐르듯 유연할 따름이다.

풍년이다.
오곡백과 영그는 황금의 들을 보라.
그러나 지금 지구 어딘가에서
지진이 일고 있다. 해일이 밀려온다.

한 쪽엔 혼례식의 팡파르.
한 쪽엔 질주하는 영구차.
웃음과 눈물이 서로 태극무늬로 꼬리를 문다.

정답은 없다.
모든 답이 정답이다 한 목숨의 등가량等價量
실감實感의 피와 땀이 배어 있기만 하다면.

거룩한 생애

성홍영

아내는 이불 호청을 빨랫줄에 널고 있다
그것도 빳빳하게 풀을 매겨
태양 아래 말리고 있다
허공에서 숨을 쉬던 호청을 걷어
가벼운 발로 밟아 탄력을 더한다
아내는 주름진 인생, 파인 상처를 실로 꿰매듯
이불을 꾸미고 있다
쪼그린 아내의 등뒤에 고개 숙이는 햇살이
폭삭한 이불 한 채를 덮는 날이면
연줄에 풀을 매겨 연을 날리던 어린 시절이 그리웁다

면회
– 현대판 고려장

손경하

어느 노인 요양 병원
구석 베드에 마주앉은
백발의 노모 얼굴을
눈물이 하염없이 타내리고
있었다 –

무슨 사연 있기에

돌아앉은 정장의 아들
고개 숙인 채 말이 없다
울고 있는가 –

TV는 베이징 올림픽
자식들의 승전보에
젊은 부모가 글썽이며
기립박수를 치고 있었다.

치마저고리 연가戀歌

손광은

아내는 늘 투덜대고
아름다운 치마저고리 옷을 벗는다.
공상 허언증 시대 옷은 화려한 위선이라고
나를 보고 옷을 벗는다.
누구나 못벗는 알몸의 옷. 신뢰를 잃어버린 시대
알몸으로 덤벼든 몸 비비는
살결이라 믿으면서
속살 알몸 보고지고, 보고지고,
부끄럼 없이 망설임도 없이 벗는다.
윗도리 속옷까지 훨훨 벗는다.

나는 어쩔수 없다.
아예 소리없이 중얼거릴 수 없다.
백제 황산벌 계백장군같이 숨쉬고
고조선 토속의 막사발 빛깔같이
토해내는 아내의 몸매를 보면서
황소같이 숨살로 숨살로 떠밀려 가면서
실성한 듯 히죽히죽 소웃음을 웃는다.

파도치는 물면 밑바닥에 깔린
살여울 소리같이
미국산 미친소 온몸으로 나뒹굴어지는 소리같이 웃는다.
문득, 굿판치는 정치 약속은 어디 갔소
거짓말 시대에 대하여 짜증나게 웃다가

아내의 치마저고리 옷고름 매듭 푸는 소리 듣는다.
아내는 다소곳 꽃일레라.
동정 옷섶 끝동같이
휘어내린 소매끝 주름살같이
세월 휘어 토라져 눈흘키고 가지만
뒷맵시 풍만하게 히끗히끗 꽃일레라.

밀레의 만종

손기섭

밀레의 만종을 보면 고향 생각이 난다
내 고향 사천의 산천은
어느 한 자락을 잘라 보아도
밀레의 반종보다 모네의 수련보다
더 아름답고 정겨운 그림이었다
그러나 철들기 시작하면서
그것은 치우침이 지나친 것임을 알았다
나이 들어 고향 내가 한번 빛내 보자고
고향 한 자락씩을 잘라내어
고향 향한 그 사랑 그 그리움을
그리고 색칠하고 다듬어 보았으나
좋은 그림은커녕 언제나 남는 것은
찢어지고 구겨진 파지뿐이었다
이번만은 하고 다짐한 것이 수없는데도
아직도 그 짓의 되풀이다
그림 한 폭으로 세계를 움직이는 사람도 있는데
하면 할수록 더욱 잘 안 되는 그림
그러나 내가 이렇게 하는 것을 지켜보고 있을
다른 눈도 있을 테고 고향을 위해서
기막힌 다른 일을 따라 벌이는 이도 있겠지
하고 생각하면 다시 힘이 솟는다

흙으로 만든 문

손한옥

사흘 밤 사흘 낮 눈 떠 있는 시간이다

확대된 주민등록 사진이 준비되지 않은 사진으로 앉아 산 108번지 마지막 주민이었음을 알리고 있다 쌀알처럼 중요한 말씀이 흐린 날마다 우산을 챙겨주시던 말씀이 식은 육개장을 말아서 모래처럼 퍼 넣고 있어도 나무라시지 않는다

어깨를 흔들며 깨우시는 어머니, 책가방을 챙겨야 될 아침처럼 놀라던 저녁이면 좋겠다 잘못된 꿈을 꾸고 일어난 새벽이면 좋겠다 낮은 목소리로 킬킬거리며 전화했을 때처럼 페이지 접어둔 책을 가지러 집게발로 드나들었을 때처럼 설친 잠을 나무라시며 아버지, 일어나시면 좋겠다

꼭지 도려낸 배가 마른 입술처럼 조여들고, 끊이지 않고 타오르는 향불에 사과가 검붉게 타들어가고, 우리들이 지어 놓은 집 흙으로 만든 문 앞에 아버지 서 계신다
북두칠성이 하나 둘 내려오고 있다 하늘이 캄캄하다

알파빌* 거리에서

손현숙

나는 너에게 아무것도 묻지 않지. 나는 너에게 궁금한 게 아무것도 없지. 나는 나의 밖에서 너를 들여다보지. 나는 내가 그린 대로 너를 따먹지. 나는 나를 정량급식처럼 딱 덜어서 주고 놀지. 나는 너를 문 밖에 세워 두고 손만 내밀지. 나는 언제나 집을 뒤집어쓰고 집으로 돌아가지. 나는 허물어져 새로 지은 세상을 외면하지. 나는 내 주먹 외에는 아무것도 믿지 않지. 나는 목젖까지 지퍼를 잠그고 또 잠그지. 나는 내 앞에서 너를 최소한으로 존재하게 하지. 나는 내 속의 채점표대로 너를 빵점으로 만들지.

나는 네가 이미 나를 끓이다 죽은 귀신이라는 것도 모르지. 나는 내가 만져준 그 자리가 네 통점이라는 것도 모르지. 나는 내가 부르는 노래가 네 무덤이라는 것도 모르지. 나는 벌써 네 전생에 살다 간 사람이라는 것도 모르지. 나는 꿈속에서도 숨가쁘게 너를 뛰게 만들지. 나는 나의 여분에서만 너를 살려두지. 나는 나의 새끼 손가락 다음 손가락에 너를 끼고 살지. 나는 너를 바나나 벗기듯 벗겨 까맣게 잊어버리지. 나는 네 울음은 웃음의 치환이라고 시를 쓰지. 나는 비밀의 재산이라고는 한 푼도 없는 빈털터리지. 나는 나 말고는 내 속에 아무도 살게 하지 않지.

나는 나 때문에 꼬박 날밤을 새우는 사람을 싹 쓸어버리지. 나는 가끔씩 우울해지는 내 모습을 걱정하는 너를 무시하지. 나는 땅도 모르면서 하늘 속으로 숨어 안전하지. 나는 꽃을 사랑하지만 꽃 알레르기로 목젖이 늘 불편하지. 나는 나의 철갑 속에 또 철갑을 두르고 백한번째 촛불을 켜지. 나는 네가 나를 스칠 때마다 몇억 겁

년을 죽고 사는지 모르지. 나는 너를 죽여 너를 생생하게 살리지.

너, 죽을 줄 알면서도 내 사정거리 안에서 총구를 향해 울컥울컥
꽃을 피우지.

*알파빌 : 장뤽 고다르의 영화. 사랑이 없는 미래의 도시

어머니 젖줄

송명숙

어머니는 군대 간 아들 위해
무쇠솥에 밥 한 그릇
끼니때마다 넣어 놓고
많이 먹어!
배부르게 힘껏 먹어!
젖을 먹이는 어미처럼 중얼거렸다
무쇠솥의 밥은
어머니 소리 들으며
오래도록 그곳에서 머물렀다
제대하고 타지에 나간 아들 위해 기도하던
어머니의 기도소리 쇠약해지고
논 한 떼기 값의
젖줄이 무쇠솥에서 걸어나왔다

어머니

송명진

풀 이슬
아침

옷소매 적시며

한사코
담 밖으로 뻗어나가는
호박순
뜰 안으로 안으로
거둬들이며

'애야
문 두고
울 넘지 마라'

타이르시던

어머니

적벽강의 의붓형 이야기

송반달

해식단애,
바위가 되어도 좋으니
켜켜이 쌓아 놓은 책처럼 잔잔하게
제발 잔잔하게 살아라
그래도 물결이다
물결치는 물결이다 그
울컥거리는 손으로 바다의 책장을 넘기며
전혀 글을 읽지 않는 바람에게
직유의 상어를 읽힌다
은유의 고래를 읽히며
감동의 바다라는
책 속에는 시詩의 눈물이 수십억 마리 사노라
하는데 하는데,
"상어 고래의 눈물은커녕 멸치똥 한 마리도 안 살더라!"
하여 하여, 그 어리보기 바람 손목 되게 움켜잡고
바다의 책 속으로 장장章章 곤두박질치는 것이다
물결의 계주繼走,
끊임없다 수만 권의 물결로
무감동 바람의 가슴을 찌르고 또 찌르는!

아아 채석강, 책의 아들!

66이 아니다

송영희

오랜만에 시내에 나가 새옷을 입어 본다

66 칫수

치마 길이는 짧고 품은 조이고 어깨는 답답하다

그 동안 몰두가 없었지

그러나 어느 누가 내 칫수 정확히 알랴

몸을 옷에 맞추는 세상인데

명절이면 밤새 우리들 옷을 지으시던 어머니

곤한잠 깨워 소매기장이랑 품이랑

요리조리 또 재고 몸 살펴 보시던

깊은 겨울밤

너희들은 자꾸 크고 자라고 하는 게야

넓고 길게만 재시는 그 손뼘

내일 우리들 높이까지 가늠해

어림인 것 같아도

이듬해엔 정확히 맞았던 눈칫수

지금 나는 그런 옷들의 편안함이 그립다

넉넉해서 앞뒤가 헐렁헐렁한

맵시 칫수가 아니라 기다림의 칫수

그래서 내 몸은 66이 아니다

지금도 거친 어머니의 손뼘

그분만이 아는

침침한 눈대중이다

조산한 둘째아들
– 불면일기 41

송예경

깊은 수렁
어둠이 두텁게 묻은 눈은
더듬는 손만도 못하다.

긴밤을 무서운 명령에 의해
산더미같이 쌓인 은박지만 구기다가
깨었을 때
방 안은 신열로 가득 찼고
안타까웠던 환상이
이어 놓은 필름처럼 지나간다.

내일이면 교환 수혈을 해야 할지
황달 수치가 더 높아지지 말아야 할 텐데.

인큐베이터에 두고 온 아기
울음소리가 들린다.

해마다 5월이면
그 울음소리가 들린다.
들린다.

녹색 세입자

송용구

청평교회 창가에 수줍은 그림자를 드리우는
은행나무는 나의 갈 길을 축복하려는 듯
흙에 새겨진 내 발자국 마디마디를
노란 손바닥으로 따스이 덮어주고 있다.
강변 갈대들의 머릿결은 숱이 적지만
초록빛 산바람으로 곱게 빗질하여
내 어릴 적 외할머니 머릿결처럼 단정하구나.
흐르는 물결의 노래가 내 마음속으로 걸어와서
햇살의 길을 열고,
눈부신 빛의 자켓을 입은 물살 한 자락, 두 자락은
나의 자매인 버들의 발을 곱게 씻어준다.
낮달을 싣고 흘러오던 갈색 꽃잎들이
눈썹처럼 나의 이마에 부딪쳐 기쁨의 눈물이 된다.
풀빛의 이름 석 자가 새겨진 영혼의 문패를 달고
새들에게 전입 신고를 하고 나니
강변의 모든 갈대들, 머리숱이 적은 내 자매들이
오래 기다렸다는 듯 모시 옷자락을 펄럭이며
산바람의 지휘에 맞추어 환영의 코러스를 나에게 선사한다.
청평의 땅에 고요의 집 한 채 짓고
시詩의 방 속으로 들어가서
새, 버들, 갈대, 은행, 단풍, 물결, 바람, 억새풀과
한 식구로 살아가는 녹색의 세입자여!
새롭게 태어난 사람이여!

밤 열 시

송종규

밤 열 시엔 어김없이 그녀가 전화를 걸어온다
전화기 가득한 파음들과 부서진 기억의 조각들

나는 마치 햇살처럼 저물거나
나는 마치 밤 열 시처럼 태연하게 수화기를 든다

그녀의 기억은 금이 간 도자기나 성능이 좋지 않은 마이크 같다
젊었던 날들의 꽃잎 같은 기억들 속에 세월을 꽁꽁
가둬 놓고, 그녀는 세월 바깥에 빈 항아리처럼 앉아 있다
그녀에게는 다만 나를 기다리는 밤 열 시가 있을 뿐이다
밤 열 시에게 꼬박꼬박 안부를 묻고 밤 열 시가 지나서야
이불을 덮고 눕는다
나는 그녀가 놓은 논 이불 속으로 들어가서 그 아래
아랫목, 구들장 다시 그 아래, 세월의 무덤 그 화사한 곳으로 내
려가서

엄마처럼 어둑어둑해진다 나는 마치
맨드라미처럼 웃거나 나는 마치
밤 열 시처럼 태연하게, 수화기를 내려놓는다

가족사진

송태옥

안방 괴목 문갑 위
가족사진 액자들이 우리집 보물 1호다
엄마 반짇고리 속의 사진들이 모두 액자에 담겼다
엄마의 새색시 적 수줍은 모습
아버지의 떠꺼머리 총각 모습
언니 오빠의 벌거벗은 돌사진
액자 구석구석을 촘촘히 메운다
그리도 그리던 환갑사진에서
온가족이 액자에서 활짝 웃는다
웃음 뒤에 담긴 애환 빛바래 낡아간다
나달나달해져 가는 사진만큼이나 시름은 잊혀지고
선명히 남는 건 웃으려고만 하는 뚜렷한 표정
멀고먼 아련한 그리움이 되어간다
토닥토닥 싸우던 언니 오빠도 어깨동무
오줌 지려 키잡이하던 나도 의젓한 사각모
액자 속에서 액자 되어 움직일 줄 모른다
정지된 모든 것들이 정지된 순간
가족사진 액자에서는 온가족이 도란도란
함박웃음꽃만을 피우며 활짝 웃고 있다
나머지 것들은 모두 빛바랜 사진의 시간들 속으로
희미하게 사라지며 잊혀져 간다

가을 놀이터에서

송희철

할머니 하나가
갓난 손주를 안고
그네를 탄다,

가을 햇빛 기운 다 저녁때
누군가 귀가를 기다리다 지쳐 나온 것일까
안락의자인 양 평안하다
흔들흔들
낮은 허공을 조금씩 헤매는 그네
아기는 눈이 맑고
할머니는 눈이 침침하다,

어미의 아이를
어미의 어미가 안았으리라
그렇게 또 한번 하루가 간다.

순간이었다

신 교

시리던 날들,
산책길에 민들레 마음에 닿아
오래된 화분 곁에 심었다.

미소는 보란 듯 맘을 내보이고
손을 뻗어 속삭였고, 화단을 맴돌며
코헨과 빠뜨리샤와 시詩, 또는 바다도 되었다.

시간은 얕고, 깊게, 흘러
오래된 화분을 뒤덮고, 화단의 꽃들은
번지는 미소에 속수무책으로 서 있곤 했다.

햇살은 짧고, 땅거미가 마당을 넘보던 시간이었다.
불현듯 꽃의 신음이
맘을 에웠다 순간, 썰물의 바다.

아버지

신미균

객차를 모두 떼어낸
홀가분한 기관차 한 냥
서둘러 청량리역을
빠져나가고 있다.

덜컹거리며
끈질기게 매달리는
식솔들을 떼어낸 것이
사실은, 시원해서
도망치고 있는 것 같다.

머뭇거리지 않고
미련 없이 퇴장하는 것도
용기라고
작은 북소리마냥
눈발 몇 개가 조용히 배웅한다.

가족
– 둥지를 트는 사람들

신미철

몸과 마음의
안식을 지켜주는 둥지

하늘과 땅
바람 속에서, 햇빛 속에서
가지를 뻗고 뿌리 내린다

걱정은 나누어서 반으로 줄게 하고
기쁨은 나누어서 배로 늘게 하는
서로 품어주는 따뜻한 보금자리

끊임없는 사랑의 원천
맑은 옹달샘으로 솟아
넓은 우주로 통하는 길이 된다

오늘도 내 주변엔
푸른 숲
흐르는 시냇물
뜨락에 내려앉은 까치와
귀여운 강아지
미소짓는 들꽃들……

이들과 함께하는 삶이
소중하고 아름다워
두 손을 모은다.

수련이 핀다

신수현

　북한산 삼천사에 위패로 계신 아버지, 음 유월 초아흐레 제삿날이면 절 마당 작은 연못에 영락없이 수련이 피어 있다

　아들 없이 딸만 넷 올해도 잔 올리고 절하다 보면 툭 터지는 울음 까닭도 모르게 굳어 결린 어깨, 가슴에 멍든 것들 콧물까지 훌쩍이며 한참 들썩이고 나면 대체 언제 그랬는지 시치미 뚝!

　날빛 가득한 손으로 괜찮다 괜찮다 쓸어라도 주신 듯

　노랑리본 팔랑이며 손 잡혀 따라다니던, 무릎에서 참새처럼 재재거리던, 등에 업혀 잠들던 그때처럼,

　말갛게 웃어지는 것이다 진흙뻘에 발 담그고도 하늘 가득 머금는 것이다

아버지와 아들

신승근

노인 요양병원엘 갔었습니다. 팔십도 훨씬 넘었을 아버지 곁에 육십은 훨씬 넘어 보이는 아들이 나란히 앉아 노래를 부르고 있었습니다. 백-마는 가자-아 우울-고, 나-른 저-무-러, 아들은 발로 박자를 맞춰가며 커다란 노래책을 아버지 눈앞에 펼쳐둡니다. 아버지의 입술이 조금씩 따라 움직입니다. 지팡이를 감아쥔 손가락도 가늘게 박자를 따라갑니다.

천둥-사-안 박-달재를, 울고 넘-는 우-리 님아, 아들은 갑자기 다음 페이지로 책장을 넘깁니다. 홍도-야 우지 마-라 옵-바가, 하더니 다시 또 넘깁니다. 눈가가 아련히 젖어 옵니다.

노래마다 왜 그토록 많은 슬픔과 눈물이 달라붙어 있는지요. 자꾸 책장을 넘깁니다. 아버지는 아직도 아-내-의 나갈 길-을, 너-는 지-켜-라 하며, 아들을 조릅니다. 아들은 아내라는 소리가 자꾸만 아들로 들리는 모양입니다. 젖은 눈으로 아버지를 바라봅니다. 마치 아버지가 아들을 바라보는 눈길입니다.

– 아버지에게 치매기가 생겼어요. 평소에 좋아하시는 노래라도 같이 부르면 나을까 싶어 시작했지요. 아버지도 내 어릴 적 많은 노래를 가르쳐 주셨거든요. –

푸-른 하-늘 은-하수 하-얀 쪽-배에, 아버지의 두 눈이 젖어 옵니다. 화장실로 가는 아버지를 아들이 따라갑니다. 아버지가 아들처럼 걸어갑니다. 돛-대도 아니 달-고, 삿-대도 없-이, 가-기도 자알-도 간-다, – 자알-도 간-다. 간-다. 아버지의 기억은 여기에서 멈췄습니다. 서-쪽 나-라-로. 아들이 거들어 줍니다.

아버지와 아들이 함께 가는 길입니다.

서울
– 남산, 대공원, 한강

신창호

노랑버스 앞좌석 편히 앉아 오름길
걷고 뛰는 산책꾼들 앞서 산봉 전망대
만고풍상 변화무쌍 안개 걷힌 한양땅
정기의연 북한산 위풍당당 인수봉
고층건물 주택정글 그늘진 골목 샛길
좌충우돌 촛불 횃불 누가 뭐래도
철갑청송 신비경 영기생동 남산봉

지하철 대공원역 밖으로 나와
코끼리차 리프트로 동물원에 들어서
사자 호랑이 맹수들과 대면하고
가까이서 처음 보는 기린 가족 열 식구
하늘 높이 쳐든 고개 길고 긴 목과 다리
전봇대 꺽다리 누가 뭐래도
사시장철 즐겨 찾는 명산 명물 대공원

하늘에는 흰 구름 강물에는 유람선
광복건국 민주공화 무한자유 선진국
앞서 가는 첨단기술 뒤질세라 그린혁명
금메달 한류 한풍 드높이 풍미
졸속정책 관행추종 횡설수설 삼가리니
시위농성 노사분규 누가 뭐래도
유원무궁 역사전통 흘러가는 한강수

가족사진

신현자

오래된 의자에 잠옷을 입은
아들은 한 손에 계산기를 들고
한 손은 항공사에 전화를 건다
출장 가는 날이다

그의 아내는 아쉬운 눈빛을 감추며
가짜 웃음을 얼굴에 담고
커피를 내리고 토스트, 계란 프라이로
가족 아침식사를 준비하는 중이다

햇볕에 구운 빵 피부가 된 손자손녀
자기 아빠가 오늘 떠나기 때문에
수영하기 싫어하는 눈치다

젊은날들의 기억
지난 세월을 돌아보니
너무나도 빨리 가버렸다
그리고 – 이젠
세상에는 영원한 것은 없다고

늙어가는 몸뚱이 안에
가끔은 우아하게 행동했던 기품이
젊었을 적 생각으로
가슴을 쿵쿵 소리를 낸다

난쟁이와 저녁식사를

신현정

난, 이때만은 모자를 벗기로 한다

난쟁이와 식탁을 마주할 때만은

난 모자를 식탁 한가운데에 올려놓았다

이번 것은 아주 높다란 굴뚝 모양의 모자였다

금방이라도 포오란 연기가 오를 것도 같고

굴뚝새라도 들어와 살 것 같은 그런 모자였다

사실 꼭 이런 모자를 고집하자는 것은 아니다

식탁 위에서 모자는 검게 빛났다

오라, 모자는 이렇게 바라보기만 하여도 되는 것이로구나

식사를 마친 우리는

벽난로에 마른 장작을 몇 개 더 던져 넣었으며

그리고 식탁을 돌았다

나, 난장이 이렇게 둘이서

문 밖에서 꽥 꽥 하는 거위도 들어오라고 해서 중간에 끼워주고는

나, 거위, 난쟁이 이렇게 셋이서

모자를 돌았다

지구촌 가족

신　협

올림픽은 지구촌 축제
지구촌 축제는 올림픽

지구촌 가족들이
중국에 모여
지금 베이징에서 뛰고 있다.

지구 온난화로
남극의 얼음이 녹아내리고
바닷물은 점점 부풀어오르고 있다.

찌는 듯한 더위에
북극곰마저 숨을 헐떡이는데
그루지아에선 다행히 폭발음이 멈춰서고

먹구름 뒤에 감추어진 굉음
저 이스라엘과 팔레스타인처럼
언제 또 지축을 흔드는지

여름 밤하늘 수놓은 은하수
큰곰, 작은곰, 카시오페이아, 북두칠성
우리는 평화로운 지구촌 가족

연가戀歌

심의표

흩어진 시간의 수인囚人 되어
새벽길 열어가는
분주한 나날들

지난 세월의 두께만큼
덜컥거리는 부조화의 맥박
낡은 기계소리

두 볼에 불그레하게 피던
그 복사꽃은 지금도 우련한데

서릿발 허옇게 내리니
그대는 정녕
순환의 계절 가을녘인가

찌든 하루 일과를 꺼내어
다듬고
헹굼질하는 그대

해설픈 바다 저편에서
그리움에 흠뻑 젖어봅니다

세월의 두께만큼 접어둔
숱한 사연

접어둔 허리춤에 나는 끝내
말문을 닫고 맙니다

거친 손마디
주름진 · 반백의 당신을 보며
감히 투정妬情을 못합니다……

오입

심재교

반항하듯 농촌이 싫어 일본으로 오입간 스물다섯 살의 남편
간난아기와 시부모를 맡기고 바람처럼 떠나버렸다
간난아기마저 죽고 시부모 모시고 농사와 길쌈에 힘들고 지쳐도
참고 견디면서 남편의 기별 뜬구름이나 바람결에라도 들려올까
기다림으로 지샌 나날 여자의 일생은 허무하게 저물어 갔다
광복으로 일본과 왕래가 끊겨 막막했지만 시부모에게 의지하고
꿋꿋이 살다 보면 언젠가는 돌아오리라는 희망이 있었는데 좀체
희망이 안 보이자 절망과 슬픔에 시부모도 끝내 돌아가시고 텅 빈
집에 혼자 덩그렇게 남아 스스로의 처지에 마음이 황폐해져 갔다
남편의 인적 사항을 어찌 알아냈는지 몇 차례 낯선 사람들이 찾
아와
일본 어디에 살고 있는데 데리고 오라고 했다고 하면 지푸라기
라도
잡듯 따라나섰다가 번번이 여비만 털리고 절망과 분노에 떨며
초죽음이 되어 돌아오고는 했다 일본과 왕래가 자유로워진 어느날
오입간 남편이 꿈결처럼 돌아왔다 긴긴 세월 허리 굽고 지친 여자
앞에 나타난 남편, 반가움과 원망 애증과 투정이 엉킨 복잡한 마
음이
진정되기도 전에 남편은 다시 일본에 있는 가족의 품으로 돌아
갔다
2년쯤 뒤 세상 떠났다는 소식이 온 뒤 재 한 줌이 돌아왔다
남편이라도 자식이 있는 가족과 살아 있다는 것만으로 조그만
위안이었는데 또 한 번 배신 같은 싸늘한 재 한 줌으로 여자의
가슴에 피멍을 안기며 다시 먼 길 떠나는 남편의 오입

밤이 오는 소리

심하벽

"메밀묵-찹쌀떡"
그 소리
입동立冬이 지난 초겨울 소리
밤이 깊게 드는데
어디서 오는지
오오래된 年輪이 그립구나

그냥 그칠 줄 모르는
그 소리
알타리 무수 다듬는 소리
깊게 잠이 드는데
어디서 오는지
머언 곳에서 부르는 것 같구나

밤 어둠 고요 속에
그 소리
뜨락방 불빛이 조는 소리
三更이 지나 片月이 기우는데
어디서 오는지
歲暮의 點景이 흐르는
"메밀묵-찹쌀떡······."

276

문상 가서

안경원

친구들 아버지 한분 한분 세상 떠나신다
격랑의 시대 몸으로 뚫고 나가시며
거칠어진 손과 굽은 등
쇠가죽보다 질겨진 근육
언제부터인가, 아버지가 약해지신 것은
가족들은 사랑과 미움을
범벅으로 나눠 먹으며
약점투성이 아버지가 먹여주는 밥으로
살아온 세월, 잊을 수 있는가
가부장 아버지가 전제군주라며
아버지를 처단하자고 외치더니
아버지가 무능해지고 힘빠지고 병들자
아들이 아버지가 되어
고단함을 깨달을 때
아버지는 안 계신다
영정 사진 속에서 바라보시는 아버지들
달라진 세상에서 달라진 아들들의 삶을
잘됐다 하실런지
거친 사랑의 파인 자국만 남겨 놓은 세월
역사책에는 없는 흔적이다

배추밭

안명옥

오랜만에 친정에 들러
엄마 입으라고 산 바지를 드렸다
바지 안 입은 지 오래 됐다며
엄마가 들춘 치마 밑
휘어진 오른쪽 다리

묵정밭을 정성껏 가꾸어 오는 동안
온갖 잡초의 독이 무릎에 스며들었구나
고된 노동에 짓눌린 뼈들이
제 몸을 버텨내지 못하고 화석이 되었구나
흐린 날이면 그 속으로 바람이 드나드는

시퍼런 시집살이
해산 하루 만에 밭에 나와 호미질했다는
무릎과 다리뼈
땅과 가까워지던 알찬 배추 속 같은 한 잎의 엄마

네 활개 펴보지 못하고 오그리고 살면서도
좁은 바지폭보다 더 많이 감싸면서
더 많이 품어주면서
다리가 드러나지 않는 치마를 입은
수천 포기 배추의 푸르름

세상의 식탁

안영희

음산한 울음소리 할퀴는
바람의 길목 한 장의 유리창
따뜻한 보호벽 안에서 봄똥을 씻습니다
연신 뻣센 잎 뜯어 버리며
왜 소화제를 먹어야 할 속처럼
주방 개수대 앞에선 마음이 영 편치를 않습니다
바이칼산맥 건너온 죽음의 점령군에
지표가 온통 포복하고 숨죽인 계절
남행열차 지나는 어느 언덕배기 구원처럼, 반역처럼
새파랗게 눈을 적셔 오던 겨울 속 초록
채찍과 칼날 빗발치는 엄동을 홀로 이기고 온
용사의 단단한 겉살을 나는 연신 찢어내
쓰레기통에 던지고 있습니다
갓 태어난 젖먹이 업고 전쟁의 폐허에서
무르팍 일으키고, 죽어라 일으켜세워서
네 아이 먹이고 지켜낸 이력으로
더께진 저승버섯 틈새에서도 눈빛만 드세게 남은
당신을 보고 나오며 어머니,
그만 돌아가시지! 가족의 겉잎사귀 따내기를
우린 서슴지 않습니다
세상의 식탁이 원하는 건, 아 어쩌겠습니까
항상 보드랍고 어여쁜 속잎인 것을
어머니!

어머니의 가을

안유정

하나 둘 유품들을 들고 나섰다
떠나는 사람들이 웅성거리고
세간들 사이로 야윈 바람이 지나갔다
빈집 처마 아래 불온한 그림자 서성거리며
어머니의 영정을 바라보는 동안
나뒹구는 얼김채가
얼기설기 엮어져
앙증맞은 가슴을 두드렸다
나는 조심스레
슬픔 하나를 집어들었다
먼지를 털어내고
모과나무 아래 서 있었을 때
오래 전 무명옷 차림의 어머니는
천천히 얼김질을 하고 계셨다
타작마당으로 걸어나오면
초췌한 두 눈이 빨랫줄에 걸려
푸른 하늘을 두리번거렸다
나는 눈길을 돌려 치자열매를 바라보았다
잠시 낡은 잎들이 내려서고
숲에서는 박새울음 걸려 있었다

싸리구름 저 혼자 떠도는 당산 중턱에서
언제나 그리운 목소리가 들렸다

꽃을 위한 이정표

안익수

올무와 덫이
울이 되어
여자는 뜨락에
뱀꽃을 키웠다
파랑새는
꽃의 숲에 앉을까
꽃은
잘 익은 젖꼭지로
밤물 들은 살 속을 다듬고
사내는
꽃물 든 팬티에 이름을 짓는데
새는
알을 품지 않는다
또 여자는
하얀 반달을 만나러 나간다

가계도

안차애

연말정산을 하려고 제적등본을 뗀다.
아버지가 내 의료 보험으로 옮기셨기 때문이다.
제적, 제적, 제적, 제적……
몇몇 번의 제적생들을 배출한 넉 장의 가계도엔
이제 팔순 훌쩍 넘은 아버지 혼자 남았다. 아니다.
버석거리는 아버지의 사막도 같이 남았다.
모래밭이 풍성한 아버지의 사막 속으로
마른 시래기처럼 파리한 식구들 비척대며 걸어가다
그예 네모난 소인 하나로 남았다.
줄줄이 한 줄에 꿰어졌던 식솔들이 제적, 제적, 제적, 제적……
예고도 없이 네모난 어퍼컷 한 방씩 먹이고 사보타지를 놓을 때
에도
아버지는 마른기침 소리만 드높였을 뿐 꿋꿋이 사막을 지켜냈다.
마른 시간들만 먹고 살아도 요요한 사막의 장미 아데니움 꽃처럼,
내 얼굴에 오래 남았던 마른버짐처럼
아버지의 마른기침은 홀로 성성하다.
오랜 가계도 속 아버지의 사막에서 다시, 스물 그때처럼
파랗게 살길 물길 찾고 싶은 것인가.
결사적으로 목이 마르다.

282

나를 닮은 여자

안혜초

눈 코 입 어디 한 군델
꼭 집어 말하기는
좀 그렇다 해도

여름 가고 가을 오며
겨울 가고 여름 오면
열 스물 스물아홉 살

생각하고 느끼는 게
점점 더 엄말 닮아가는
우리집의 꿈나무

엄마보다 더 타고난
공부벌레 일벌레인 양

이틀이고 사흘이고 제 방에만
틀어박혀 컴퓨터 치는 소리
미더웁고 대견하다가도
안쓰럽고 답답하다가도

한여름 무더위에
한 줄기 소낙비인가

아들애의 통키타 울림소리

어느 순간에는 즈 아버질,
꼭 그대로 닮아가는 거 같은

神이 우리 부부에게 베푸신
지상의 가장 큰 축복

神이 우리 가정에 내리신
영겁의 가장 큰 은혜

노인과 나무

양동식

허리 굽은 홀어미가
이 빠진 톱으로
감나무를 벤다

감나무가 너무 자라서
아들 내외 사는 아파트
보이지 않는다고

막내

양채영

서너 살 된 막내는
내가 퇴근하면 무릎에 앉아
하루 얘기를 하거나
내 사진이 나온 책들을 보며
좋아했다
신한국문학전집(1975, 어문각)에 나온
시인들의 사진을 본 뒤
손님이 오시면 얼른
그 책을 펼쳐 놓고
손가락으로 가리키며
부끄러워한다
그애가 벌써 서른이 훌쩍 넘어
신랑과 아들 함께 며칠 전
여름 휴가를 다녀갔다
나는 그가 쓰던 빈방을
다시 한번 들여다본다

나마스테란 이름의 그녀

염화출

    캄캄한 웃음. 울퉁불퉁한 배낭을 짊어지고 네팔의 카트만두 공항에서 나는 디지털 카메라를 잃어버리고 안녕? 벙거지 쓴 낭떠러지 끝에서 나마스테? 지구의 반 바퀴 돌아 곤두박질치는 골목으로 바람을 타고 나마스테! 다 삭지 않은 슬픔을, 홍차를, 은유를 끓여야겠어 내 사진첩을 돌려줘 네. 팔. 에. 누워 잠도 오지 않고 나마스테 내 올리브 숲을 돌려줘 머리띠에 묶인 포터들의 순례. 바람을 닮은 네팔이여 안녕 낡은 청바지를 입고 사원을 기웃거리며 안녕 나마스테란 이름의 그녀, 바람의 지느러미를 달고.

꿈
– 아버지

오만환

앞뜨락
꽃들도 시원한 웃음
백일홍, 복숭아. 배, 모과, 석류

자식이 몹시도
보고 싶으셨던가
헐어낸 사랑채
그대로 지으셨다

자전거를 타신다. 모시옷 입으시고
잡아드릴까요? 괜찮다
동네 고샅을 내달리신다
어디로 가십니까
아버지, 아버지!

다시 축복 속으로
– '결혼 축시' 딸과 사위에게 주는 헌시獻詩

오사라

은혜의 꽃가루가 하늘에서 뿌려지는 날
오늘은 하나님이 예정한 날
축복의 날, 행복의 날, 사랑의 날이로다

긴 세월 부모의 둥지 속에서
믿음의 기도로 자란 너희들
나의 딸, 나의 사위, 윤선, 법선아

이제,
새롭게 펼쳐진 삶의 바다를 향해
두 손 꼭 잡고 힘차게 항해해야 하리
믿음과 사랑과 소망이 길잡이가 되어
행복한 보금자리 가꾸어 나가야 하리
태양처럼 밝은 내일은
신비의 손길, 그 축복 속에서 이루어지나니
인내하며, 감사하며, 의지하며 살아가야 하리

삼라만상이 손뼉치며 환호하는 날
오늘은 하나님이 예정한 날
축복의 날, 행복의 날, 사랑의 날이로다

어머니

오세영

나의 일곱 살 적 어머니는
하얀 목련꽃이셨다.
눈부신 봄 한낮 적막하게
빈 집을 지키는,

나의 열네 살 적 어머니는
연분홍 봉선화꽃이셨다.
저무는 여름 하오 울 밑에서
눈물을 적시는,

나의 스물한 살 적 어머니는
노오란 국화꽃이셨다.
어두운 가을 저녁 홀로
등불을 켜 드는,

그녀의 육신을 묻고 돌아선
나의 스물아홉 살,
어머니는 이제 별이고 바람이셨다.
내 이마에 잔잔히 흐르는
흰 구름이셨다.

딸 생각

오양수

외진 산속 참나리가
덥석 손잡아 간다

딸애의
신접살이 꽃으로 피었구나

덤불 속
가시방석 펴는
친정아비의 노파심

물리고
내칠 줄을 일찍이 할 줄 몰라
잡초 든 잡석이든
약초요 옥이라더니

아비의
해묵은 몽돌밭에
화사한 참나리꽃

아버지

오지록

초등학생 딸애가 관찰할 올챙이가 없다고 울먹거리며 나가는 뒷정수리에 갈비뼈 하나가 꽂혔다. 수정란에서 부화한 유생을 어디에서 구한단 말인가! 걱정이 고물거리며 기어나올 때 마침 고향에서 아버님께서 응원군처럼 오셨다. 통통 분 얼굴로 부르는 '할아버지' 소리에 교직 정년의 이력의 직감인지 딸애의 애태움을 간과하였다. 이야기를 듣고 뜬눈으로 밤새우더니 팬티가 환히 비치는 얇은 잠옷 차림으로 새벽 공기를 가르며 집을 나셨다. 생소한 서울길에 혹시나 길을 잃고 헤매지 않을까 간이 콩알만큼 되었다. 미사리 논둑에서 손녀를 위한 흙탕물 속의 몸부림은 노인과 바다의 고래잡이만큼이나 사투를 겪었으리라⋯⋯ 흙물 떼가 덜 지워진 채로 손에 들려진 올챙이 서너 마리가 비닐 속에서 맹찬 마라톤을 했다. 갇힌 패자의 발버둥은 침략자에 대한 반항이었다. 밤새 올챙이의 꼬리부분이 딸애의 관찰일지 속에 탄생되더니 아버님의 정성 위에 변화의 극치는 신비로움으로 가득 메워나갔다. 옆에서 신기한 듯 아들녀석이 빨리 크라며 먹던 과자 부스러기를 넣었다. 전분이 응고된 어황 속에서 표본실의 올챙이가 꼬리를 수직으로 늘어뜨렸다. 관찰일지는 미완성으로 마침표를 찍었다. 그 미완성이 지금은 신체 해부학도가 되어 인체를 대신 계속 관찰하고 있다.

가족
– 베이징 올림픽을 보며

오지연

세상 속으로
조건없이 하루를 시작하는 힘은
가족이다

네가 바라보아야 할 세상과
내가 바라보았던 세상이 언덕이 자라나고 있어
뛰어넘어야 할 숙제로
여기 인터넷 세상을 절름거리며
들어가 본다

올림픽 무대에서는
내 나라 자식들이 승전을 하고 있노라면
산처럼 언덕이 높이 올라
쳐다보는 목이 길어진 마음은
문득 거기서 볼을 대고 비비고 싶어진다
큰일을 해냈다는 승리와 찬사를 퍼주어도 모자라
더 큰 가족의 품으로 끌어안고 싶었다

세계가 어우른 한마당 승화된 커진 마음
지구촌 가족의 잔칫상이 비좁아지는 것은
식구가 늘었다는 것을 알 것 같고

이젠 빛바랜 울타리 걷어버리고 나면
빙글빙글 돌아가며 축배를 즐기는
같은 하늘 받치고 사는 큰 가족으로 나겠지

부정 父情

오창근

피어오르듯 물아지랑이 떨고 있다.
물고기 한 마리가 떨고 있다.
제 새끼 지키려 수문장 되어
가슴 찡한 아비가 떨고 있다.

동물보다 끈끈한 정으로
사람보다도 덜하지 않은 정으로
뭉클한 사랑의 떨림이다.

검은 밤 수없이 지새우며
갈기갈기 찢어진 지느러미로
사력 다해 지친 몸 가누는데
휘영청 스쳐가는 밝은 달도 헤엄쳐 간다.

기진맥진 허기진 채로 쓰러져 가며
몸던져 새끼들 먹이로 던지고 마는
처절한 희생.

신세계로 나아가는 문이 비로소 열리고
아비 모르는 새끼들의 왈츠는 시작된다.
아비 꼭 닮은 가시고기인 줄도 모르고…….

추석

오탁번

벌초를 해서 깎은머리가 된
추석 무렵의 무덤들이
띠앗 좋은 오누이처럼
왕겨빛 가을 햇볕 아래
도란도란 다정하다
깊은 산 명당터에서
오랜 저승의 잠을 자다가
마을 가까운 산밭으로
문득 이장된 무덤들이
앉음앉음 저마다 반듯하다
무덤 파헤치는 산짐승을 피하여
자손들이 벌초하기 편한 것으로
사늘한 한지에 싸여 옮겨진
할아버지 할머니들이
아침이슬 반짝일 때면
빤히 보이는 마을이 하도 반가워
이슬빛 눈물 글썽인다
혈이 딱 맺힌 명당에 묻혀
자손들 출세하기만 빌던
할아버지 할머니들이
촉루가 된 세월 잊어버리고
이승의 가마솥에서 피어나는
송편 찌는 솔잎 냄새에
입맛을 쩝쩝 다신다

정말로는 자시지도 못하면서
뭘 그러시냐고
잠자리와 방아깨비들이 날아와서
버릇없는 돌쟁이 손자처럼
자꾸 간지럼 먹인다

아버지께 부치는 편지 2

오태환

아버지, 세상을 버리신 지 벌써 서른 해하고도 3, 4년을 훌쩍 넘기셨군요 푸른 무덤도 빗돌도 없이 그냥 한천寒天 떠돌으시며 발은 시리지 않으신지요

아버지, 임종하시기 며칠 전 저녁이었던가요 잠자리에 들어 아버지께서는 웬일인지 어린 저를 품에 묻고는 자꾸만 당신의 여윈 볼을 제 그것에 비벼대셨지요 그때 눅눅한 이부자리 속에서 독한 담뱃진 냄새와 까칠한 수염이 싫어 아버지의 성근 가슴팍을 밀쳐대던 너덧 살박이 철부지 막내가 어느덧 마흔을 바라보고 있습니다 어린것들 6남매와 횟배 아픈 아내 그리고 검은 뿔테의 돋보기 안경 못생긴 벼루와 청화백자 연적硯滴 썩은 곰방대 침술도구 누렇게 때가 밴 당시선唐詩選과 사주책四柱冊 몇 점만을 흰 도포자락에 묻은 잔이슬처럼 툭! 툭! 털어내며 홀로 돌아오지 못할 새벽길을 슬며시 떠나신 …… 아버지의 몸을

오늘은 제 집에서 멀지 않은 백봉산 기슭에서 백봉산 앙상한 늑골의 능선을 따라 하얗게 휘몰리는 비바람을 훔쳐보며 마흔이 가까운 막내가 저리 어지러운 빗소리와 바람소리로 다시 염습하다니요

입

오한욱

어머니가 된장에 무쳐낸 뽕잎 순을 먹어보라 하신다

누에처럼 무언가를 뽑아낼 요량으로 오물거리는 내 입, 기어가
지만 제자리걸음이다.
어릴 적 오돌개로 검붉게 범벅이 되던 입, 지난 오십 년의 내 그
림자를 명주실처럼 가늘게 뽑아내고 있다, 속으로

할머니는 안방에 누에섶을 모셔 놓고 누에를 기르셨다

수만 마리 저 작은 입들이 빚어내는 파도소리는 하얀 섬들을 만
들어내고
늙은 손이 겁없이 섬들을 집어 이리저리 옮긴다
우리의 입으로 들어와 몸 속에 박히는 섬들

할머니는 돌아가셨다, 몸을 고치 속에 말아 넣고는 입을 다물고
섬들을 게워냈다

가족

오현정

피와 사랑의 사슬에 꿰어
오늘도 간다

가는 곳이 더 먼 시간이라도
기다림은 고리가 되어 이어진다

이어진 매듭은 풀지 않아도
엉키고 설켜 더욱 단단하게
날이 가고
해가 가도

점심을 피자로 먹는다

옥경운

아들 내외가
점심을 나가서 먹자고 하는데
6살짜리 손자녀석이
피자를 먹자고 한다.

제 애비 에미는 안 된다고
야단을 치지만
손자녀석은 막무가내로
- 할아버지 피자 먹자, 응 -,
피자 먹자 응 -, 하면서
허리를 꼭 끌어안는다.

- 그래 오늘 점심은 피자로 하자,
제가 먹고 싶은 피자가 오늘
그 어떤 진수성찬보다
얼마나 맛있는 점심이겠니,
나는 오늘 손자의 시험에 들어
점심을 피자로 먹는다.

고향길

옥문석

지칠 리기가 있는가
숨이 찰 리가 있는가
새벽길 장작 팔아
갈치 두름 이고 오던
어머니의 길인데……

거머리
- 한탄강 2

원구식

1

아버지는 계속 딴말만 하시더라.

논둑 위에 허옇게 배를 내놓고 죽은 지렁이. 아버지는 그걸 자꾸 거머리라 우기시더라. 하긴 날품보다 지독한 거머리논, 거기서 닳아빠진 손톱과 흘린 피를 생각하면 그러실 만도 하겠더라. 그날밤, 아버지는 논배미를 빠져나가는 한 사발의 피를 보고 비명을 지르시더라.

— 이놈아, 내 피 내놓아라, 내 피!

2

그럼 그렇구말구요.

아버지 말씀이 옳구말구요. 거머리 같은 자식놈이 어찌 아버지 마음을 헤아릴까요. 모기들이 살을 뜯는 여름밤. 나는 자꾸 눈물이 나더라. 꿈속에선 아편꽃들이 수없이 피었다 지고, 눈물 같은 비가 온몸을 적시더라. 괴롭게 몸을 뒤척이는 새벽, 졸음에 겨운 눈을 떴을 때, 아버지 빈 물대접에 말없이 고이는 한탄강의 슬픈 물.

주목나무 같은 삶을

유소례

고산마루
준수하게 올곧은 기둥, 튼실한 뿌리
가지와 잎은 푸른 빛으로 생기발랄하고
생각하는 가슴이듯이
스스로를 모두 내주는 나무

봄엔 꽃과 벌나비 함께 어우르고
비바람 휘몰아치는 계절엔
허둥대는 새와 곤충들이 가슴을 파 쉬어 가고……
눈보라 첩첩이 쌓이면
기둥에 허리 대고
고달픔을 녹이는 산짐승의 쉼터

고목이 되면 그의 온몸은
목재, 염료, 약제로
사람의 삶에 헌신을 하는 사랑

하늘을 이고 하늘의 피를 새긴
빛의 작은 둥우리, 우리 가족

염원하는 마음
주목나무 같은 삶을 살았으면……

가족 아닌 식구이다

유안진

있었지 있었고말고
숟가락이 몇 개냐
밥그릇이 몇 개냐를 따져서
먹는 입을 기준으로 식구食口를 셈하던 때가
끼니마다 한자리에 모여앉아 함께 먹는 입[口]이 식구니까
한솥밥을 퍼담아 한 밥상에 차려놓아
수저가락 부딪치며 서로 덜어주고 얹어주며
시끄럽게 먹고사는 이들끼리 식성도 먹성도 서로 잘 알고
간밤에 꾼 꿈도 그날 그날의 기분도 잘 알아
자랑도 걱정도 허물없이 터놓는 이들끼리인데

어쩌다가 식구食口는 없어지고 가족家族만 있게 되었다
제각자가 제 이름자의 앞글자만 함께 쓰는 이들이
친. 외가 동성同姓 중에서도 12촌 이내 지친들끼리
미지근한 체온이라도 느껴보자는 이들이 가족인데
이제는 식구들이 그런 가족이 되어버렸다
며칠에 얼굴 한두 번 마주치게 될까 말까
제 방에서 저 좋을 대로 홀로 자고 깨고 입고 먹으며
프라이버시(privacy) 앞에서 서먹해진 혈육血肉들이
한 지붕[家] 아래 한 가구라고 가족이란다
부모자식간 2촌도 12촌이 넘는 일가친척 같다 하여
가족이라고 한다
유식한 언어라고, 학술적 용어라고 억지를 부려 가며.

부모

유자효

중국 쓰촨 성 대지진 때
무너지는 흙더미를 받쳐낸 괴력
죽어서도 흙을 이기고 있는 힘으로
자식을 살려낸 젊은 어머니
부부가 몸으로 벽을 만들어
시멘트 더미에 척추가 부러지면서도
부모의 궁륭 아래 살아난 자식
그 무게를 이겨내고 시멘트벽의 한 부분이 된 기적

자식 앞에 부모는 부처님이다

가족사진

유재영

전쟁이 끝나고 몇 해 지나 충청도 어느 시골마을, 살구꽃 흐드러지게 핀 봄날

단발머리 여동생 옆에 중학생이던 큰형 옆에 십 년 전 캐나다로 이민간 둘째형 옆에 코밑수염 기른 아버지 옆에 갓 돌 지난 막내동생 안은 어머니 옆에 우리집 멍멍이 옆에 얌전히 두 손 모은 소년, 그 뒤로 진천으로 시집가신 큰고모 옆에 언제나 가르마 반듯한 둘째고모 옆에 말수가 적고 눈이 맑갛던 스무 살 막내삼촌, 그가 있어야 할 비어 있는 자리가 해가 갈수록 유난히 크게 보였다

로보캅 할머니

유정이

여든다섯,
할머니가 입고 있는 옷 너무 낯설다
검은 버섯 꽃무늬 옷자락 어루만지면
손바닥 닿는 쪽으로 쭈글쭈글한 가죽 쓸려온다
몸에서 겉도는 살갗, 남의 옷을
걸치고 계신 거다
그러고 보니 할머니 가진 남의 물건
그뿐이 아니다
거친 기억 들락거리던 입, 언젠가부터
말 배우는 아이처럼 오물거린다
알 수 없는 음상기호들, 다른 사람의
이로 갈아 끼우고
다른 사람의 머리채를 낚아채 이어붙이고
누군가 갖다 버린
다른 사람의 다리, 발가락, 걸음걸이를
주워다 짜 맞추었다
댁들은 뉘시유
애면글면 업어 키웠던 손주들을
몹시 궁금해 하는 할머니, 어느 틈에
우리들이 전혀 모르는 먼 동네로 가서
누군가 내다 놓은 정신을
스을쩍, 가져오셨던

밥

유준화

엄니는 한 쪽 팔을 집고 앉은뱅이걸음으로 스석스석 다가오며 중얼거리듯 말했다 먹어야 살지 먹어야 살지 그래도 대답 없으면 딴청을 피우듯 먹어야 살지 먹어야 살지 먹어야 살지, 하루 종일 앉아서 먹을 것만 생각하는 우리집 똥개 똥실이도 애절한 눈빛으로 먹어야 살지 먹어야 살지 그래도 모르는 척 돌아서면 땅바닥만 박박 긁고 먹어야 살지 먹어야

엄니는 허겁지겁 밥을 먹었지 쌀 한 톨 반찬 한 접시 물 한 방울 남기지 않았지
똥실이도 허겁지겁 밥을 먹었지 사료 한 톨 남기지 않았지 늘 밥 안 준 것 같았지

말로는 그놈의 밥 아무렇게나 한 끼 때우면 고만이라 하지만 허리가 휘도록 벌어서 허겁지겁 먹어댔지 먹어도 먹어도 늘 부족하여 설움도 참아 가며 늙으면 좋아지겠지 했는데 개나 사람이나 똑같아지는지 노인 병원에 가보니 하루 종일 먹어야 살지 하며 배가 불러도 배고프고 배고파도 배고픈지 먹는 이야기하다 잠들고 하는데 모두 건새우 같더라, 문 열고 나서는 11월 내 머리에도 어느새 눈발 날리네여

꾸역꾸역 밀어 넣다 사는 게 참 지랄 같다는 생각 했네여

어머니의 불빛

유혜영

육이오동이인 나는 피난 가서 태어났다
심한 폭격에 삼태기로 굴뚝을 막고 첫국밥을 끓였다는
그 폭격에 놀라 공중으로 튀어 올라간 어머니의 집은
귀향하는 어머니의 앙가슴으로 떨어졌는데
그 잔해들을 피해 사랑마저 떠나간 것이다
무너져 내린 하늘엔 일곱 새끼들의 까만 눈동자만
별처럼 반짝였는데
한동안 목소리를 잃어버린 어머니는 담배를 찾았고
세상을 다 삼킬 듯이 담배를 빨아들여서는
가슴에 찬 연기를 내뱉으면 세상은 혼절할 듯 뿌얘졌다
나도 땀 송송 배도록 어머니의 젖을 빨아댔지만
어질머리나는 세상에서 되찾아온 어머니의
걸진 목소리로 일생 주파수를 맞추어야 했다

나 어릴 적 어머니의 담배연기는 밥냄새처럼 구수했다
성냥을 그어댈 때는 세상이 번쩍 놀랐고
지지지 담뱃불에 타는 세상은 잠깐씩 환했다
내가 시집간 후 중풍으로 담배를 끊었던 어머니가
– 막둥아 담배 피우면 안 될까
– 아직 가슴에 불꽃이 보여요 어머니
그래서 어머니와 나는 세상을 또다시 움켰다 놓고
움켰다 놓고는 했던 것이다
지금도 자다가 깨면 어머니의 얼굴은 보이지 않고
담뱃불만 허공에 깜빡이고 있다

잘 익은 포도송이
– 가족이란 이름에 붙여

윤광수

우리는 한 그루 나무였기에
많은 가지 서로 엉크러져
장대비와 눈보라도 받아냈거니

겨울 강을 건너고
간지러운 바람에 흔들리는 언덕
아렸던 기억을 봄볕이 녹인다

때론 장마도 겪고 되받은 햇살 아래
맑앟게 씻긴 하늘 올려다보노라면
거기엔 꽃이 피고 열매도 맺는 꿈의 세상

그 이름 송아리의 가족
알차게 매달려서 크게 웃노라면
정이란 정이 단물로 익는다

탑塔
– 그대의 날개

윤순정

몸 사원寺院 중의 사원이신 그대여
그대 수려한 몸의 사원에
작은 새되어 깃들어 본 저물녘
서쪽 노을도 반석 위에 구름사원을 짓고
찰나의 영락을 그리고 있구나
날아갈 듯 노반 위에 까치처럼 앉아 보니
어린 날 아버지 어깨에 무등을 타듯
멀리 뵈는 백강은 수북정을 휘돌아가는데
늙은 소나무 아래 여울거리는 물결
하얗게 반사되는 강철빛으로
나, 혹은 너밖에 모르는 나에게
자리이타自利利他, 자리이타,
우리들이 수행修行하지 못하는
귀한 말씀의 파편들이 강물이 되어
소살거리며 되뇌어 주건만 어쩌면,
욕망과 번뇌에서 벗어날 수 없구나
내 몸과 정신의 기단이 된 그대여
날마다 수행 없는 자리이타,
말씀의 구름사원 허망의 제단에 받쳐질
붉은 제물의 타는 목마름이여

회화나무 평전

윤영숙

늙은 회화나무 한 그루,
굽은 허리를 쇠기둥에 기대어 쉬고 있다
가슴 한켠 시멘트로 채워진 무거운 노구 이끌고 한 쪽으로만 길
을 내는 곁가지들 건들기만 해도 툭- 부러진다

절벽처럼 땀질한 저 늙은 가슴이 왠지 낯설지 않다

항아리 속 같은 어둠 열어보면 위암 말기 판정을 받은 내 아버지
부고장이 다시 와 있을 것 같다 열렸다 닫힌 몸 위로 스테이플러가
꾹꾹 밟고 지난 수술자국 따라 들어가면 아버지 손때 묻은 족보가
묻혀 있을 것 같다

노거수老巨樹 아래 떨어진 나무토막을 집어들었다 아버지가 쓰시
던 몽당연필 같고 부러진 안경다리 같은 나뭇가지를 호주머니에
넣었다 애기가 애기를 낳았다며 내 볼 쓰다듬어 주시던 까칠한 그
손가락이 만져진다

근처 구멍가게에서 막걸리 세 통을 구해 회화나무 할배 발등에
부어주고 달빛 미끄러지는 덕수궁 돌담길 걸어내려온다 울퉁불퉁
한 세상살이가 끝내 염려스러워 실루엣으로 한없이 내 발자국을
따라오는 아버지 긴 그림자

기러기 아빠
― 시차時差

윤춘식

네가 잠들면
내가 잠깨고
네가 일을 시작하면
나는 일을 마친다

극동과 극서에서
햇빛과 달빛이 서로 마주보며
시소seesaw를 탄다

별들은 산양이 수놓은
캐시미어 이불마냥 속절없이
지구촌을 덮어주고
우리의 꿈은
그 이불 아래서
언제 함께 만날 것인가

약속 시간은 홀가분한
기도를 지키는 것

울타리를 떠난
나팔꽃은
타고 올라갈 장대가
하늘뿐이다

母, 나의 외부-dehors

윤향기

어젯밤, 다른 사람들의 시선을 무시한 채 몇 광년을 혼자서 달려 가는 별을 보았습니다 감자꽃 따던 계집아이와 밭고랑에 주저앉아 양푼에 밥 비비던 그녀의 숟가락에는 내 존재의 비밀이 살포시 들어 있는 얇은 바지락 껍질 같은 눈 나를 세상에서 처음 목축이게 해준 자줏빛 감자싹 같은 젖꼭지 밤낮없이 중얼거리곤 하던 '내 새끼들'이 소복이 담겨 있습니다 하얀 밥풀꽃들이 안팎으로 지워지자 만개했던 그녀의 숟가락가로 죽음이 잰걸음으로 몰려듭니다 멧새 소리와 멧새소리 그늘과 감자 꽃잎과 감자 꽃잎의 일가들까지 몰려듭니다 차가운 죽음과 차가운 죽음 사이에 바지랑대로 높인 빨랫줄처럼 탱탱하게 걸려 있던 '더운 시간'이 내려와 몸을 펴고 눕자 서성일 시간도 없이 밥 비비느라 둥글게 구부렸던 자세가 느슨하게 풀리고 김치냄새 고추장냄새의 어떤 사용법조차 놓아버린 채 원형原形의 시간을 향해 떠나는 질주 이윽고 나의 외부-dehors가 빛의 속도로 분리되는 그 찰나, 비로소 나는 나의 전생이었던 그녀의 경건한 마음 한 벌 뒤집어쓴 어린 전생이 되었습니다

가을밤 손님

윤홍조

백열등 둥근 그림자가 유난히 깊던 늦가을
무거운 몸 벽에 기대앉은 어머니는
부푼 배를 가만히 싸안곤 했다
숙직하러 떠난 아버지의 자리 비어 있고
선하품하던 나는 어느새 잠이 들고
그러다, 무슨 기척소리에 눈을 떴다
언제부턴가 할머니 윗목에 앉아 있고
아랫목에 다소곳 누워 있는 어머니는
먼 길 다녀온 사람같이 온몸이 젖은 채
놀라 방 안을 두리번거리는 나를 보며
박속같이 환한 웃음 조용히 흘리셨다
백열등은 가뭇가뭇 단내를 풍기고
푸른 달빛 문살 깊이 어른거리는데
한순간 방안을 휘저어 놓듯
잠 깬 내 머리맡을 환하게 감겨도는
형형한 기운 하나
그날밤,
누군가 곁에 와 있었다
어디선가 오신 귀한 손님 한 분
강보에 싸인 아기는 막내였다

석류

윤희수

눈들이, 석류꽃 뚝뚝 떨어지는 눈들이, 그 여름 석류 둥치의 절정을 쳐다보는 눈들이, 뙤약볕 아래 뒤축이 닳은 장화 신은 늙은 고양이의 눈들이, 하늘로 오르고 있다. 교성으로부터 또 다른 교성까지, 하늘 바깥쪽으로 느릿느릿 걸어간다. 교성 짓는 고양이 눈들이 선홍의 가지에 취기를 달고 걸어간다. 취기는 늘 오리무중이다. 한모퉁이에서 또 다른 모퉁이까지 지나가는 취기, 이제 막 조리개를 통과한 역광처럼 오리무중이다. 그 시각 오리무중은 꼬리가 투명한 상처를 가지마다 달고 있다. 오리무중과 붉은 무늬 취기에 파닥이는 말의 눈들, 투명하게 합방한다. 낮고 불규칙하게 번지는 취기 메트릭스 몽롱하게 구겨 넣는다.

　석류꽃 떨어지는 눈들이,
　어깨 툭툭 치던 날

316

식구食口

이건청

감자를 먹었다.
심지를 낮춘 등잔불 아래
저녁 식탁에 모여앉아 감자를 먹었다.
아버지는 오시지 않고,
이른봄 황사바람만
담벼락에 묶인 시래기를 흔들고 가는데,
심지를 낮춘 등잔불 아래서
구운 감자를 먹었다.
동치미 사발에 파란 파가 떠 있었다.
아버지는 오시지 않고,
날을 어두운데, 하늘엔
철새들이 가는지,
스척스척 날갯짓 소리가
등잔불 심지를 흔들고,
흔들리는 불빛 속에서 감자를 먹었다.
아버지가 오시지 않는 저녁,
식구들끼리 둘러앉아 감자를 먹었다.

이제, 감자 굽던 어머니도
감자 먹던 형도 안 보이는데,
이따금, 저물녘 지붕 위의 철새 소리를
듣고 싶은 때가 있다.
심지를 낮춘 등잔불 다시 켜고
감자를 먹고 싶은 때가 있다.

걸친, 엄마

이경림

한 달 전에 돌아간 엄마 옷을 걸치고 시장에 간다
엄마의 팔이 들어갔던 구멍에 내 팔을 꿰고
엄마의 목이 들어갔던 구멍에 내 목을 꿰고
엄마의 다리가 들어갔던 구멍에 내 다리를 꿰!
고, 나는
엄마가 된다
걸을 때마다 펄렁펄렁
엄마 냄새가 풍긴다
– 엄마…
– 다 늙은 것이 엄마는 무슨……
걸친 엄마가 눈을 흘긴다

따뜻한 울타리

이경희

울 안에
채송화 봉선화 옥잠화
맨드라미 해바라기
제각각의 속내를
사랑으로 피워내는 자매

때로는
마주보고 손씨름으로
때로는
등을 대고 힘겨루기로
서로의 꿈을 키워내는 형제

세상 햇볕 함께 쬐고
세상 바람 함께 막고
세상 먼지 함께 털고

저어기
미루나무 느티나무 그리며

이슬처럼 맑은 마음 함께
따뜻한 울타리를 가꾸어 가네

텍스트 1

이귀영

좌르르 풀린 두루마리 휴지처럼 긴 세월
흘린 물에 젖어드는 휴지처럼 빠른 인생 살다가
꽃잎에 흔들리다가 꽃샘에 잠들다가
바람에 가듯 노을에 흐르듯
간혹 천둥 번개 폭우 그런 날도 있더니
눈이 시리게 푸른 하늘 그런 날도 있더니
일평생 이제는 부끄러움도 그리움도 다 포개었다
한 번도 사랑한단 말없이 살았지만
보이지 않는 사랑으로 빚은 그대 늙수레한 얼굴
작은 몸 작은 키가 거리에서도 골목어귀에서도
군계일학群鶏一鶴, 아니 군학일계群鶴一鶏일지라도
확 눈에 띄는 나의 텍스트 나의 친구여
함께 달려도 라이벌이 아니어서 편하다
하루 살아온 이야기 저녁내 쏟아내야 하는 나날
아침 해 함께 맞으며 저녁 식탁 마주하는 그대
한 50년만 더 말벗 되어주오

아기답

이근배

어머니
아기답* 쓰고 계시다

추석이 오는 삽다리 꽃산
윗대 조상 차례상에 올릴
송편 빚으시며
눈에 밟히는 아들, 손자, 증손자
성묘 올 날 손꼽으시며
주머니 끈 풀러
한잎 한잎 절값 챙기시며
아기답 쓰고 계시다

몸 성치 못한 작은 손자
"몹쓸병은 할미에게 다 주거라"
흙일에 갈라진 손으로
눈을 훔치시며
아기답 쓰고 계시다

할아버지 품으로 글공부하러 간
다섯 살 외동아들
"견마*는 어찌 가리고 있느냐?"
지아비 옥바라지하느라
꿈속에서만 쓰시던 그 아기답

어머니 답 한 장 못 받으시고
세월 이쪽 저쪽에서
어머니, 아기답 쓰고 계시다

*아기답 : 송강 정철의 아내 정경부인 유씨는 글공부 나간 어린 아들에게 언문
 '아기답'을 썼다
*견마 : 똥오줌의 옛말

소요만필逍遙漫筆
– 신라고분공원에서

이근식

싸늘한 바람이 분다.
바람결에 일어서는
바르르 떠는 가을빛 풀잎
풀잎이 우는 소리
고분 사잇길이 흔들리고
아득한 신라의 소리
옷깃을 잡고 흔든다.

금척리金尺里 고분 사잇길을 돌아가면
나를 잡고 흔드는 바람,
추잡한 마음 비워라 비워라 한다
모진 여름 햇볕 끝에 피는 박꽃처럼
티없는 빈 항아리같이,
신라의 묵은 집, 고분처럼 삭아내린
빈마음이 되기 위하여
풀잎은 사시 울고
새는 창공에 날아올라 까만 점으로 사라지고
가는 걸음 가볍다.

홍수
– 나무 나라 31

이기애

박꽃마을 떠내려간다 금호강, 비릿한 물살

스무 살 영애 언니
하얗게 늙은 박 속 파고 들어간다 천장 깊숙이
똬리를 틀고 있던 구렁이 한 마리
승천을 한다 지붕이 폭삭
내려앉고

거친 발음으로 흩어지는
어머니

과수나무 뽑혀 나가는 붉은
문장 안으로 49번
국도가 달려온다 부릅뜬
기억의 넝쿨 하나 툭
끊기며

떠내려가는 바가지
죽은 사람들의 지문이 번식한다 둥둥
잃어버린 시간이 범람하는
언니의 강, 아직

내 손을 잡고 있는

홈

이기와

부여 왕흥사 터, 연금술사처럼
신기루의 모래 손이 매장된 기억을 쓰다듬고 있는
땅 꺼진 그 빈터에는
필시 천년의 꽃다운 무언가가 오롯이 담겨 있었다

이른 새벽 흰 눈 위로 배고픈 사슴이 지나간 뒤
콕, 콕, 상처로 드러난 홈처럼
비어 있음이란 거기에 무언가가 머물렀다는 도장이다

꽃이 경계를 깨치고 떠나간 배꼽 자리를 읽다 보면
성근 침묵 속의 침묵,
별 속의 별이 하얗게 춤추던
가달박 허공이 보인다

내 마음의 허공은 그가 빠져나간 폐허의 주머니이다

뱀이 벗어던진 물빛 껍데기 같은,
저 움푹한 하늘은
얼마나 큰 우주의 질료가 벗어 놓은 옷인가

저울

이덕원

은박눈이 일정한 간격으로
박힌 팥죽색 막대저울이 있다
무게를 가늠하는 저울추와
삶을 부렸던 색바랜 구리접시
부러진 U자 갈고리를 달고

벌써 어머니는 눈이 어두워
저울눈 읽는 것을 잊으신 지 오래
삶의 무게를 달아 나누고
적당한 위치에서 넘치지 않고
욕심내거나 탓하지 않으며
척하고 척지지 않은 세월이었다
한 쪽으로 치우치지 않게
항상 삶을 잡아주던 저울은
어머니의 일생의 무게만큼
치마폭에 훔친 눈물을 안다
허리가 휘고 쇠잔한 육신은
깃털의 무게로 남아 느껴지는
아 가슴이 아리게 저미는 한이여

고리에서 멀리 있던 저울추도
이제는 가까워져 있고.

아버지의 빗소리

이돈희

한여름 저녁나절
추억처럼 비가 내린다

바람도 뜨거웠던 일터에서 돌아와
토장찌개 곁들인 아내의 밥상을 받아
허기를 면하니
나른하다

벽거울에 얼핏 비친 내 모습이
나이들수록 아버지를 닮아간다

놋대야에 냉수를 받아 퉁 부은 발을 씻고
하얀 수건으로 발가락 사이사이를 후벼내니
개운하다

두 무릎 깍지끼고 마루 끝에 발꿈치를 얹으니
생전에 아버지가 앉아 있던
그 자리다

흉흉한 빗소식에 계단논 물꼬 보고와
빗줄기 굵어지고 청개구리 으객거리는
수수밭을 바라보던 아버지

가을 달 같던 아버지

오래된 사진틀에 모습보다
초저녁 샛별처럼 떠오른다

채마밭에 내리는
카랑한 이 빗소리

두 돌 무렵

이동희

제 눈높이 친구 할미가
바나나우유 하나 안겨주고 줄행랑을 놓았다
손녀꽃 잠시 미풍에 흔들리다가
이내
달과 6펜스 사이에서 갈등하다

쌉싸래한 유혹 한 모금 빨다가
"으앙~!"
또 달콤한 그리움 한 모금 빨다가
"으앙~!"

슬픔 한 방울 내비치지 않으면서도
달아난 할미와 달콤쌉싸래한 현실 사이에서
한 꽃송이 무성하게 피고지고 또 피는구나

터미널

이명수

어머니 계시던 방을 한동안 비워두기로 했다
밤이면 날 부르는 소리가 들린다
물 물, 오줌 오줌
깨어 달려가 문을 열면 빈방이다
물을 마시고
빈방을 둘러본다
텅 빈, 그런 상태를 의사들은
'공황'이라고 했다
진료카드엔 암호처럼
'Terminal'이라고 쓴다
터미널, 종착역에 이르렀음의 표식일까
죽음은 몸에서 물이 빠져나가는 것이다
죽음은 몸에서 불이 빠져나가는 것이다
어머니 떠나신 봄 하늘을 본다
이제 빈방은 치우고
오늘은 내가 그 자리에 누우리라
봄밤에 떠가는 저 꽃잎들
가볍게 떠나가는 저 목숨들

올망졸망 업고 가는 감

이명혜

저 하늘을 봐
주먹감이 익어간다

올망졸망 업고
손잡아 절벽에 달라붙어
한밤을 지새운다
눈 딱 감고 뛰어보자
두 주먹 불끈 쥐고 우듬지에 올라보자
뙤약볕 한 줄기 아작아작 깨물며
떫고 시린 뱃속
속앓이를 해도 토악질을 해도
너는
내 창자, 내 쓸개인 것을
어쩌다 뒤돌아보면
서로서로 등이 되어
받쳐주며 살아가는 세상살이

돌아서 가버린
네 뒷모습
달빛 벽에 걸어두고
보고
또 바라본다

나의 어머니

이문걸

어머니… 하고 부르면
풍금소리 속에 묻혀 오는
어머니의 목소리가 들립니다.

바람과 구름과 강물이
하늘로 흘러가듯이
어머니는 저 먼
나의 기억 속에 흘러갑니다

내가 간혹 어머니를 잊고 지내면
어머니는 늘 나에게로 다가와
강물이 되었습니다
바람과 구름이 강물로 흐르면
나도 어머니처럼
하늘로 오를 것입니다

어머니는
나의 강물입니다
구름입니다
그리고
나의 하늘입니다

가족사진

이미산

커다란 액자 속에서 가족들 웃고 있다

어느 친척 결혼식에 다녀온 후였던가
  오랜 기억 속에서 건져 올린 미소와 서로를 감싸는 팔과 배려가
넘치는 손가락의 곡선

  황금빛 액자는 두꺼운 담장처럼 투박하면서 가볍다
  돋을새김의 꽃무늬는 일정거리 밖에서 우아하게 빛난다

  작은 창문으로 스며드는 햇살과 굵직한 둥치의 식물에 매달린
잎사귀들의 깊은 잠을 배경으로
  오래된 이발소 내부 같은 이 고요가
  조금은 어색한 포즈와 어울려
  견고한 상징이 되어 간다

  서로 다른 몸의 방향과 달리 하나로 모아진 시선들
  늘 같은 자세로 같은 미소로
  액자 밖을 내다보고 있다

  달그락거리는 수저소리 고함소리 비명소리
  텅 빈 거실을 뒹구는 대낮의 햇살
  저물녘의 어수선한 신발들
  밤이면 돌아누운 호흡과 침묵 속으로 가라앉는 여정
  높이가 다르게 자라는 잠꼬대
  어쩌다 소파에 나란히 앉아 티브이를 바라보는 말없는 휴일

문병

이병초

울 엄니 순창서 시집오시어
일만 벌였다 하면 꼬라박는 아버지 꼴 보시고
다섯 새끼 가르치시느라, 봄이면
묵은 김장독 헐어 문전문전 다리품 파셨네
중앙시장 맨바닥에서 무더기 무더기 채소 파셨네
호각을 불며 순경이 들이닥치고
늘어놓은 오이 가지 깻잎들 순경 발길질에
사정없이 걷어차이고, 왜 이러냐
사람 먹는 것을 왜 걷어차냐
당신은 새끼도 안 키우냐 악 쓰시던 울 엄니,
집만은 안 된다고 이 땅만은 안 된다고
플라스틱 스레빠 한 켤레로 해를 넘기도 또 넘겼어도
쓰레빠만 닳았던 울 엄니 삶의 평平수,
연탄화덕에 코 박고 싶다고 띄엄띄엄 애간장 녹으신
보리쌀 두어 됫박도 무섭게 알고 세월 건너오신 울 엄니
풍맞으시어 병상에 누워계시네
못 믿을 큰자식 손을 붙잡고 비스듬히 웃으시네

3월엔 새가 된다

이보숙

목련나무 가지마다 어린 백로들이 매달려
삼월의 하늘을 향해
입들을 쫑끗거리는 것을 본다
쫑끗대는 입들이 내는 소리는
아침이슬을 털어내는 풀잎의 소리다
남녘나라 섬 그늘 어딘가에 은거하다가
드디어 나를 찾아오는 봄의 소리다
먼 숲에서 언제나 조그만 손을 흔드는 내 아기의 소리다
백로들의 몸이 커지면서
날개를 펼쳐 날아가는 시늉을 한다
떠나려는 새의 마음을 잡고 싶어
나는 내 마음을 어린 백로 모양의 종이접기를 해서
목련 가지에 하나씩 매달아 놓는다
그러면 백로들은
미처 다 부르지 못한 노래를 부른다
마음이 따뜻이 뎁혀진다
따뜻해진 햇빛을 주머니에 집어넣고
덮개를 덮는다
내 그리움을 다 그 속에 숨겨 놓는다
어린 백로들이 다시 올 때까지

아픈 가족

이사라

엄마
저 많은 엄마
쥐젖 가득한 겨드랑이가 이젠 간지럽지 않은 엄마
눈꺼풀 겨우 들어올리다가 긴 잠으로 돌아가 버리는
중환자실의 엄마들

하늘 높이 쏘아올린 자식들이 흰 눈송이처럼 눈앞에 나타났다
사라지는
짧은 면회가 서러우신지
눈떠 봐요
낯설지 않은 목소리들 들려도
손톱 닳도록 허공에 쓴 진한 사랑이었나
뇌 속에 피가 흥건한 엄마들이 입술만 달싹거리네

깜박깜박하시던 며칠 전, 한 술 밥 뜨다 마시고
네 집이 어디냐 물으시더니
너는 몇째냐 물으시더니
기억을 파먹으며 자라는 벌레 한 마리 키우며
밥상 물리시고는 배시시 웃어버리시더니

그저 그만큼만 웃어달라는 가족이 곤히 잠자는 밤에
점점 지워지는 가족이 되어가는 엄마들이
저기 저 병상에서 한가위 보름달로 떠오르네

호미곶虎尾串*
– 해운대 문협 문학기행

이상열

호랑이 잡으러
호랑이굴 찾아간다
이 핑계 저 핑계로
젊은 사냥꾼은 다 빠져버리고
젊은 사냥꾼만 우쭐거린다
여름날
동해 갯펄에서 들려오는
얼룩호랑이 포효咆哮
그대들 덕분에
한가로이 읊조린 음풍농월
하오의 시장기에 쩝쩝 입맛 다시는데
꼬불꼬불
술취한 해안길
"이곳은 군사작전 지역이므로
무단 출입을 금지함"
산모퉁이마다
얼굴 내민 해병용사
어부횟집 데려다 주네

*호미곶 : 경북 영일만에서 제일 동쪽 끝 돌출한 땅끝말 호랑이 형상의 한반도
꼬리 부분에 해당됨.

어머니 유품 2
– 옥비녀

이상열(성남)

은붙이는 까맣게 변하였어도
옥은 예나 다름없이 맑고 매끈한
어머니의 옥비녀.
손에 쥐고 있노라면
아련하게 떠오르는 기억들 –

등에 업혀 바라보던
참빗으로 단아하게 쪽진 모습,
센머리 되셔서도 고운 모습이시더니
이제는 체취와 동백기름 향내마저 사라지고
손때 먹인 세월만 담담하게 스며 있는

어머니 살결 같은 옥비녀.
이따금 바라볼 때마다
고결한 사랑*의 열매, 철없는 눈에 맺혀
붉게 물든다

*고결한 사랑:동백꽃 꽃말

지리산

이상호

어리석은 사람이 머물면
지혜로운 사람이 된다는
지리산

혼자 산을 오르는 사람을 보고
여럿이 함께 오르던 어떤 사람이
묻는다.

"혼자 오면 외롭지 않아요?"
"산이 있잖아요!"
"……"

우문현답도 다정하게
함께 오르는
지리산

바람은 파도를 타고

이　섬

구십오 세의 시어머님은 날마다 거센
풍랑에 시달리신다
외이도와 내이도 사이에 작은 섬이 하나
생겼음인지
밀물과 썰물이 때도 없이 드나드는지
진종일 거친 파도소리만 들린다고 하신다
악을 쓰듯이 큰소리로 말하지 않으면
성난 파도와 풍랑에 묻혀버리고 마는 소리들

귓바퀴를 사운대던 속삼임의 모래톱이
세월의 물살에 쌓이고 쌓여서 언덕을 이루고
동산을 이루고 이제는 섬이 되었나 보다

와우각을 지나서 외청도를 지나 고막으로 이르는
흔들리는 뱃길, 그 멀고도 험한 길

어머니는 날마다 해일과 풍랑이 거센 그 섬에다
유무선이 가능한, 소통이 원활한
기지국을 하나 세우고 싶어하신다

옛집

이소영

어디쯤일까
담모퉁이 돌아서 저쪽인가
새로 생긴 이 길 위일까
시간의 강물 위에 기억의 다리도 놓아 보지만
번지도 지도도 사라져 버린 그 집
장터마당 지나서 향교 가는 길
느티나무 아래 파란 양철지붕 있는 공동우물
우물 옆 실개천 따라 길게 누운 돼지네 밭
봄이면 푸른 보리물결 이랑이랑 흐르고
가을이면 수숫대 서걱서걱 휘젓는 마을
마을 속 한 집 아늑한 집
살구꽃 라일락 불두화 꽃이파리 눈처럼 휘날리고
채송화 봉숭아 백일홍 함박꽃 환한 싸리울 마당
항우 같은 젊은 아버지 활짝 웃으시네
산도라지 같은 어머니도 나란한 눈부심이여
콩깍지 속 풋콩 알갱이 어린 남매들
깔깔대며 툭툭 터져나오네
겨울밤 뒷산에서 들려오던 승냥이 울음소리
강구장님 큰 기침소리
성당의 종소리도 귀에 쟁쟁한데
어디로 갔나
그립고 그리운 관고리 30번지
그 옛집

가슴으로 쓰는 시

이수영

엄마는 식빵을 두툼하게 썰어
후렌치 토스트를 준비합니다.
커다란 접시 위에 잘 구운 빵을 올리고
메이플 시럽으로 종을 그린 뒤
파우더 슈거를 솔솔 뿌립니다.
금빛 햇살이 잘랑잘랑 아가의 목덜미에 환합니다.

아빠는 어린 아들과 함께 목욕을 하고
토마스 파자마를 입혀 침대로 향합니다.
- 오늘은 뭐 읽어 줄까, 제이제이?
- 노래해 줘
- 무슨 노래?
- 런던 브릿지 휠링 다우우운
- 런던 브릿지 휠링 다운 휠링 다운 휠링 다운
  런던 브릿지 휠링 다운 마이 훼어 레디 -
악보에도 없는 도돌이표를 아빠는 계속 이어갑니다.

잠시 고요해진 틈에
할머니는 손자의 방으로 갑니다
아가의 이마 위에 손을 얹고 기도합니다.
- 함머니, 너 할아버지 집에 갈 거니?
- 그래
- 언제 가는 거야?
- 음, 내일 모레…… 몇 밤 더 자고

- 가지 말라 이잉! 내가 너 많이 보고 싶을 거야, 할머니!

창 밖엔 보름달 눈 시려 눈이 시려
정원에 우두커니 서 있는 스노우맨에게
아가의 꿈속으로 걸어들어가
한바탕 매직을 선사해 달라 부탁을 해봅니다.

어떤 부부

이숙희

밥그릇 두 개 반찬 세 가지
달랑 올려놓은 상 위로 해가 기운다
올망졸망한 그릇들도 무슨 생각처럼 골똘해지면서
제 속의 것들을 감싸안는다.

무릎을 꺾고 마주앉아 수저를 드는데
그 전에는 다리가 있었던 상
상다리가 부러진 앉은뱅이 밥상을 마주하고
남편은 밥을 뜨고 아내는 바라본다

오밀조밀 장식했던 경대며
주방을 꾸며주던 트랜지스터라디오
책상 겸용 밥상이 절룩거리기 시작한다
비굴한 몸짓으로 부러진 것들에
안녕이라고 말하고 싶은
아내는 한 숟갈의 밥을 뜨려고 쭈그려 앉아
배불뚝이 여자들의 저린 종아리처럼
경직된 다리가 문득 아프다

쓸쓸한 다리의 저린 통증처럼
기운 것들에 전단지를 접어 넣는 아내의
밥그릇에 애증의 자반 한 점 올려주며
남편은 앉은뱅이 밥상에 안심한다

바람개비 가족

이승주

미르피아유치원 꽃반 게시판에
예쁜 꽃들이 만든 바람개비들
여기저기 많이 꽂혀 있다

그 중의 하나,
큰 바람개비 위에
작은 바람개비
포개어서 꽂혀 있다
꼭
엄마 품에 안긴 아기 같다

아기바람개비는 무슨 꿈을 꾸고 있나
꿈속에서 무슨
바람의 전언(傳言) 듣고 있나
아니면 어디쯤 바람을 좇아
초원을 달리나

엄마바람개비
아기바람개비
참 따뜻하고 포근한
바람개비 가족

나비가 되었니

이승필

숨이 가빠지다 끙끙 몸을 뒤채는 네가 가여워
안 울게 그만 가, 맘에도 없는 말을 뱉곤 후회하고
조바심하는 사이 너는 갔다
네가 곁에 없는 1분을 상상할 수 없는 우릴 떠나갔다
사람 족보에 없는 너와 한 식구로 어울려 산 열다섯 해
우리집의 햇살, 꽃, 이야깃거리인
네 재롱에 기대 우린 천 개의 별자리를 꿈꾸었지
딸꾹질 한 번, 때없이 들이대는 네 뽀뽀가 우릴 웃기고 달래
동화 속 행복을 노래산은 베짱이였다면 믿을까
사람보다 사람을 따르고 좋아한 넌 필시
전생의 막내딸, 아니 하느님이 잠깐 빌려준 손녀였다
우습지, 이 나이에도 왜 나는 이별이 서툰지
며칠째 연민이 차올라 마음에 비를 내렸다 그새 선득해진
거실 바닥에 누웠다 가는 네 신음소리
문득 옷과 병원수첩이 든 네 서랍을 열어봤다
휑하니 빈 소파를 보고서야 실감했다
우리 가슴에 살고 우리 눈에 살아서
감당 못하게 애틋한 가족이라는 이름의 빈자리
화소가 높은 사진 몇 장처럼 확대할수록 선명해지는
저 숱한 흔적과 기억들을 어떡하지?
잠결일까 은회색 털이 부숭부숭한 채 날아가는 널 보았다
나비가 되었니?
닿을 듯 정처 없는 내 목소리
얼결에 들어온 말매미 울음처럼 네 그림자가
집안 곳곳을 기웃거리고
여전히 품을 파고드는 네 숨소리

뼈

이승하

화장장 화구 앞에 식구들이 둘러섰다
쇠침대가 나온다
관도 염포도 수의도 다 사라지고
얼굴도 가슴도 손도 발도
사라지고 없다 아, 몸이 없다

발굴된 미라 같지만 수천 년을 견딘 것이 아니다
한 시간 만에
팔과 다리의 뼈, 골반뼈
제일 위쪽에 둥그렇게 놓여 있는
바가지로 남은 어머니 얼굴

손…… 파를 쓸거나 고기를 다지거나
도마 칼질하는 소리에 잠에서 깨어났었는데
입…… 듣기 싫었던 꾸지람 소리
눈…… 돋보기 속에 담긴 눈웃음
미소짓던 그 얼굴, 양볼, 발간 양볼……

저 골반뼈 속에는 한때 자궁이,
한때는 내가 들어 있었을 터
화장터 인부가 빗자루를 들고
쇠로 만든 쓰레받기에 뼈 쓸어담는다
어머니의 전생애가 하얀 뼈로 모인다

하루 품

이시연

아침에 둥지를 떠나
오동도와 향일암 물살을 돌아
저녁 식탁에 다시 앉는다
적당한 취기와 피로가 좋다

꽃이 피고 지는 것
새잎 돋아 낙엽으로 돌아가는 것
사랑하고 미워하고
떨리는 만남 끝에 싸늘히 돌아서는 일
또한 이승에 왔다가 하직하는 일까지
찰나건 영겁이건
우리 삶은 모두 하루 품이다

적당하게 흔들리면서
적당하게 부대끼면서

옷걸이

이심훈

방구석에
옷걸이, 구성맞게
서 있는

눈이 온다
앙상한 옷가지 사이로
비듬처럼 떨어지는 세월
옷걸이, 어제의 모가지를
꿰어 달고 후줄근한 바짓가랑이
식솔들이 보리깜부기처럼 들붙어
가죽 허리띠가 들이조인다
풀기 없는 셔츠 실밥이 풀어진
단추구멍으로 쥐라기 화석처럼
바람이 허구리에 새고
빈 깡통같이 패대기쳐진
오늘이 주절거려도

방구석에
옷걸이, 구성지게
솟대로 서다

꿀벌
– 모정母情

이애리

아카시나무 꽃들이 함박눈처럼 달려들어서는
향을 얼마나 뿌려대는지 명치끝이 탁 막힐 지경입니다
그 향기, 고욤꽃 같은 입술을 오므리고 펼 때면
세상에 이보다 더 황홀할 수 있을까요
끈끈한 땀방울 닦으며 토종 꿀벌처럼 일만 하신 어머니
난 푸근한 엄마 젖무덤 헤쳐가며 단꿀만 골라 먹었고
이만큼 날아오르기에 급급했습니다

고뿔감기로 고열이 날 때마다 어머니는
갯묵꿀 펄펄 끓여 내게 먹이며, 참토종꿀 내다 파느라
좋은 꿀 한번 먹이지 못했다며 미안해 했지요
한평생 당신의 피와 살 다섯 남매에게 고루 나눠주고도
자식들에게 더 해줄 게 없어서 면목없다 하시더니
꿀 다 뜨고나 빈 벌통처럼 대수술로 온몸 다 비우셨지만,
어머니, 당신은 세상에서 가장 아름다운 꿀벌입니다

나 그대에게

이애진

나 그대에게
아침 창가에 비치는
따스한 햇살이고 싶습니다.

잠을 깨우는 새소리처럼
맑은 소리로 나
그대의 아침을 열고 싶습니다.

피로를 풀어주는 아로마 향처럼
그대 곁에 머물러
하루의 시간들을 꽃피우고 싶습니다.

늘 그대 곁에서 눈을 뜨고
호흡하는 그림자로 그대와 하나되어
수채화처럼 투명한
내 생의 그림을 완성하고 싶습니다.

나 그대에게 다른 무엇도 아닌
그대에 의한
그대의 그림자이고 싶을 뿐입니다.

북녘의 봄에게 비아그라를

이영숙

열두 살인 내가
업혀 가도 딱할
'묻지마키'의 내가
세 살짜리 동생을 업고
피난을 갔다

딸딸 아들 딸 아들 아들 딸
여덟 번째인 만삭의 '부끄러움'을
피난 보퉁이를 안고 진
어머니를 앞서거니 뒤처지거니
타박타박 피난을 갔다
삼백의 고을 상주 상서문에서
구이 선산 딱박골로

봄의 절창은 남과 북의 경계를
넘나들며 울려퍼진 지
쉰여덟 해

사형수의 수갑 같은 차가운
빗장은
불감증에 걸렸나 보다

겨레 염원의

아버지의 숲은 과거형이다

이영식

이제, 아버지는 과거형이다
그들의 문법이 파괴되는 데는 오래 걸리지 않았다
바람과 구름의 계보 어디쯤에서 툭 튀어오른
핵가족이라는 화살 한 개, 심장에 꽂히더니
아빠―파파로 둔갑하여 아이들 손에 끌려다니고
아버지의 의자는 간단히 폐기처분되었다

이제, 아버지의 산에는 큰바위얼굴이 없다
서슬 퍼렇게 눈빛 부딪치던 포수도 맹수도 없다
다 뜯어먹힌 구두로 탑골공원을 맴돌거나
원시적 고랑을 파는 뒷방늙은이로 돌려앉혔다
아버지가 경작하던 땅은 재개발되어
꼬부랑글자 이름 걸친 고층아파트 받들고 섰다

오늘도 몇 트럭의 슬픔이 유기되고 있는가
아들, 딸 주소를 혀밑에 끝내 숨긴 채
무연고 치매노인이 되어 격리 수용되는가
뼈만 남은 나무 위에 늙은 새가 깃을 접는 저녁
묶음의 시간 속으로 남루한 바람이 불고
언제 그칠지 모르는 산성비가 내린다

하여, 아버지라는 오래된 숲은
봉분 몇 개 품고 잠든 과거완료형이다

묵언黙言

이영신

그이는 이미 저승 쪽으로 한 발 내디디며,

얼굴 닦아드릴 수건을 꺼내 세숫대야에 물을 받자
물소리
유난히 콸콸 쏟아지네.
수건을 적셔 물을 짜내니
물소리 무심하게
또롱또롱 떨어지네.

물아,
수돗물아,
냇물아 강물아,
바닷물아,
종내는 하늘로 흘러갈 물들아.

날 좀 어떻게 해다오!

식구食口

이영춘

'식구'라는 말 참 좋았네
같이 밥을 먹는 '사람'
밥을 같이 먹는 '입'이란 뜻이라네
口 입 구자를 한자로 써 놓고 보니
입이 벙긋 웃고 있네
밥이 벙긋 웃고 있네
참 좋네, 그러나 우린 언제부터인가
식구가 식구끼리
이웃이 이웃끼리
두레반상이 없어지듯
밥알들은 밥알대로
입들은 입들대로
하수구가 막히듯
소화불량에 걸렸다네
소화불량에 걸린 밥과 입들이 등돌리고 돌아앉아
세상에서 없어진 두레반상을 그리워하고 있다네
흩어진 입들, 흩어진 밥알들, 알알이
두레반상 찾는 입들 하나도 없고
食과 口자만 오두마니 빈집을 지키고 있다네
기다리고 있다네

어머니의 항아리

이오례

살아온 날의 흔적을
고스란히 등걸에 짊어진
이미 오래 전
뒤안길에 묻은
어머니의 항아리가 있었습니다

생쥐처럼 수없이 들락거리며
그 속을 갉아먹었던
가닥가닥 죄스러움이 지금도
금간 당신의 빈 항아리 앞에
부끄럽게 서 있습니다

금방이라도 깨어질 것 같은
푸석한 빈 항아리의 아픈 소리, 소리,
당신의 멍든 세월 보듬고 보듬으면
야윈 허리만 만져집니다

진록의 빛깔을 욕심껏 풀어내는
오월 앞에 서 있는 자신이
왜 이리 죄스럽고 부끄러운지요 어머니

힘없는 어머니

이옥진

세상 어머니는 믿지 않는다. 한판 승부
사전 속의 낱말
그러나 그녀는 매번 승리한다
맨손으로 벌거벗은 세기말 챔피언
그 누구도 이기고 싶지 않았고
그 누구와 같아지고 싶지 않았고
그 누구도 되고 싶지 않았던 고독한 투사
어머니. 그러나 칼도 없이 창도 없이 세상이
그녀 앞에 무릎을 꺾는다, 힘없는 어머니

가족
– 물고기화석

이윤진

1950년 6 · 25동란
그 이후
아버지와 우리는
다시 만나지 못했다

어린 우리 사남매
가슴에 새겨진
큰 물고기 한 마리.

아니, 지금 생각해 보니

우리 아버지 가슴에
새겨졌을
어린 물고기 네 마리!

모녀상 母女象

이은경

사철 푸른 이슬 꽃 눈물로
어머니의 강은 흘렀다
사철 푸른 날갯짓으로
딸은 강물 위 나는 새가 되었다

검은 비단물결
출렁이는 딸의 머리카락
갈대 울음
서걱이는 어머니의 머리카락
해와 달 앞에 서면
딸은 어머니의 닮은꼴이다

뜨거운 눈빛으로
강물은 흐르고
세월도 흘러
딸은 어머니가 되고
그 딸은 또 어머니가 되어
마주서서 바라보는 강기슭에

어머니의 옛 모습
딸은 그대로 물려받은
닮은꼴이다

조촐한 가족

이은봉

멀리서 풍물 치는 소리 들린다
팔월도 한가위
산마을 깊은 골짜기 저쪽

색동옷 곱게 차려입은
어린아이 둘……
젊은 엄마를 따라
묏등 앞 오가며 상을 차린다

조촐한 가족, 두 번 절하고
음식 나누는 사이
산까치, 참나무 가지 끝에 날아와 운다

아내는 준비 중

이인복

낮 밤이 없다 개미 기어가는 소리까지 듣는다 스프링처럼 반응한다 쓸개에 돌이 생기고 치매에 저혈당에 척추마저 두 마디가 내려앉은 어머니 병구완에 아내는

지나온 삶의 어느 길을 가시는지 오늘은 누가 뭐라고 하는 이 없어 만장봉이시란다 그저 먹고 자는 일이 당신의 일이란다 서늘한 그 말씀 너머 창가의 오얏잎 가늘게 떨린다 흐릿하다
어머니의 어머니를 찾는 어머니의 울음에 다리뼈가 은박지처럼 구겨진다

아내는 준비 중이다 귀저귀 신문지에 싸서 안방을 나오는 뒷모습 보름달 뼈다

빨강, 페인트 자국

이인원

카운트다운 같은 건 없었다 아마도
드물게 있는 오작동 점화였을 것이다
워낙 돌발상황이라
동체는 물론 주변까지 심하게 요동친다
어쩌면 찔끔 냉각수가 새어나와
밸브 주변을 살짝 적셨을지도 모른다
저렇게 거리낌없는 폭발이
작은 꽃잎 모양 배기구로부터 터져 나오다니!
다만 조금 전
페인트를 듬뿍 묻힌 작은 솔 하나로
군데군데 색이 벗겨진 입구를
빨갛게 덧칠했을 뿐인 저 여자
우윳빛 본차이나 찻잔에도
채 덜 마른 꽃잎 자국이 선명하게 찍혀서는
정갈한 테이블클로스 위로
흥건하게 번지고 있는 유쾌한 오후,
그 화려한 완전연소
파안대소破顔大笑!

휠체어

이자규

공통분모의 몸을 비운 그는 지금
극빈의 방인 채 번득이고 있다
눈부시게 하얀 천사들과 꽃 천지였던
단골 데이트의 종양실과 채혈실,
뚝방길 쇠비름 따위나 되어
꽉꽉 밟히고 싶은 추억 한 바퀴를
굴렸는데, 쥐어뜯었는데 허공이 한수레다
죄도 없이 나사만 조이다 스미는 쓸쓸한 독기
는개 같은 눈을 간신히 뜨고
무거워라
가을엔 허공조차 사람을 깨우는지
"여보 당신이 밀고 내가 앉고 싶어"
"미안해"
단풍잎 붉게 울던 그해 가을이었다

여의도 신선
– 위정자들에 고함

이재관

　하늘에 사는 신선은 천선, 심산유곡이나 동굴 속에 사는 신선은 지선, 세상에 살다 죽은 다음 신선이 되는 신선은 시해선이려니, 한국의 수도 여의도에 사는 신선은 불상생선이다 신선사상은 난세의 소산이지만 근본 사상은 신의와 절개다 부정과 부패, 명예와 권력에 타협도 연연치 않는 대쪽 같은 선비 정신이다 세상이 어지러우면 어리석은 백성들은 나라와 이웃에 믿음을 잃고 실의에 젖어 끝없는 회한의 늪에 빠진다 너를 신뢰했던 나의 마음 분노하고 내가 기대했던 후회의 한숨은 깊어진다 항상 부조화의 논리는 쉽게 아집에 빠져 고집의 둘레를 벗어나지 못한다 주의를 요하는 고혈압 같다 정치는 과거의 기록을 갱신하는 단거리가 아니고, 미래의 기록을 구상하는 장거리다 상생의 헛된 구호가 야금야금 기약없는 불상생선들이 자욱한 안개 속에 모여 있다 오오 통재라 민심이 천심이려니, 가까운 자가 기뻐하고 먼데 있는 자가 찾아오는 상생의 푸른 나라, 그런 희망 다스릴 신선이시여 단박 강림하소서

바라옵나니
– 연로하신 아버지 곁에서

이정님

아버지 이제 눈을 감으셔요.
먼 인생의 굽은 길 달려오느라
지치고 여윈 몸 평안히 누이고
평생 끌려온 운명의 사슬을 풀어보셔요

푹 꺼진 당신의 눈으로
지난날의 흔적 찾으려 해도
어둠 속에 묻힌 망각의 자취뿐

아버지 이제는 침묵하셔요.
일생 가르친 말씀이 스스로 짐이 되어
당신을 짓누르고 있잖아요.

당신이 존재함으로 인연되었던 사람들과
세상을 공유하던 이들에게
인연의 끈으로부터 자유할 수 있도록
손놓아 주셔요.

연로하신 가엾은 아버지
당신 지으신 매듭은 스스럼없이 풀리고
영혼을 담았던 그릇은 흙으로 돌아가
새 생명을 낳는 부드러운 흙이 되리니

아버지 눈을 감으시고

살면서 행복했던 날만 떠올려 보셔요.
모든 것의 시작은 끝을 향한 것이며
끝은 새로운 시작을 위한 긴 여행인 것을

아버지.

늦은 저녁

이정자

저 바람 속 날짐승 한 마리라도
조바심치며 품어 안은 산과
불빛 하나로 꿈을 밝히고 섰는
마을의 집과 길들을 감추고
어둠은 집문 밖에 서 있다

형광불빛은 여미었던 옷깃을 풀고
이사올 때 상처난 가구며 세간살이
일상의 사소한 것들에게
눈부신 옷으로 갈아 입힌다
온기 묻은 아이의 웃음소리에
피곤을 묻혀 온 외투를 털고
찌개를 놓고 희망처럼 둘러앉은 밥상엔
차림에도 없는 행복이 올라와 있다

이런 더없이 소박한 빛이 모여
도란거리는 저녁은 아름다워서
달빛은 익어가는 집집의 꿈을 엮어
저토록 차고 고요한 빛을 내는 것일까

유년幼年

이정화(대구)

젊은 어머니는 환한 햇살 속
경대 앞에 앉으시어
마무리로 늘 동백기름을 바르셨다

파도가 한 금 가리마로 이랑 지으며
바다를 밀어오고
알 수 없는 향기가 세상 밖으로 닻줄을 풀었다

모든 마무리는 한 올 흐트러짐 없이
은은히 반짝여야 하는 것일까

어머니는 헝클려 보채는 저 많은 물결도 가려 둥둥
놀란 꿈 깬 밤이면
별빛도 달빛도 어화漁火까지 낱낱 띄우시는 것일까

뒤란의 벼랑에서는 바람도 없이
꽃이 뚝뚝 지고

그 옆 어린 바다가 실눈으로
새날의 윤나는 엽맥이 푸른 그물 드리움을
설레며 바라보고 있었다

때로 세월 사이로 푸르르 동박새가 날았다

휘파람 부는 남자

이정화

　한 남자를 기억한다 해가 뉘엿할 무렵 미루나무 그림자가 어둑신한 천변 둑길을 물기 눅눅한 잡풀이 성한 습지의 들판을 어깨에는 투망을 걸러 메고 한 손에는 잡고기 몇 마리 들어 있는 양철 물통을 들고 또 한 손은 어린 딸의 손을 잡고 휘파람을 불던 남자 동그랗게 오므린 입술에서 새가 날아 나오고 노랑나비 나풀나풀 날기도 하다가 비바람이 몰아치면 얼굴이 빨갛게 부풀어 오르도록 쇠된 휘파람을 부시던 아버지 어른이 되어서야 세상의 모든 음악이 휘파람 소리라는 것을 알았다

가족, 가을 나들이

이준관

교외선 기차에서 내린 딸은
코스모스꽃을 향해 달려간다
코스모스꽃의 허리를 가진 딸은
꿀벌의 물빛 날갯짓에도 흔들린다

아들은 염소처럼 매해해 운다
염소의 뿔이 되고 싶다는 아들
그 뿔에 들꽃이 걸린다

하늘빛 챙이 달린 모자를 쓴 아내는
낯선 집 장독대에 핀 맨드라미를 보고
마당이 넓은 집에서 살고 싶다고 한다

장독대 위 낮달의 손톱에
여름에 물들인 봉숭아 꽃물이
아직도 엷게 남아 있다

길가에 알밤이 떨어져 있다
아들은 알밤을 주우며
이 알밤도 우리 가족이야, 하고 말한다
저 가을 하늘 울타리가 파랗다

꽃과 열매 사이

이지담

벌 떼처럼 사람들이 몰려다니는 봄날,
산수유 노란 꽃을 보았는데
어느새 가을의 문턱을 넘어선 잎새들 속에서
핏빛 산수유 열매가 고개를 내밀었다
하, 어느 시간을 건너면서
샛노란 꽃은 핏빛 열매가 되었을까

　말 안 듣는 자식에게 호통을 치듯 지리산이 산수유꽃의 얼굴에
때늦은 눈발을 흩뿌렸다 구름을 가위질하던 새들이 산수유 가지에
앉아 아비의 푸념을 주워 먹고 돌아갔다 떠난 자식을 위해 흘린 눈
물을 삼키던 먹구름이 대신 울었다 어미는 오일장에서 사온 비릿
한 간고등어를 숯불에 구우며 목을 길게 빼고 찻길을 건너다보았
다 빨간 스웨터를 걸친 아가씨의 손을 잡고 자식은 면사포구름과
가을 햇살 사이를 뚫고 돌아왔다 울화를 삭여 담근 술병을 비우며
아비와 자식은 마음을 섞었다 동네 아낙들은 한바탕 춤이라도 출
까, 돌담길 너머로 소문을 흘렸다 때아닌 소나기가 한차례 지나간
후, 밤새껏 집에선 불이 꺼지지 않았다

꽃과 열매 사이를 오가던 나는
바람일까 내게는 눈과 귀만
살아 있다 태양이
사계四季의 뒷덜미를 잡아챌 때 화두 하나에
나는 골똘해 한다 떠나가는 것과
돌아오는 것들 사이에서 휘둘리지 않고

기다려 준 뿌리 쪽으로 마음이 휜다
빨간 입술을 보면 자꾸 부끄러워진다

사랑스런 욕

이진숙

'호랭이 물어가네.'

40년도 더 전에
우리 할머니 남양 홍씨가
혼잣말로 내뱉던 말씀,
말없이 말없이
할머니로만 살다가
손녀딸 손가락이라도 좀
삐끗하면
빨간 피 몇 방울
비치기라도 하면
손 저으며 눈감으며
하시던 말씀

'호랭이 물어가네.'

참말로
그놈의 호랭이가 물어갈
아픈 날들은 가고
호랭이가 물어갈 쓸쓸한 날들도 가 버린
오늘
우리 할머니 남양 홍씨가 마음속에 감춰둔
말씀 곱씹어 보네

아, 호랭이가 물어갈 썩을놈의 시간들

홍어

이창수

　친구 조현수가 호남 최대의 예식장禮式場에서 결혼했다. 호남 최
대의 예식장禮式場에서 결혼한 조현수는 딸과 아들을 낳았다. 그리
고 십여 년 뒤 우리는 조현수의 부고를 듣고 호남 최대의 예식장禮
式場으로 모여들었다. 호남 최대의 예식장禮式場의 간판이 호남 최대
의 장례식장葬禮式場으로 바뀌어 있었다. 달라진 건 한 글자밖에 없
었으나 예식장禮式場과 장례식장葬禮式場의 간격은 이승과 저승만큼
멀었다. 아니 빚보증을 서주고 갈라선 조현수와 나와의 거리만큼
멀었다. 친구 조현수가 고등학교 동창들의 환호와 축가를 들으며
신부의 손을 잡고 입장하는 것과는 달리 이번에는 일가의 곡소리를
들으며 누워 있었다. 젊은 그의 아내는 호남 최대의 장례식장葬禮式
場에서 결혼식 때와 마찬가지로 눈물을 쏟고 있었다. 결혼식장에서
그녀가 눈물 흘릴 때 하객들이 박수를 쳤으나 이번에는 조문객들
이 가슴을 쳤다. 내 친구 조현수가 단 한 글자로 뒤바뀐 이 비운의
건물에서 수의를 입고 조문객들을 맞고 있을 때 나는 결혼식 때와
마찬가지로 홍어를 안주로 소주를 마셨다. 조의금을 세다 생각난
듯 눈물 흘리는 그의 일가를 보면서 예식장禮式場인지 장례식장葬禮
式場인지 헷갈리던 나는 박수나 가슴 대신 화투를 쳤다. 조현수의
죽음이 실감나지는 않았지만 호남 최대의 예식장禮式場이 호남 최대
의 장례식장葬禮式場으로 바뀌듯 이해되지 않는 슬픔에 무작정 동참
하기로 했다. 하지만 여전히 이 건물 간판에 덧붙여진 한 글자에
대해 이해와 동의를 얻지 못하는 조현수와 고등학교 동창들 어느
누구도 간판에 덧붙여진 한 글자에 대해 설명하지 못했다. 다만 나
는 예식장禮式場과 장례식장葬禮式場 어디에서나 빠짐없이 밥상 위에
올라와 있는 홍어에 대해 홍어의 불가해한 맛에 골몰할 뿐이었다.

먹구름 속에서 보이는

이창숙

하늘은 온통 상심의 바다
장맛비 그친 아침 한때,
브라운 스톤 다세대집 짓는
인부들 머리 위로
유년의 구름 연못 여기저기 떠간다
그 안에 물방개, 검은나비…… 수선화 몇 송이
눈시울 시큰하다
아버지 그 이웃들, 높고 낮음 없이
생을 하늘에 맡겼던 시절
흙 일구던 손금 사이로 묵언의 거친 밤낮이 보이고
운명 같은 가난은 마른 웃음에 먹먹하게 덧칠해 있다

구름이 뭉칫돈처럼 뗏장을 이루었다
구름 한 조각 떼어 낱장의 지폐를 만들면?
아버지 그 이웃들, 아프게 생각난다
몸에 켜켜이 깃들던 생의 희열은
휴지조각 같은 지폐가 아니었다고
참새 날아오르며 히히 웃는다
흙빛 가난한 얼굴들 여전히
벽지 위 낡은 액자 속에 걸려 있다
남녘으로 구름연못 여기저기 떠간다
부모 떠난 빈 집은 풍문에 허물어지고
연못 속 피어 있던 물풀잎대
유리창에 흘러와 끝내

거먹빛 수직으로 울음 쏟아내는
하늘은 끝없는 상심의 바다

스크류

이초우

한 항차 70여 일, 조업지를 향해 출항한 배
힘차게 스크류가 배를 밀고 나간다
집을 떠난 지 1년 여, 푸른 물감의 색종이에
스크류가 물을 차며
한 행으로 된 긴 꼬리의 편지를 쓴다
스크류가 돌며 끓인 하얀 물보라
무심코 뒤돌아보았더니
넋 잃고 허공 바라보는 아내 얼굴 따라오고
하얀 문장 위를 걷던 딸아이 뒤뚱뒤뚱 넘어진다
3교대로 이어지며 움직이는 섬의 하루
잠자리 들기 전 잠시가 뭍에서 귀가한 시간인데
이때면 왜 그리도 식구들 생각 도지는지
그러다 잠들면 꿈자리까지 이어지고,
지구 반 바퀴 저쪽의 내 집보다
더 멀리멀리 가신 어머니, 잔잔한 얼굴 환하게 보여줄 땐
아무 일 없었는데
왠지 간밤에는 몸이 많이 아프신지
깡마르게 탄 얼굴 축 처져 지나가더니
칼날 암초에 그물 다 뜯겨 뼈대만 앙상히 올라오고
그 그물 살붙여 수리하는 시간 한나절이나 걸려
혼쭐난 배는 다른 어장 찾아 황급히 이동을 한다
가물가물 물안개 휘감은 내 집 같은 섬 하나 나타나,
섬이 섬을 간절히 바라보고 있으니
뛰는 속도마저 오금 저려 자꾸만 줄어든다

산처 山妻

이춘원

산처가 무슨 뜻예요.
산처는, 아내를 낮추어 부르는 말이란다.
그러면 누구나 알기 쉽게 아내라고 하지
왜 굳이 산처라고 불러요

그래, 네 말이 맞다.
그래도 어쩔 수 없어
나는 아내라는 말도 좋지만
산처라고 부를 때가 더 좋거든

산 아래 피어 있는 양지꽃같이
살폿살폿 흔들리며
수줍게 다가서다
가슴에 포옥 안기는 사랑을
그냥 세상 사람들과 똑같이 아내라고
부르기에는 너무 아깝지 않겠니
다른 아내들과는 다른 나만의 사람이니까

내 사랑하는 사람은
그대로 산처이니까

구룡포에서 40
― 등대박물관

이충호

바다가 보고 싶다
추억이 아련한 날
돌아갈 수 없는 바다를 가슴에 안고
마음에 불을 밝히면
지나가 버린 것은 다 수평선처럼 아득하다

나의 육신은 이렇게
지나간 시간의 벽 속에 갇혀 있어서
애절한 마음으로
돌아보면 등뒤에서 목을 감는 그리운 파도들
물결들 늘 기억의 저편에서 밀려오지만
지나간 바다는 반추하기에 너무 멀다

한때 바다를 향한 애끓는 마음으로
어두운 세상 땅 끝에 서서
마음을 태우며
긴 밤을 흐느끼던 그 사랑을
유리벽 속에 묻어두기엔 너무 아련하여
오늘도 해가 지면
손끝 마디마디에 마음의 불을 밝히고
벽 속에서 스스로 몸을 일으켜
애달픈 시간의 유폐를 풀고
출렁출렁 춤추듯 바다로 나간다

나는 나는

모자별
– 아우에게 5

이태수

오늘 밤엔 네 탕계통신蕩界通信 받고
새별 하나 새로 보이더군. 우리집 앞
산수유나무 가지, 노란 꽃잎들 사이로
보이는 게 분명 네 별이었어.
너의 말대로 탕탕심무착蕩蕩心無着 광년,
그 속으로 들어붙음 없이 서-얼설 기어다니는
별, 내 젖은 눈엔 탕탕심유착蕩蕩心有着
유난히 영롱한 무심과 무욕의 저 반짝임.
대구 범물동 용지봉 위 먼 하늘에서
네 별 곁까지 다가와 나직나직 속삭이시는
어머니 별, 하나 되듯 안녕히 반짝이며
내 눈시울 더 젖게 하는 저 모자母子별.

어머님께 부치는 메일

이한용

내가 부르는 이름 어머니는
지금 어느 먼 나라에 계십니다
어머니, 어머니,
어머니보다 따뜻한 이름이 없습니다
어머니보다 더 큰 이름이 없습니다
엄동의 북풍을 막아내시고
오뉴월 땡볕에 밭떼기나 가꾸시다
이승의 가시밭길 다 넘으셨습니다
당신의 생애에 그리신
예수님 부처님 함께 계시는가요
가냘픈 목소리 소년의 목소리로
거리의 나무처럼 곧추서서
소리 높여 부르고 부르다 보면
말없이 시퍼런 하늘만 흔들립니다
어머니의 뜨거운 가슴 그
사랑을 정수리에 부어 키우셨지요
언제나 외로울 때 부르는 이름
불러도 아무리 불러도 대답이 없는
어머니, 어머니,
그윽한 목소리로 한껏 불러봅니다

외손자의 손

이해웅

육십 생애의 검버섯 바위틈으로
고사리손 올라온다
빛보다 밝은 빛
나뭇가지 끝에서
강중강중 뛰는 빛
손바닥을 간질며 용수철처럼
튀어오르는 빗방울
구름은 빗방울 낳고
어디로 갔나

아바바바바
아바바바바
고사리가 최초로 입을 열고 내뱉는
무의미시
여리고 여린 고사리 순
손아귀에 든 앙징맞은 고사리손이
일천 도가 넘는 열기로
내 손을 녹인다

고향

이해주

이제는
애타게 기다릴 사람 없고
간절히 보고 싶은 사람도
가고 없는데
고향은 내 마음 깊은 곳에
뿌리로 깨어 있네

눈감으면
어린 시절 뛰놀던 골목길
당산나무 그늘에 앉아
구수한 옛이야기 들려주던 동네 어른들

포개둔 그리움으로
달려가면 두 손 벌려 안아줄
따뜻한 어머니 가슴
상기 고향은 내 마음 깊은 곳에
뿌리로 깨어 있네

추억밟기
– 슬픈 가족사 1

이화국

나 어렸을 적
아버지 술 드시고 대문을 발로 차며
화국아 부르는 소리엔
간이 뚝 떨어지곤 했지요
내둥 안 아프던 배가 아파
설사를 하곤 했지요
뒤깐 길이 멀다 싶으면
집 뒤 굴뚝 모켕이(모퉁이)에 앉아
일을 보았지요
너만 고추가 달렸어도……
아들이 소원인 엄마 곁에
달랑 나 혼자 발가벗고
엄마 젖 만지며 잠들 때에도
벗은 옷은 큰 옷핀에
다 꽂아 놓고 잤지요
술드신 아버지 목소리 나면
오밤중에도 옷 챙겨서
도망가기 좋으라고 그랬지요
도망가며 큰어머니 얼릉 와봐요
옆집에 가 발 구르고
근순이네 감나무 밑길 달려가
고모네집 찾아가서
고모 고모 울엄마 맞아죽어요
피나는 애원 동네 골목을 찢었고

외로운 그 목소리 그 슬픔 그 공포
다 이기지 못해
지금은 슬픈 가락 시를 쓰지요

내훈 內訓

이화은

막내이모 나이쯤 되었을까 그때 뒤뜰 살구나무는, 같은 밥 냄새 맡고 자란 한식구답게 우리들 맏이 역할을 곧잘 했었지

꽃그늘 삽자리 위에서 오빠들에게 때맞춰 수음을 가르치고 치마 말기처럼 가슴께에 질끈 나일론 빨랫줄 하나 동여매고 언니에게는 경도 빨래 말리는 법을 가르쳤지 엄마가 그때 텃밭의 고추모종, 실 파며 쑥갓잎들에게 빨리 자라는 법을 일러주는 동안 나에겐 언니 오빠들의 일기장을 몰래 꽃잎으로 꼭·꼭·짚어주며 성숙의 비밀 을 가르쳐 주었지 풋살구의 문을 신맛으로 쳐닫고 몸을 지키는 일 이며 꽃다운 때에 꽃답게 활짝 피어나는 일, 단맛으로 허벅지살을 곱게 익히고 씨앗 하나 세상으로 툭! 뱉어내는 일, 아무도 말해주 지 않는, 여자가 되는 법을 일러주었지

니 자식 내 자식 그때는 참 동네 모두가 한식구만 같았었지 내 기억의 남쪽에서는 언제나 살구꽃만 저녁연기처럼 피어나 해마다 눈물나는 봄 어쩔 수 어쩔 수가 없었지

어머니 1

이희선

1
어머니가 걸어오신
곧은, 가르마길같은 길을 따라갑니다.
한사코 따라오지 말라시는 어머니
당신의 길을 툭 끊어 놓습니다.
"아가야, 어미가 걸어온 길 너무 가파르단다"
자막 처리된 길 하나를 띄워 놓습니다.

끊어진 길 위엔 어머니가 쏟아 놓으신
발목의 각혈 자국이 적두알처럼 흩어져 있었습니다.

2
엄니가 이승을 훌훌 떨치고 간 후에야
당신이 얽어매던 삶의 옷솔기가 보였습니다.
가난의 옷솔기가 터질 때마다
손놀림이 바쁘시던 엄니
꿰매어 닳고 닳은 솔기가 어찌나 눈부셨던지
솔기에 배어 있는 화근내가 뭉클했던지.

3
황강이 물소릴 크게 내던 일도
건너편 산이 소리내어 울던 일도
엄니 치마폭에 일던 바람소리 때문이었습니다.
대문이 삐걱삐걱 용마름이 덜석덜석

담이 무너져라 일던 바람 재우는 일도
엄니가 감당할 몫이었습니다.
밤이 이슥해서야 스르르 흘러내리시던 치마끈
황강은 늘 울엄니 가슴께로 젖어 출렁였습니다.

검정고무줄

이희정

고향 떠나 살면
질긴 것 따라와 눈물이 된다
김치랑, 콩이랑, 푸성귀랑
자식들 몸 걱정하며
보따리 보따리 묶어 오는
검정고무줄 그 질긴 힘줄

가위로 툭 잘라버리다가도
손톱 꺾어가며 풀기 시작했다
나의 신혼 때부터
이것저것 다 묶어서
천리길 달려온 검정고무줄
내 가난의 고리인 것 같아
풀 때마다 눈물이 난다

내 생애 허술한 부분
검정고무줄로 꽁꽁 묶어서
은혜로움의 순간 열어보면
부모님 마음처럼 꽉 차 있을 것만 같은
검정고무줄

비를 맞으며

임만근

첫날은 다섯 알을 다음날은 한 차례 큰 빗줄기 때리고 가더니 스
물 알을 넘게 주웠다 오늘 밤도 몇 걸음만 더 떼어 놓으면 성내역
지하철은 끊어질 시각 퇴근길 후둑후둑, 비를 맞으며 주운 은행 알
을 구둣발로 껍질을 벗기곤, 구린내나는 속알맹이를 길바닥 고인
빗물에 헹구어 씻었다 한 움큼, 기관지에 효험이 있다기에 올핸 꼭
내 손으로 해먹이리라, 몇 년간 별러 온, 손수 삶은 은행알을 과년
한 딸을 위해 다섯 개씩, 매일 밤 근 한 달 동안을, 내일 먹일 양을
미리, 깨질라, 조심조심 어금니로 깨물어 껍질을 까곤 했다

그러면 얼마나 아름다우랴

임성숙

내 아이 내 가족에게 가장 좋은 것
먹이고 입히고 주고 또 주고 싶은 마음
이유불문하고 편들고 싶은 자꾸만 보고 싶은 그런 마음
그러면서 공연히 대견하고 애련한 그런 마음
남의 아이 이웃 부모형제에게도 하늘처럼 열릴 수 있다면
이 세상 얼마나 아름다우랴

내 것 우리 것 챙겨 꼭꼭 잠긴 금고 가슴문
어쩌다 실눈 뜬 만큼 열린 문틈으로
빛 한 줄기 눈부시게 쏟아져 비추듯
이웃, 먼 이방인에게까지
어쩌다 뚫린 모래구멍 둑을 무너뜨리듯
아주 조금씩이라도 열려 간다면
시샘 싸움 단절 굶주림 핵무기 절로 화해의 강물로 녹아
평화의 바다가 될 것을

이 아름다운 꿈 지구별 한가족 되는 엄청난 소망
그건 허공의 메아리야 잠꼬대야
그렇게 단칼에 포기 말자 비웃지 말자
꿈이라도 꾸어보자
그런 날 오기를 날마다 꿈꾸며 기도하는 마음으로
숨쉬고 밥먹고 일하고 잠자고 살아가듯
그 꿈 살아간다면
그러면 그것만으로도 얼마나 이세상이 아름다우랴

어머니의 추석

임승천

앉아 바라보는 아침 시간
창 닫고 기다리는 일
계시지 않으면 그리운 어머니
인자하신 손길마다

바쁘게 살아온 시간이 따라온다
요즘 부쩍 다리가 아프시다는 어머니
그 시간쯤 다가와 멈출 수도 없어
고향 가는 날 힘겨워하시던 내 그리운 어머니

못 볼 것 같은 꽃 한 다발 드릴 때까지
그렇게 꽃 속에 묻혀
풀 돋으며 떠나온 고향
아득하게 멈춘 눈물

오래 걸어온 길마다
떨쳐버리고 다가온 새벽
오늘도 흐르는 저 비단가람 사이
인자한 산 하나 우뚝 서 나를 맞이하고 있구나

사진 속을 걸어가다

임 윤

낡은 사진을 들고 전등불빛 가까이 대보면
앞쪽에서 셔터를 누르신 아버지가 보이는 듯하다
반짝 터뜨리신 플래시에
나는 빛을 받으며 세상에 인화되었다

저녁나절에 아이 사진을 찍었다
어둠 속에서 받는 불빛, 아이 얼굴이 일순 환했다
방금 다운받은 디지털 사진 속에 나는 없다
이미 앞쪽에서 사진만 찍을 뿐이다

테두리 바깥에서야 아버지가 보였다
사진 속에서 천천히 걸어나왔다
앵글 중앙에 서 있던 어린 내가 지워졌다
포커스를 조절하던 아버지도 사라졌다

지금 당신은 어둔 강의 총총한 별자리에 앉아
낡은 사진 속 아이의 미래를 점찍고 계시리라

사진을 들여다보며 꼬박 샌 날이면
바튼 아버지의 기침소리가 들려오는 듯하다
며칠 후면 건너야 할 강, 그 둔치에서
아침햇살이 창문 크기만한 인화지에 나를 현상하곤 했다

마랑포구

임재춘

쌀쌀한 가을이
빛바랜 갈대밭 너머 가창오리 떼 날려 보내고 있다
머릿결 까칠해져 손 흔들고 있다
여름내 둥지 품었던 자리, 바람 들고 있다
포구 밖 길까지 나와 손 흔드는
어머니의 희뿌연 쪽진 머리너머로
등대 불빛이 바람에 흐트러졌다
물가에 닿아 있는 고깃배의 흔들림
밀려가는
파도의 숨결을 따라
한 쪽으로 쏠려 있는 그물더미
끌어올린 비린내 쿵쿵거리고
가창오리 떼 쏠려가는 갯벌의 수로엔
남은 노을빛들이 황금 띠를 둘렀다
어머니 흰 머리 노랗게 물들였다
등대는 밤새도록 노랗게 불빛을 흔들었다
떠나고 돌아오는 때를 묻지 않았다

밀라노(Milano) 광장

임지현

스위스는 초봄이고
밀라노는 봄이 한창이다
새록새록한 초록들이
우리 가족을 반긴다
피사의 사탑을 향한
도로가의 산과 들이
손을 흔들어 주고
널찍한 광장 잔디풀에 편안히 앉아
카프치노 커피 한 잔 마시고 싶지만
언어가 잘 통하지 않은 불편함이
안타깝다
갈릴레오 갈릴레이의 고향 피렌체가
팔 벌려 맞이해 주는
그의 생가를 들러 발품을 번
등푸른 시간이다

에밀레 주발

임평모

인사동 어덴가에서
내게 팔려온 노복 같은 인연

그릇도 아니고 종도 아닌
놋쇠 배불뚝이 주발

심심파적으로 어루만져 주면
옹알옹알 옹얼옹얼
실낱 같은 노래 부르고

귀엽다고 볼을 다독이면
태초의 소리 음음 엄 엄마 어미 에미……
사방으로 엄마 찾아 나선다

그 이름 노래하는 주발 싱잉 보울이지만
내게는 어머니 찾는 에밀레종이 된다

가족

임효림

너희는 이미 내게는 목숨과도 같은 존재
어떤 죄명을 쓰고 형장의 이슬로 사라져야 할 절명의 순간에도
나는 차마 너희를 두고는 갈 수 없음에
실낱 같은 희망을 찾을 것이다.

사내에게는 때로 목숨보다 더 귀중한 자존심이 있다.
그 자존심조차도
너희를 위해서는 기꺼이 버린다.

살아간다는 것이 외줄타기 같은 세상
그 험난한 길을 지나와
너희에게 한 다발 사랑을 바친다.

겨우 이것이냐고 하지 마라.
버릴 것은 다 버리고
한 다발 사랑을 들고 왔다.
이것밖에 내가 너희에게 다시 무엇을 줄 것이 있겠느냐.

고양이 블루
– 엄마 생각

임희숙

봄비가 오후 내내 추적거릴 때
빈 화분 위에 앉아 창 밖을 본다
지난 봄 이 화분에는 군자란 엄마가 살고 있었다
내가 처음 왔을 때
심심했는데 잘 왔구나 아유 쬐그맣기도 해라 어디서 왔니
환하게 웃어주던 수다쟁이 꽃이었다
아줌마 이파리 좀 먹어도 돼요?
그래라 얘야 아래쪽으로 네 머리 위에서 조금만 먹으렴
나는 고소한 이파리를 아껴 가면서 아주 조금씩 뜯어먹었다.
한여름이 와서야 더 뜯어먹을 잎사귀가 없고 나서야
아줌마의 목소리가 들리지 않는 걸 알았다
아줌마는 어디로 간 걸까
화분 속 흙을 모두 파헤쳐도 아줌마가 없던
그때 나는 겨우 삼십 일 된 아기고양이였다

블루 뭐하니 누구 기다리니
엄마가 간식 줄까
주인 여자는 자신을 엄마라고 부른다
내 엄마는 작년 봄에 세상을 떠났는데
초록빛 이파리와 눈부신 발목을 내준 엄마가
창 밖에 와 있을 것 같은 봄날
눈물나게 엄마가 그립다

사탕 한 알

자 유

늘 감내가 났다
바닷길 건너 돌아온
아버지의 입가에서는
흥얼거리는 콧노래와 함께
주머니 속 파도소리도 함께 들렸다
사그락 바스락

잠결에 나는 그것이
밤바람 소리라고 생각했다
갯벌을 기는 소라고둥
집게고둥 우는 소리라 생각했다
별빛이 창가로 스며들 때
성게, 불가사리 이야기 주워 오시던 아버지

잠에서 깨어나 마른침을 삼키면서도
나는 자는 척 뒤채곤 했다
달콤한 사탕보다 더 달콤한
감내나는 아버지 콧노래 들으며
아직도 그리운 아버지
주머니 속 바스락대는 물결소리 들으며

마루 끝

장순금

마루 끝에 기대선 아버지 등은 넓고 따뜻했습니다

그 등에 꽃밭을 그리며 놀았습니다
손가락에 발간 꽃물이 들도록

그 꽃물 다 빠져나갈 때쯤
아버지의 등에 뻗어 오른 덩굴들이 하나하나 시들어 갔습니다
덩굴이 등줄기에 감겨 생을 말리는 동안
시간의 실타래 한 올씩 맥을 놓았습니다

하늘 끝
꽃밭도 아버지도 다 삼킨 땅거미가
내 생에 들어와 척, 걸렸습니다

마루 끝에서, 시간의 끝으로 위태위태 흔들리다 등돌린

저녁,

귀뚜라미집

장진숙

간지럼타는 웃음소리
폭죽처럼 연신 피어나던 집
파산과 반목이 지축을 흔들더니
범람하는 해일에 휩쓸리더니
그 부부 가뭇없이 제각기 사라진 후
제비새끼마냥 먹어도
먹어도 허기진 어린 오누이
거동조차 겨운 할미의 지하 셋방에서
음지 식물되어 글썽글썽 자라는
우두커니 커가는
소통 없이 암울한
돌봄 없이 비정한
휘영청
달 밝은 열나흘 밤
감감 소식 없는
짓무른 그리움이
쓸쓸
밤새도록
눈시울 비벼 쌓는

미내미댁宅 1

장하빈

막내아들한테 얹혀 지내다가
당신 종갓집 밑자리로 되돌아가는 울오매
뒷좌석에 오르자마자 모로 돌아눕더니
칠곡휴게소 지날 무렵
미내미 멀었냐 높은다리 지났냐
가쁜 숨 몰아쉬며 외갓동넬 자꾸 캐묻는
아흔세 고개 훌쩍 넘긴 울오매
갓 스물에 인동 장씨 문중으로 꽃가마 타고 와
다섯 남매 키우느라 곱사등이 되도록
관향의 논두렁 밭두렁 여태 아니 잊었던가
빈 짚둥우리 같은 몸 안아서 아랫목에 누이자
아이고, 우리 아부지! 우리 어무이!
백발 성성한 큰아들 큰며느리 부여잡으며
참았던 울음 왈칵 쏟아냅니다

그래요, 길은 길대로 가는 법이지요
바로 거기가 어여쁜 당신 숨결이
햇살이랑 바람이랑 무시로 들락거리던
동구 밖 정자나무 환한 동굴인걸요

반가운 손님

장혜승

일산호수공원이 기르던 까치가
솟지도 않은 빛살 끌고 날아와 짖어댄다, 까악까악
2008년 1월 6일 봄날 같은 정오
곱고 조신한 처자에게 훌떡 줘버린 외아들 집에 와서
더부룩한 기쁨에 뒤척이다
새벽녘 겨우 달콤한 나의 잠을 들쑤신다
저 까치 어젯밤 출판기념회에서 먹은 축하주 덜 깨
집을 잘못 찾아왔나 보다
이불 속까지 파고들어 끈질기게 까악까악
벌떡 일어나 나는 무릎을 탁 친다
아! 용타 저 배때기 하얀 귀신 같은 날짐승
아! 맞다 내가 이 집 손님이었구나
바리바리 싸들고 다니는 반가운 손님
간까지 빼주고 싶은 아직은 반갑고 반가운 손님
절로 나오는 한바탕 허탈웃음, 김이 피식피식 새어나가는
숲을 이룬 강선마을 동동 꼭대기에 단잠 자던 환풍기들이
일제히 왼쪽으로 뱅그르르 돈다
일찌감치 마음을 비우고 뜬밤 새운 장한 홀어미구름이
품안의 자식을 내 창 밖에서 내보내고 돌아서서
치마끝을 걷어 달콤한 눈물을 훔친다
까치가 날아간다 1902동으로
저 깨소금냄새 진동하는 어느 곽 속에
이고지고 찾아온 반가운 장모님이
뒤척이다 겨우 잠들었나 보다

가엾은 어머니 초상肖像

전경배

아직 태어나지 않은
65년 전, 빛바랜 가족사진 한 장
나는 세상으로 여행 떠날 나비 꿈을 꾸고 있었네

양복 넥타이 차림의 멋쟁이 아버지 / 주름 치마에 핸드백 든 어
머니 / 어깨끈 치마에 흰 블라우스 큰누나 / 반바지 양복에 흰 양
말 신은 형 / 두리번거리고 앉아 있는 작은누나 옆에 서 있는 외딴
누나까지 어머니는 한 식구처럼 맞이한 따뜻한 여인이었네

큰딸은 약대에
큰아들은 공대에
둘째딸은 사범대에
작은아들은 법대에
막내딸은 음대에 보내시겠다던
욕심 많은 어머님은

큰딸 경기여중에 보내시고
큰아들 경동중학교에 입학시키던 그해 가을
전진戰震에 휘말려
먼 길 떠나셨네. 내 나이 일곱 살 되던 해에

– 어디서 착하고 아름다운 우리 어머니 보신 분 없나요 –

고요한 밤, 거룩한 밤

전기철

전화벨이 운다. 늦은 밤 혼자서 운다. 우울한 알약처럼 거실에 앉아 운다.

여자는 큰방에 누워 하루치의 얼굴을 지우며 미로 속을 헤매고

큰놈은 아직도 어디선가 빈 깡통처럼 거리를 쏘다니고 있을 것이고

풀리지 않는 방정식에 갇혀 있는 여고생 딸은 시험에 나오지 않는 것에만 매달린 채 분식집 언저리에서 안경알을 굴리고 있을 것이다.

빈방들 사이에서 전화벨이 운다. 혼자 노는 아이처럼 떼를 쓰듯이 울다가 지쳐 섧게섧게 흐느낀다.

느끼한 밤, 가장인 체하는 남자는 작은방에서 숨겨 온 길들을 갈무리하느라 보채는 목소리를 받아줄 수가 없다.

전화벨이 목이 쉬도록 운다. 울다 지쳐 쓰러졌는가 싶었는데 문득 깨어 운다.

여자는 약에 취한 듯 거울 속을 헤매고 큰놈은 밤이 정말 거룩해져서야 들어오려는 듯 아직 길 위에 있을 것이고, 작은애는 밤 속으로는 오지 않을 것이니 가장이라고 이 밤을 고요하게 보내고 싶지 않겠는가.

밤은 코 푼 종이에 싸인 채 참 고요하다.

생애 生涯

전길자

길게 이어진
몇 겹의 고통이
덕장에 걸려 있다
내장 다 빼버리고
얼었다 녹아내리기를 반복하지 않고는
제값을 받을 수 없다
살얼음 품어야만 제맛을 내는
빳빳하게 긴장한 삶이어야 깊은 맛 우려내는 생애
한 번쯤 덕장을 빠져나가
겨울바람 피하고 싶었을까
한 번쯤 사랑에 녹아
허물어지고 싶었을까
하얗게 쏟아지는 눈발 끌어안고
곧추서서 기다리는
먼날
아버지의 아버지가 그렇듯

호적등본 떼러 동사무소에 가다

전석홍

손아귀에 쥐어진 종이쪽지가 가벼웁다
지워지지 않은 이승의 문패 달랑 둘 뿐
내력처럼 숱한 여울자국이 무늬져 있다

날선 바람 막아주던 생울타리
한뿌리 그 가까운 이름들, 다시는
열 수 없는 빗장 꽝꽝 잠가 두고
떠나버린 서녘 길목 달빛이 흐릿하다

나의 초록 뜨락에
올망졸망 돋아나는 새싹 별빛 눈망울들
시간의 바람개비에 실려 어느새
새 둥우리 틀어 가버린 자리에
웃음꽃 그늘만 바람처럼 펄럭인다

손에 들려 있는 이 종이집 속에는
갈바람만 솔솔 스며 하늘거린다

빛과 어둠이 가고 오는 길목

전순영

가랑잎이듯 언니를 소각로 속으로 밀어 넣고
나는 그 밑 식당에서 밥을 먹는다
내 오른팔이 잘려나갔는데
피가 뚝뚝 떨어지고 있는데
어떻게 내 손이 밥을 이렇게 잘 퍼나르고 있는 것일까
어떻게 내 입이 자물쇠를 채우지 않은 것일까

검은 구름 떼가 언니를 싣고 간다

잘, 가, 언니!
언니가 가는 그곳에는 방울토마토처럼 매달린 가난도
평생 속썩이는 아들도 소처럼 멍에 지우던 남편도 없는
그곳으로 훨훨 날아서 어, 여, 가
나 역시 내일이면 아무 일도 없었던 것처럼 어제의 나로
돌아갈 거야
언니 아무도 동행해 주지 않은 길 혼자 가

내가 흔들릴 때 말없이 등을 내주던
계곡으로 떨어질 때 몸을 던져 손 내밀어주던 나의 오른팔
박하사탕처럼 싸하게 번져 오는 이 빈 가슴을
어떻게 해
얇은 이 겨울 햇볕에 나를 널어볼까
겨울 바다에 가서 날려 보낼까
나 어떻게 해 언니!

시루떡

전 향

제사상의 시루떡
층층이 쌓아 차려진 모습이
돌아가신 할아버지의 할아버지
또 그 할아버지의 할아버지
한 세대 한 세대 차곡차곡 쌓아 놓은 듯하다

흰떡 사이사이 층을 이룬 콩고물은
오래된 지층 같기도 하다
한 세대에서 다음 세대로 이어주며 흐르는
핏줄 같기도 하는

어느 때는 한 세대 한 세대로
제각각 나누어지기도 하다
어느 때는 단단한 하나의 덩어리로
끈끈하게 붙어 있기도 하는

명절이나 제일祭日 때마다
지상의 뜨거운 열 받으며 이루어진
이름 하나 씌어 있지 않은 족보 같은

그 제사상 앞에서
항렬순으로 절 올리는 모습
시루떡 층처럼 얽혀진 가족 사슬
제사상 밖의 또 다른 층을 본다

가족

정경진

장독 위에 정화수 얹어 무사안녕 비시던 외할머니와
부모님이 물려주신 야산, 밭뙈기 노름판에 다 날리시고
일본 탄광으로 끌려간 아버지와 함께 구사일생 탈출하신 외할아
버지

껌 씹을 때면 생각나는 하얀 째가리 톡톡 잡는 소리 비린내나는
빈대 잡는 소리
아궁이 군불 때던 부엌에서 외할아버지 바짓가랑이 사이로
뛰어들어간 생쥐 때문에 한바탕 웃었던 그때

외할아버지께 사람이 저세상 가면 정말 극락으로 가는 건가요
물으면
눈에 보이지 않는 혼이 하늘에 둥둥 떠다니다가
세월 흐르면 사라진다고 대답하셨다

그래서일까 포도주 잘 담그시던 먼 곳에 살던 막내이모가 저세
상 갈 적에
내 방 창 밖에서 다급하게 경진아! 경진아! 불러 깜짝 놀라 창문
열어 사방 내다보게 하고
언니 꿈에선 며칠 있다 가야 된다고 안타까운 표정 지으신 막내
이모
낯익은 얼굴 낯설게 대하게 되는 저세상 가족 되셨다

어린 시절 기억 풀어 생각하면 지금은 상상조차 하기 힘든

낯설고 낯선 얼굴들 낯익히며 살아간다
보고 싶고 울고 싶은 것도 촌수 따져가며 해야 되는
나이 먹으며 사는 이 세상
가족은 무촌에서 시작되고 촌수따라 뭉치고 나이 먹으며 움직
인다

염전에서

정공량

바람이 불 때마다 한쪽 염전에서 물결이 출렁인다
다른 한쪽의 염전에서는 소금이 태어나고 있다

누구나 한때 부모의 속을 상하게 하던
어린 시절이 있었을 것이다
생활에 지친 부모의 속도 미처 헤아리지 못하고
그 속의 속 바닥 깊이까지 닥닥 긁으며
속이 속이 아니게 만들던 어린 시절이 있었을 것이다
철들어 지나고 보니
이미 나는 부모가 되어 있었다
자식을 거느리고 그 자식이 나처럼 자라고 있다

내 속을 내 속이 아니게 자식이 만들 때
나는 내 속에서 열을 올리며 소금 한 사발을 만든다

우리 부모가 그러했듯이
쨍쨍 마음의 햇빛에 말린 소금 한 사발을 만든다
나는 이것을 눈물의 금강석이라고 생각한다,
나는 이것을 드넓은 사랑의 진주밭이라고 생각한다

정다운 가족

정기명

한 가지에 매달려 속삭이는 잎처럼
거실에 걸어 놓은 그리운 얼굴들
형제의 나뭇가지에 잎 하나 떨어졌네.

매일 쳐다봐도 쓰린 가슴 더욱 깊어
그놈의 선자리 색까지 변하고
달아난 그의 얼굴을 안개 속으로 사라지네.

잃어버린 물길을 찾아서

정복선

길이 1미터에 폭 60센티미터 정도,
깊이는 한 뼘의 싱크대가 나의 우물
비린내 짠내 군내가 고이는 저수지

이 작은 수조의 세상마저 종종
허리케인으로 뒤집히고 가뭄에 탄다
허우적이다가 많은 달과 해를 놓쳐버렸다

살아 흐르는 샘물을 바가지로 뜨며
두레박으로 깊은 우물물 길어올리며,
산과 들과 초목과 더불어
팍팍한 삶을 초목처럼 살아냈던 어머니의 물길은
히말라야 초오유 산에서 시작되어 우리 배꼽까지 닿았었지

오늘, 그대가 손수 따다 찐 연잎쌈밥을 펼쳐
봄과 여름의 허기를 달랜다

잎새의 물길이 보이네
아하, 이곳도 또 하나의 연못이구나,
향긋 쌉쌀한 물결이 인다
생이가래 마름꽃 흔들린다

옛집

정 빈

텃밭으로 돌아오는 길은 까치설날이다
잎나물들 고개 내밀어 반겨주고
잊었던 이름 불러주는 둥근 식탁은
뿌리 엉긴 꽃밭으로 피어난다
가슴 쏟아 안부를 쓰다듬는 동안
먼저 떠난 그리움
서러운 산이 되어 옷깃 적신다
그늘 짙은 느티 한 그루
묵정논 물꼬 틔우며
잡풀 돋은 모종밭에 밑거름 되어
바람막이 둥지로 등뼈 받쳐준다
세월에 덧난 상처 안아주고
소금꽃 피어나는 짠 땀
굳은살 박힌 손등으로
이마 훔쳐주는 겹겹의 손길
비탈길에서 휘청거릴 때마다
장명등 하나 내걸어
신발끈 매어주는 아버지의 헛기침
안방 문갑 속에서 숨쉬고 있다
닮은 피 흐르는 연둣빛 호흡
달맞이꽃 눈뜨는 새벽녘까지
고장난 축음기처럼
옛이야기 돌고 돌아간다

슬픈 이민

정선기

조용팔 씨는 캐나다에 이민 온 지 10년째다. 그는 아내 엄팔자 씨와 두 아들을 데리고 도망치듯 물 건너왔다. 캐나다에서는 아무도 그를 기다려 주지 않았다. 조용팔 씨는 캐나다 북쪽 작은 마을에 정착하여 닥치는 대로 일을 했다. 일찍 이민 와서 모텔을 경영하는 누나를 찾아갔으나 일만 부려먹고 매정하게 쫓아냈다. 피붙이라고는 하나밖에 없는 누나는 남보다 못했다. 조용팔 씨는 닭똥 같은 눈물을 주먹으로 훔치며 그곳을 떠났다. 수중에는 돈도, 가슴에는 용기도, 육체에는 힘도 없었다. 조용팔 씨는 환갑을 갓 넘긴 초로의 인생길에서 갈 길이 멀기만 했다. 몸은 따라주지 않고 마음만 바빴다. 오라는 데도, 반기는 데도 없는 처지를 비관만 하고 있을 수 없는 조용팔 씨는 이것저것 닥치는 대로 뼈빠지게 일을 해도 혀가 꼬부라지지 않는 짧은 영어가 밥 먹여주지 않았다. 두 아들은 나이들 만큼 들었는데도 빌붙어 먹고 있어 원수 덩어리다. 조용팔 씨는 아내 엄팔자 씨와 꼭두새벽, 닭도 울지 않는 새벽 3시 곤한 잠을 깨어 청소 일을 나간다. 거친 트럭 운전사들이 하루 종일 싸질러 놓은 화장실 청소는 구역질이 난다. 둘이서 2시간 동안 땀을 팥죽같이 흘려야 겨우 정리가 된다. 조용팔 씨는 새벽 5시 30분이면 청소하던 손을 멈추고 아내 엄팔자 씨의 팔을 낚아채어 교회로 달려간다. 하찮은 인간 캐나다까지 이끌어내시고, 막일이라도 일하게 하시고, 지금까지 굶지 않게 먹여주시고, 죽지 않고 살게 하신 하나님께 두 손 모아 기도하면 막힌 가슴이 좀 뚫리는 것 같다. 이제 돈 좀 벌 수 있는 작은 가게라도 하나 갖게 하시고 육신을 누일 수 있는 집 한 채 장만할 수 있게 해달라고 하나님께 신신당부하고 사글세 집에 돌아오면 출근 시간이 기다린다. 조용팔 씨에게 새벽 청소일은 부업이다. 오전 8시 80킬로미터 떨어진 인디언 밴드로 쏜살같이 달려가 오후 6시까지 점원 일을 끝내면 다리가 천근만근이다. 여호수아가 여리고 성을 일곱 바퀴 돌았을 때 하나님이 성을 무너뜨린 성경 구절을 달달 외는 조용팔 씨는 '이 산지를 내게 주소서'라고 기도하며 아침저녁으로 그 가게를 일곱 바퀴씩 돈다. 그에게는 이런 가게 하나 갖는 게 꿈이다. 조용팔 씨는 아내 엄팔자 씨와 허리가 휘게 일하면서도 이를 악문 탓인지 허리가 휘진 않았다. 밤을 모르는 백야의 태양조차 기진하여 신음하는데, 밤도 낮도 없이 일하는 조용팔 씨에게는 언제 쨍하고 해가 뜨려나.

무인도 가는 길

정성수

사랑하는 이여
이 가을엔
무인도로 떠납시다

둘이 함께 가서
이끼 낀 바위 옆에 작은 나무집 한 채 세우고
눈이 순한 새끼를 낳읍시다

저 밤 하늘의 광채를 닮은
눈빛이 아주 초롱초롱한 새끼 두 마리

그리고 시들지 맙시다, 그대와 나
그 새끼가 다 자랄 때까지
그들이 모두 아름다운 사람이 될 때까지
그 섬이 지구인들의 별이 될 때까지

흰 소의 울음을 찾아

정 숙

딸아, 네 몸도 마음도 다 징이니라
한 번 울 때마다 둔탁한 쉰소리지만
그 날갯죽지엔
잠든 귀신도 깨울 수 있는 울림의
흰 그늘이 서려 있단다

살다 보면
수많은 징채들이 네 가슴 두드릴 것이니
봄눈을 이기려는 매화 매운 향이
한파를 못견디는 설해목의 목 꺾는 울음소리가
낙엽까지 휩쓸어가려는 높새바람의 춤이

이 모든 바람의 징채들이 너를 칠 것이나
그렇다고 자주 울어서는 안 되느니라
참고 웃다가 정말로 가슴이 미어터질 때
그럴 때만 울어라, 단지 울고 울어
네 흐느낌 슬픔의 밑뿌리까지 적시도록

징채의 무게 탓하지 말고
네 떨림의 소리그늘이 퍼져나가도록
눈 내리는 이 밤, 아버지
그 말씀의 거북징채가 새삼 나를 울리고 있구나

덕전德田

정숙자

작은오빠가 무 한 자루를 보내왔다 큰 무는 어느
양상군자가 속속 뽑아가 버렸다고 자잘한 것들뿐이다

눈물이 핑 돈다. 고향의 흙빛, 바람결, 살아계실 적 어머니 모습
까지가 슬픔으로 작동한다. 시래기 한 잎인들 소홀히 할까 보냐.
찬찬히 다듬는다. 아주 잔챙이는 쪼개어 짠김치 담고, 몇 개는 채
썰어 배추김치 소 넣고, 중간 것들은 동치미로 앉힐 셈이다. (언제
부턴가 생각해 온 대로) 무 꼬리는 달린 채 놔두었다. 어둠 속 뚫고
내려간 힘이 바로 이 꼬랑지 아니었던가. 꼬랑이 아니었던들 푸르
스름 궁둥이며 하야말쑥 허리춤이 가당키나 했을까. 잔털만 뜯어
낸다. 그런데 무 꼬리들 용자가 다양하다. 대부분 미끈하지만 어떤
건 잔주름이 심하고 어떤 건 올통볼통 호된 힘줄이 연이어졌다. 돌
멩이라도 가로막혔던 것일까. 땅강아지들이 괴롭혔을까. 두 갈래,
세 갈래 심지어 위쪽으로 되나오려던 뿌리도 있다. 이리 피하고 저
리 뻗어보느라 크지도 못한 무 무 무. 한 밭 한 태양 아래 자라났거
늘 어찌 이리 각색이란 말인가. 어쨌든 장하다. 처서께 눈떠 불과
두세 달 만에 성불成佛했느니. 이제 나는 평생토록 무 꼬리를 존중
하여 밥 수저에 올릴 것이다. 내 골수에도 그런 꼬리 하나 달렸다
면 사파娑婆가 두렵지 않으련만……. 좌우지간 작은오빠한테 전화
를 건다.

"오빠, 알 만한 위인이라면서 내년에는 뽑아가지 말라 하세요"
"그럴 순 없다 내년에는 더 많이 심으면 되지"

아버지의 왼쪽 눈이 웃고 있다

정영경

한때
아버지의 왼쪽 눈에는
환한 낮달이 가득 차 있었다
짙은 땅거미가 흘러들어올 때까지
열심히 갈고 닦던 가장의 녹슨 기계
그런 날은 달 안쪽이 유독 환히 빛난다 싶었다
그러나 언제부터인지
윙윙윙 퍼런 불꽃이 튀어오르면
자꾸만 감겨지던 왼쪽 눈
그만 달빛이 금이 간 것일까
주르륵 검게 타버린 눈알이
땅바닥으로 뛰어내리고 말았다
불볕 같은 시간이 지날수록
그 눈은 컴컴하게 깜깜하게
실직해 갔다, 실명해 갔다
그 뒤로 아버지의 오른쪽 눈에는
한층 더 뜨거운 낮달이 날새도록 구워졌다
이 거리에서 저 거리로 잠 속에서조차
잃어버린 눈동자를 찾고 있는지,
밭은기침을 몰아쉬는
아버지의 여윈 입술에서
왈칵! 그믐달빛이 묻어나온다

또 봄날이 와도

정영숙

장날이면 외할머니는 우셨다 "하늘로 솟았나 땅 속으로 숨었나" 하얀 무명 저고리에 떨어지던 붉은 꽃잎들, 지게 뒷짐에 꽂혀 있던 진달래 꽃잎, 꽃잎 한 입 가득 물고 통치마 펄럭이던 아이는 화들 짝 놀라 섬돌에 넘어졌다 습자 시간에 정성들여 쓴 아버지 세 글자 가 책가방 속에서 자꾸만 옆으로 쓰러지고 있었다

어머니의 하얀 치마폭, 얇은 화선지에 소로시 담겨지던 파르스 름한 아이들 먹물도 채 마르지 않은 아버지의 먹그림 앞에서 어머 니는 울지 않으셨다

장날이면 외할머니는 우셨다 유월의 햇빛이 사금파리처럼 반짝 이던 앞마당, 석류와 장미꽃이 만발하던 뒤란, 배꽃이 환하게 피어 나던 우물가, 온통 짙은 먹물을 뿜었다 나는 먹물에 가려 보이지 않는 아버지를 찾기 위해 밤새 호야불 밑에 습자지를 꺼내 놓고 먹 을 갈았다

또 봄날이 와도…… 이제 나는 눈을 감고도 아버지 세 글자를 먹 물이 번지지 않게 습자지에 반듯하게 쓸 수 있다 내가 써 놓은 글 자들을 보시며 여든의 어머니는 이제서야 우신다 내 마음에 묶어 놓은 수만 장의 습자지 뒷면에 아버지의 모습이 얼비친다면서

할머니의 추억

정영운

겨우 일 년 농사만 지을 줄 아는 여자
그것도 상처의 알들만 주워
마른 땅에 쿡쿡 심는 여자
두통이 심할 때는 엉뚱하게도 박카스 한 병
들이키고 이제 괜찮다 괜찮다 하는 여자
보따리 하나 끼고 가출했다가
친정 오빠가 딸려 보낸 논 몇 마지기로
아주 잠깐만 시어머니의 구박을 피할 수
있었던 여자
작은 여자와도 화목했으니
여자끼리의 원망은 삭아들었으나
돌아가신 지 오래인 영감을 깨워
이제 와서야 육탄전을 벌이고 싶다는 여자
주름진 기억들 속에서도
빳빳하게 일어서는 상처의 알들을 구슬리느라
밤을 낮처럼 불 밝히는 여자

백 년 가까이 살았다고 손사래치며
앞으로 일 년 농사만 그럭저럭 짓겠다던 할머니
그러나 옆집 앞집 할머니의 인생을
모방했다는 누명과 함께
돌아가신 지 오래인 지금까지도
소설의 주인공이 되지 못하는 우리 할머니

가족

정웅규

울릉도 앞바다에 배가 떠 있고
그 속으로
파도가 쳐
아들, 딸, 나는 바다 저켠으로 밀려났다.

파도는
그저 출렁대듯 그저 꿈꾸듯
이리저리 흔들거리다
바다의 심연을 들여다보면,
무서운 기운이 감돈다.

삶은 고통과 같고
이제 꿈은 이승의 산물이 아니다.

상가喪家에 들어서면
즐비한 조화를 하나 둘 세어나간다.
그 숫자가 100개가 넘어가자
세어보고 또 다시 세어보고

1943년 일본이 점령한 태평양 섬들 중
하나인 독도에서는
100개의 조화弔花의 숫자로
상주喪主의 인생을 말한다.

가족

정일남

마디풀 개여귀 소루쟁이 명아주 질경이 까마중 번형초 쇠비름
민들레 큰절나도나물 술패랭이 대나물 쇠무릎 갯메꽃 초종용 댕댕
이넝쿨 왜젓가락나물 중나리 왕해국 쑥 해국 바위수국 개머루 땅
채송화 섬기린초 괭이밥 구절초 고추나물 박주가리 갯까치수염 털
머리 사데풀 억새풀 강아지풀……

괭이갈매기 슴새 바다제비 황조롱이 물수리 노랑지빠귀 흑비둘
기 까마귀 딱새……

곰솔 섬귀불나무 붉은가시딸기 줄사철 동백……

잠자리 집게벌레 메뚜기 매미 딱정벌레 파리 나비……

오징어 꽁치 방어 전복 전어 붕장어 가자미 도루묵 임연수어 조
피볼락 저녹 소라 홍합 미역 다시마 김 우묵가사리 톳……

결코 고독하고 버려져 혼자가 아닌 가족들이 모여 사는 독도여
조요로히 밝아 함초롬하다

낮잠

정재분

목침 베고 잠드신
아버지 숨소리에 한낮의 정적,
깊어만 가고

여섯 살 계집아이
아버지 곁에 누워
이따금 피융피융 새총도 쏘는
아버지 호흡, 따라하느라
온몸을 부풀리다
다시 움츠리다가

살금살금,
옥수수 호박꽃 질경이 모두 잠든
오수에 젖은 마을을 따돌리고
흙에 기대어 조는
돌뿌리 깨어날세라 조심
조심 미나리밭 너머

땡볕에 몽유하는 개울에서
여섯 살 계집아이
홀라당 벗어 겸연쩍은
민가슴을 서너 번
비비다가

풍덩, 개울로 뛰어든다

아내

정재영

지구를 축으로 도는
달이었을까

상한 마음 뒤로 숨기고
밝은 한 쪽
평생 보여준

어쩌다 바라보면
없는 듯 걸려

그곳에
늘
있어 준

달

부음

정종배

남녘
망백의 할머니 한 생이

걸어둔
바지 뒷주머니에서

울었다
문자 메시지 진동으로

꽃미용실

정채원

20년 전 다니던 꽃미용실
내가 지금 딸만 할 때 다니던 꽃미용실
나중엔 엄마꽃과 딸꽃이 함께 다니던 꽃
미용실, 생머리로 놔두어도 마냥 꽃이던
꽃시절, 꽃을 괜시리 들들 볶던 꽃미용실

실컷 졸다 깬 다섯 살 꽃이
숏컷된 거울 속 자기 머리를 보곤
으앙 울음을 터뜨리던 꽃
미용실, 울음 그치지 않는 꽃을 달래다
나도 함께 울 뻔하던 꽃미용실

결혼 며칠 앞둔 딸아이
언젠가 제 딸과 함께 괜시리
머리 볶으러 미용실 찾을 때,
그땐 나도 20년 전 져버린 꽃
미용실처럼 더 이상 아무도 찾지 못할
숨은 꽃이 될까

숨은 꽃 굳이 찾지 않아도
그냥 그대로 마냥 꽃일
딸과 딸의 딸
세상 아무도 섣불리 딸 수 없는
꽃과 꽃의 꽃
그래서 세상은 꽃이 지지 않는 나라

양파 한 자루

정하해

놓치고 나면 멀어질 손 하나를 꼭 거머쥐고 걷는, 신부와 그 아비 뒤로 예식장은 안부 궁금한 일가들로 앉아서도 어수선하다, 피붙이란 그렇다 그 속 끼어 있어도 그만 없어도 그만, 나는 출가한 사람, 솎아진 것임을 느낀다 괜히 잔등 시큰하다 사진기 앞으로 공손히 모이는 양파 한 자루 가지런히 붙었다 한 폭 밭뙈기, 흐트러지기 싫은 굴림들, 알맞게 배열된 여럿 일가들 같은 냄새 풍기는가 눈자위 푸르다 저 속말처럼 진한 색이 그 가문의 표임을 충분히 알렸으리라 자긍하며, 나는 한 자루 양파들을 가볍게 둘러메고 늦은 밤 홀로 걷는다 벗겨진 달그림자 끝까지 따라오는

캄캄한 배경에서 보인다

정호정

여러 남매가 어릴 때
머리를 맞대고 찍은 사진 한 장
아이들의 얼굴은 환히 돋보이는데
배경은 캄캄하다

얼굴 표정들이 제각각이다
제각각이면서도 한결같이 반짝인다

캄캄한 배경에서 보인다
아이들과 씨름하던 내 젊은 날들
봉당에서 마당으로 마당에서 부엌으로
종종걸음치던 내 어머니의 날들

여러 남매가 어릴 때
머리를 맞대고 찍은 사진 한 장
아이들의 얼굴이 환히 돋보이는 것은
캄캄한 배경,
깊이 모를 기운이 받치고 있기 때문이다

보배*
– 연변시편

조민호

왕청현 고등기술학교에는 보배가 많다 전이사장은 학교에 무당
벌레가 너무 많다고 말씀하신다 교실이랑 교무실이랑 모서리가 있
는 곳마다 벌레는 서로 경쟁을 하듯 눈에 보이지 않는 자일로 흰
벽을 기어오르고 있다 등에 각양의 분봉 모양으로 된 등꽃을 장식
하고 벽을 오르는 보배들 가끔 날개를 펼치며 날아오르기도 한다

무당벌레를 보면 애벌레 시절이 그립다

새 학기 맞아 저마다 조선족 마을에서 왕청현 학교까지 오는 학
생들 등에도 등꽃 같은 등짐을 지고 온다 너희들 아버지의 아버지
도 보따리 등짐을 지고 산 넘고 강 건너 어린 식솔 이끌고 오솔길
을 오르내리며 연변에 집터를 잡았겠지

학생들은 두 손에 무당벌레를 잡아
"보배 보배 시집가라"
"보배 보배 시집가라" 노래를 부른다

보배는 중화의 땅에 건축된 교실 벽을 오르고 있다 두 날개로 새
로운 바람을 일으키며 색동옷 같은 붉고 노란 등꽃을 보여주며

*중국 동포들은 무당벌레를 보배라고 부른다.

터미네이터 007
– 나를 사랑한 해커 호동

조병교

A/S요원으로 가장한 해커가 낙랑국을 훑고 갔다
방화벽 너머 주인집 딸은 바이러스에 감염되었다
(Love 시리즈의 메일에 유의할 것)
낙랑공주의 브로마이드에 묻은 바이러스는
해커를 전염시켰다
(열병 시리즈의 메일에 유의할 것)
미친 공주는 빗장을 열어주었다
공주아비는 백신으로 병든 딸의 목을 베었다
메스에 묻은 꽃물이 마르지 않았건만
호동은 군사를 이끌고 방화벽 넘어 하드웨어를 삼켰다
(서기 313)
귀국한 왕자도 열병으로 앓다가
한 말 피를 고국산천에 꽃처럼 쏟고 갔다
그들은 확실한 청춘이었다
봄이면 피처럼 붉은 꽃 지천으로 오는 까닭이다
삼월이면 그래서 내 가슴도 푸릇푸릇 멍이 든다
겨울마다 백신을 새 버전으로 업그레이드해도
새로 진화된 스파이처럼 이듬해 봄은 스며든다

겨울비

조병철

나는 어디로 가는 걸까
겨울비 맞으며 어디로 가는 걸까
비에 묻어 오는
겨울 바람에게나 물어볼까
나는 어디로 가는 걸까
어깨를 두들기는 바람에게나 물어볼까
겨울비에 묻어 오는
어머니 발걸음 소리 들을까
나는 어디로 가는 걸까
어깨를 두들기는 겨울비에 물어볼까
바람에 묻어 오는
어머니 염불소리
천상의
나의 어머니

존재의 끈

조석구

고구마를 캔다
이 가을날
왼손으로 고구마 줄기를 잡고
오른손으로 땅 속 깊숙이 호미를 넣어
잡아당기면 고구마 뿌리에 줄줄이
실한 고구마알이 달려나온다
뿌리의 고구마알을 보면서
가족을 생각는다
가족도 이렇게 고구마 뿌리의 알처럼
올망졸망 이어져 꿈꾸며 사는 것이 아닐까
이 세상 어떠한 꿈도 아름답다
꿈이 있는 한 인생은 행복하다
마음속의 길을 꺼내 보여주니까
먼 곳을 여행하고 지친 나그네 몸으로 귀향할 때
돌아갈 집과 가족이 있다는 것은 얼마나 다행인가
가족은 모여 있는 불빛
가족은 모여 있는 존재의 끈

백화주

조 숙

항아리에 마른 꽃을 넣는다. 백가지 꽃을 모으지는 못했다. 꽃만 먹고 사는 머리 헝클어진 여자. 찌든 손톱 아래 천박한 만개. 허리를 굽히고 한 쪽 무릎에 머리를 기댄 채 꽃 다듬던 여자. 발갛고 노란 꽃. 지붕 위에 평상 위에 이불처럼 널려 있던. 노랗게 어지럽던 먼지. 땡볕에 앉아 꽃을 다듬던 검은 손톱. 보자기에 싸들고 어디론가 멀리 떠날 것 같은 여자. 꽃을 보고 달려갔다가 번들거리는 눈빛에 물러섰던, 시큼한 냄새. 발갛고 노랗게 눈부시던 여자. 마른 꽃을 항아리에 넣으면 학교 담장 옆 고개 숙인 여자, 등뒤에서 나를 보는

가족

조예근

내 심장에는 포도송이가 달려 있어요 진보랏빛 피가 무르익는 캠벨 포도송이 넝쿨을 길게 사방팔방 뻗어가요

포도송이가 비를 맞으면 내가 젖고 그가 피를 흘리면 내 가슴이 찢어져요 그의 웃음은 나의 에밀레종을 울리고 그의 눈물은 나를 파도치게 해요

달콤새콤한 피가 흐르는 나의 그림자 아무리 멀리 뻗어가도 그의 숨결 한 자락 만국기처럼 내 심장에 와 펄떡이는 그 잔뿌리 온 우주에 실핏줄로 번져 있는

내 심장에는 포도송이가 달려 있어요 그 포도송이는 내 심장에 끓는 피의 샘이에요

아름다운 집

조인자

'꽃집'이라 불렸던 우리집

아버지가 지극정성으로 가꾸시던 꽃들과 나무들

우리집 정원엔 철마다 갖가지 꽃들이 만발했고

과일나무들도 가지가 째지게 열매들을 많이 매달았었지요.

장미꽃 향기 흠씬 맡으며 살았던 수십 년이

저에게는 가장 행복했던 시간들이었습니다.

이 세상을 천심으로 사셨던 아버지

아버지가 걸어가셨던 곧은 길이

얼마나 힘들고 쓸쓸했던 길이었음을

아버지의 자리가 얼마나 무거웠던 사랑의 자리였음을 이제 압니다.

아버지는 저희들의 넓은 품이셨고

땅이셨고 하늘이셨습니다.

세월이 갈수록 더욱 절절한 아버지 생각

효도 못한 철없는 자식들 아직도 걱정되시어

가끔 꿈속으로 찾아오시는 아버지

아버지는 이 세상에서 제일로 아름다운 집을

저희들에게 주셨습니다.

저희들도 사랑이 넘쳐흐르는 아름다운 정원,

아름다운 집을 가꾸어 가겠습니다.

아버지의 가르침 잊지 않고

나무처럼 푸르게, 꽃처럼 향기롭게 살아가겠습니다.

도예가 딸

조정애

한여름 내내 물레를 잣더니
가마에서 도빛백자를 건져내는
너는 신의 손을 가졌구나

흙 속에 불어넣은 생명
뜨거운 숨소리 밴
너의 탄생을 보는 것 같다

선홍빛 열정이
꽃불처럼 활활 타오를 때
너는 거룩한 손으로
인고의 땀방울을 모았다

깊은 산사
적멸의 뜰을 지나
태어나고 사위어 가는 시간 속에
흙을 주무르고 있는 너는
신비로운 생명을 꺼내고 있구나

홍매꽃

조주숙

정신 차려
따귀를 갈기는 언니가 있다
새 전화번호를 꼭 알려줘야 해
거듭거듭 다짐하는 친구가 있다
회비를 털어
이사 비용을 대준 동기동창생이 있다

창너머 겨울비 내리고
겨울비에 젖은 홍매꽃
차츰차츰 사람 속으로 향하고 있다

사람의 동네

조창환

새벽 창 밖의 어둠 속으로
가로등 불빛이 포도알처럼 흩어져 있다
초저녁보다 훨씬 정숙해지고
무거워진 어둠을 뚫고
불빛은 두텁고 축축해져 있다
배경이 짙어질수록
스스로의 무게로 고개 숙이는
가로등 불빛을 품고 있는
사람의 동네가 가을 과수원 같다

참깨밭에서

조행자

화창한 날 참깨밭에서
잘 건조한 검은 참깨를 털면서
나는 웃었다
콕 콕 콕 웃었다
어린 시절 짧은 한순간의 깨 같은
추억을 쓸어모았다
형아의 얼굴에 꼭 꼭 박혀 있던 주근깨
어느 봄날의 기억 속에서도
나는 콕 콕 콕 웃었고,
형아는 길게길게 흐느껴 울었다
형아야, 천국에 간 형아야
그곳에선 네가 나보고
콕 콕 콕 웃어라

상면
– 신생아실 밖에서

주봉구

어디에 있다 이제 왔느냐
나지막하게 부르고 싶다
막 지상의 하루를 보낸 손자와
천릿길을 달려온 조부의 상면은 이렇게
작은 우주에 대하여 큰 우주가 다가서듯
고목에 새잎이 춤을 추듯 하는구나
손자는 무엇이 그리 부끄러운지
두 눈을 감은 채 잠 속에 묻혀서
누가 왔는지 누가 가는지 알기나 할까?
오늘따라 잡티 하나 없는 것이
너와 꼭 닮은 하늘은 푸르러
저 우주가 열리고 있다는 것조차
까맣게 눈치채지 못한다

바다 둔주곡遁走曲

주원규

매일 아침마다 햇덩이 하나씩
밀어올리는 바다의
저 힘

그 힘이 바다를 푸르게 물들인다
파도 이랑마다 칠색 무지개를 띄운다
뱃길을 열고, 다랑어랑 뽈조개
가는귀먹은 칠갑상어도 키운다
섬들을 엮어서 섬들을 섬이게 한다

바다의 저 힘을 모르고는
바다를 건널 수 없다
섬에 이를 수도 없고
네 말과 내 말을 섞을 수도 없다

매일 아침마다 햇덩이 하나씩
밀어올리는 바다의
저 힘

그 힘으로 바다는 늘상 바다 곁에 있고
그 힘으로 바다는 항상
늙지 않는다

소나무 가족

지　순

고금의 현자들 스승처럼 여겨 온
소나무 자라는 것 눈여겨 보면 엄연한 사계절 같은
혈연의 질서, 원형이정元亨利貞의 순리를 따르는
사랑의 덕이 있네

소나무 가지 치고 가족 이루며 사는 방식
눈여겨 들여다보면 부모의 가지 끝에 맏이가 태어나고
그 맏이 중심에 두고 둘째, 셋째……
그 다음 좁은 틈을 비집고 보일 듯 말 듯 아주 조그만
막내가 자리잡아 형과 아우, 태어난 순서대로 키가 다르고
얼굴이 다르고
각기 자리잡은 위치와 성격의 방향이 알맞아
어울린 모습이 얼마나 보기 좋은지

자식들 크는 것 그렇게 보기 좋으셨는지
밤늦게 장사를 마치고 아버지 집에 돌아오시면
올망졸망한 우리 형제 한 줄로 세우시고
까칠한 수염으로 따갑도록 우리 볼 비비셨네
겨울 바람처럼 난 고개를 돌리고 돌리고
맏이인 오빠만 위하고 우린 늘 찬밥 신세인 것 같아
불만의 입술은 혀를 깨물고 형제들 욕심은 머리칼 세워
울고불고 바람 잘 날 없었네

잘 지내고 계신가

살붙이들에게 안부 전화라도 하고 싶은
햇살 좋은 날, 화목한 저 소나무 가족
인의예지의 하늘 꿰뚫을 듯 푸른 손 펼쳐 청산처럼 빛나더니
궂은비 내리는 오늘은 흠뻑 젖은 따오기처럼
서로 젖은 몸 털어주네

저들 앞에서
부끄러운 나는 가슴속 빗줄기로 쏟아지는
회한에 젖네
고개를 들 수 없네

고기 떼는 별을 따라 흘러갔다

지영환

고기 떼는 분명 별을 따라 흘러가고 있었다
밤하늘을 통째로 놓친 아버지의 은단처럼
별들이 사방으로 흩어져 흘러가고 있었다
참복은 허연 배를 뒤집고 물 속으로 들어갔다
아버지는 하모니카를 꺼내 손바닥에 탈탈 털어
넓고 넓은 바닷가에 한 알, 오막살이집 한 채에 한 알
고기 잡는 아버지와 철모르는 딸에게 은단 한 알씩을
털어놓았다 지난 사랑처럼 고기 떼
회향은 없었다
귀뚜리 잠들 때를 기다려 아버지는 내 작은 손금 위에
눈물처럼 세월처럼 은단銀丹을 털어놓았다
해오라기 흰줄 그어 날아갈 때
은단이 목을 타고 내려갈 때 새벽이 밝아 왔다

늦은 밤, 사온 은단 서너 알을
아버지의 새벽 하늘에 털어놓았다
아버지는 인터넷 검색창에서 지금껏
알 수 없는 영역이다

어머니 강

지 인

피와 뼈와, 골과 땀과, 눈물과 배설물 덩어리
누추한 육체를 끌고 골목길을 돌아 나를 이끌고 가는
흰 암소를 하염없이 따라간다.

시작이며 끝인 인도의 강가강, 강변 화장장
희게 피어오르는 매캐한 연기와 밤안개
소는 홀연히 사라지고

두려움과 고뇌와 굶주림, 늙음과 죽음이
그녀의 자궁에서 불꽃으로 타올랐다

어느 생의 너와 나였을까?

내 마음속의 악마, 부처가 소리쳤다
인생은 불꽃이요, 사랑도 불꽃이요
너와 나, 천국과 지옥이 불꽃이라고

모든 것을 씻어주고 흘려 보내는
어머니 강이 하늘로 흘러가고 있었다

경계境界
– 너에게

진경옥

말복이 지나고도

찌는 더위 좀체 꺾이지 않는다

시퍼런 바다 뜨겁게 달아오른 한낮의 햇살을

쓰윽 단칼로 금을 긋듯…… 청남의 수평선

하늘과 바다

서슬 푸른 경계를 보고 있으면

앞섶이 시리다

봄날엔 잿빛 아련했던 저 수평선

하늘인지 바다인지 경계 없는 우주가 편안했는데

금 긋고 찢겨 갈라서는 두 쪽

그 아래 떠받치는 바다의 푸른 멍을 본다

삶 또한 두 갈래 세 갈래 찢기기 위해

쉴새없이 달려왔는가

이쪽저쪽 칼날로 그은 듯 금긋고 있다

그렇게 떠난 식구가 있다

수금을 끼고 뒤를 돌아보는 오르훼의

놓친 에우리디체여

나누지 말아야 할 사람을 떼어 놓는 이

크고 우악한 손, 누구인가

자주 앞섶이 시리다

새벽 하늘 아래
– 발견

진경이

맑은 새벽 하늘에
쪽배를 닮은 달
하얀 솜털 구름 사이
아가의 눈빛을 닮은 별들
신비의 빛.

생성에의 꿈으로
슬픔도 희망으로 품는
생명의 샘, 차오른다.

찬란한
이슬 머금고
나무, 나무 사이, 들풀, 들꽃
평화의 바람에 손맞춤.

영혼 속 귀한 언어들
백지 사랑 속에, 언어 농사 지으며
행복한 미소 짓는 설레임
가만히 감싸주는 platonic
주인님!
하늘. 강. 산. 들. 바람

한없이 끝없는 사랑, 발견이었다.

어머니의 자궁이 지은 집

차옥혜

어머니는 주춧돌 아버지는 대들보
형제들은 주춧돌과 대들보를 이어준
일곱 기둥
별, 구름, 비, 바람, 눈, 해 놀다가도
틈 하나 나지 않고 튼튼하던 집
내 눈이고 귀이고 입이고 가슴이던 집
언제부턴가 일곱 기둥 차례로
새가 되어 날아가 버려 무너진 집
풀꽃과 달빛에 기대어
천리 밖 자식들 발자국 소리에
귀를 모으고 마음 졸이던
주춧돌과 대들보마저 묻혀버려
70년 만에 사라져 버린 집
날마다 더욱 사무치게 그리워지는
내 피와 살과 뼈인 집
내 길이고 등대인 집
날이 갈수록 더욱 환하고 아리는
가도가도 닿지 않는 눈물집

엄마아! 아빠아! 언니이! 오빠아! 동생들아!
숨바꼭질 그만 하자 어서 나와

누이야 누이야

차한수

누이야 저기 푸르른 밀밭을
보듬어 보아라
허리가 아픈 어머니의 손마디에
송골송골 맺힌 이슬로 새겨진 개울물
소리를 들어보아라
소나기에 묻힌 산길이 품 가득 안은
보리밥나무 열매 발갛게 익는
슬픔을 마셔보아라

눈감고 그리는 꽃을
누이야 누이야 어떻게 바로 보랴

아직 여기 있네

최경신

50년대 미군 PX 뒷문으로 흘러나온
황금색 오렌지
첫 임신 때, 극심한 입덧을 달래주는 나의
유일한 주식이었다

신혼의 사랑싸움에 좌左향 우右향 한 잠자리에서
외로워 서럽다가
불현듯 머리맡 소쿠리에 담아둔
새콤달콤한 맛의 황홀경에
못견디게 간짓대질하는 목구멍을 어쩌지 못해
더듬더듬 어둠 한 개 움켜쥐고
쩍쩍 손톱 밑이 까지도록 껍질 벗겨
소리 죽여 우물거리며 눈물 콧물 범벅인데

좌 향한 그 사람 설핏한 잠결에 쩍쩍……
비단 찢는 소리 같아서
"이 여자가 제 잠옷을 찢어발기는가" 순간
태풍에 솟구치는 파도처럼 치미는 울화를
참을 인忍자로 거듭 다독이다가

무엇인가를 작심하여 날 밝기만을
별렀다는데!

탈없이 반백년에, 홀연히 떠나가고
아직 나 여기 있네

엄마 말 들어 손해난 적 있니

최금녀

밤늦게 들어온다고 문 잠그지 말아라
술 취해 제집 찾아오는 것도 신통한 일이다
살 비비고 몇 삼년 살고 나면
서로 무에 그리 대수롭겠냐

밖에 나가면 눈에 띄는
새봄의 풋것들이 입맛을 돋우지만
그렇다고 함부로 입을 대는 것은 아니란다
세상은 그리 단순하지 않지
처음 만난 듯 반갑게 맞이해라
발길이 끊이면 그날로 남이 아니냐

종일 출장갔다 생각해라
문밖에 나가면 네 남자가 아니라 해두어라
남자들이란 등짐 생각뿐이어서
너를 넣어둘 공간이 없다
밥벌이만 생각하느니라
세상은 그리 쉽지 않아

울타리는 없는 것보다는 든든하지만
틈새 없는 울타리 노릇은 하지 마라
갑갑하고 지리하다
지루할 때 울타리 밖이 신선해 보인다
적당한 거리에서 눈감고 묵상에 잠겨라

다 제정신들로 산다

못 믿는 것도 네 탓이다
그만한 것을 고맙게 생각해라
그 속 안썩으면 다른 곳에 탈이 생긴다

걱정이 없으면
문틀 위에
큰 돌덩이를 매달아 놓았다는
중국 고사 새겨 들을 나이가 되었잖니?
엄마 말 들어 손해난 적 있니?

갈치를 굽다가

최동은

참 오랜만이다

만오천 원을 주고 갈치 한 마리를 샀다

물길을 잃어버린 허연 몸이 길게 누웠다

그가 달려온 은빛길을 벗겨낸다

대가리와 꼬리 내장을 뺀 그의 몸을

네 토막으로 자른다

프라이팬 위에 나란히 놓는다

노릇노릇 익는 냄새 집 안 가득 찬다

그는 이 뜨거운 프라이팬에 튀겨지려고

쉬지 않고 은빛 길을 달려왔으리라

두툼한 가운데토막을 뒤적이며 생각한다

심한 몸살을 앓고 난 막내를 줄까

피곤을 달고 사는 딸을 줄까

듬직한 맏아들을, 아니 남편을

생각하다 갈치의 한쪽 편이 다 타버렸다

연기와 비린내를 헤쳐 얼른 뒤집어 놓고

들여다보니

프라이팬 속엔

꼬리조차 흔들 힘 없이 누워 있는

어머니가 보인다

거센 물살 견뎌 온 억센 뼈만 남은

날마다 새날을 받아들고

최명길

날마다 새날을 받아들고 무얼 했던가
하루하루 새날 그 원고지 칸을 메워 가며
삶을 삶같이 살았던가
어질거리는 그림자만 놓아두지는 않았던가
정신의 고갱이로 원고지 칸을 메워 갔던가
화강암을 정으로 쪼아 원융을 돋워 내듯
일상을 돋워 새날 원고지에 담았던가
나는 오, 물방울처럼 스러졌다.
새벽마다 내게 주신 그 새날을 오늘도
제대로 쓰지 못하고 헝클었다.
얼룩 지워 더럽혔다.
날마다 새벽에는 깨끗했던 그 원고지를
낙서로 휘갈겨 구기고 찢기도 했다.
잠들기 전 다시 이 하루라는 원고지를 본다.
내일도 백지 한 장 같은 새날의 그 원고지를
변함없이 하늘은 내려주시겠지만

유전

최문자

딸은 거울입니다.
거울의 어디에서나 내가 보입니다.
우리의 일부는 줄기입니다.
수십 년 전부터
잘못 열리는 열매를 달고
우리는 서로를 향해 익어가고 있었습니다.
12월생 줄기는 반쯤 얼어 있습니다.
6월생 딸의 줄기에도
얼었던 흔적이 있습니다.
잡아뗄 수 없는 코드와 전선은
나를 넘어 딸을 감아올립니다.
갑자기 삶의 신호등이 바뀌어도
줄기는 무작정 서로를 건너가고 있습니다.
이 어마어마한 광케이블
그 무선 속에 뭉클거리는 꽃이 있습니다.
오른쪽 왼쪽 모두 **빼닮아**
잡아뗄 수 없는 꽃입니다.
유사하지만 서로가 신종입니다.

지령산

최문환

지령산 중턱에는
초라한 할머니 산소가 있다
일곱 살 적 방패연 만들다 몸 다친 아들
밤낮으로 열나흘 등에 없고
상심으로 날밤 새운 그 이듬해
세상 뜬 할머니는 사진도 없다

여름같이 무덥던 '64년 추석
성묫길 앞세운 아버지도 다음해
지령산 자락에서 불운을 접었다
같은 산 동남향 바위너덜 언덕

암소 등허리만큼 터를 잡은 할머니
아들 탯줄 끊은 폐가 터 내려다보며
가랑비 내리는 날 마른 풀섶에
이슬 맺혀 흐르고 다시 맺히고

껍질은 거름으로 거듭난다

최상은

팜스마트에서 나오는 길목
무심코 눈에
시멘트 담벼락에 힘겹게 기대 선
등 쩍쩍 갈라진 나무 한 그루
실하지도 못한 젖꼭지들 올망졸망 매달린 고욤열매
얼마만에 보는 고욤인데, 반가움에 한참을 들여다본다
몇십 년 세월의 무게를 이고 서 있기도 지쳐
거북등의 늙은 몸체에서 단물 빨고 있는
열매 어느 것 하나
또렷한 눈망울 뜨지 못하고 풀죽어 있는 꼴이
아슴푸레한 의식으로 다가온다
햇빛은 아직도 따가운데
익지도 익어가지도 못한 검푸르뎅뎅한 저 몰골들
수명을 다해 가고 있는 제 껍질의 절망을 내려다보고 있다니

아버지 몇십 년 전
느닷없는 위경련으로 몸부림치시다
오진으로 찌른 주사 한 대에
유언조차 힘겨워
고사목처럼 말라가던 입술 언저리
하고 싶은 말조차 사그라들던
기억하고 싶지 않은 기억이 줌으로 잡힌다
먹이고 입히고 가르치느라
가슴 밑바닥 늘 마른 나뭇등걸이었을

아버지의 목마름을 생각이나 했던가
메말라가던 아버지의 등줄기를 딛고 도시로 도시로
후조처럼 날개 펴며 껍질속 한방울까지 빨아내던
잔인한 우·리·는
하이에나 같은 새끼들이었다.

귀로歸路
– 박수근 10

최서림

콩나물 한 동이를 이고 나간 어머니
저녁별이 떠도 돌아오지 못했다

마당에는 마른 바람이 바스락거렸다
그 안쪽에서는 명태 말라가는 냄새가 났다

빈 담뱃갑보다 쉬 망가진 아버지
섶불을 안고 떠돈 아버지는
그게 사랑이라고 생각했을까

나는 유리병에 붕어새끼 한 마리를 집어넣고
오후 한나절 혼자 견뎌내는 비법을 터득하고 있었다
붕어새끼같이 껌벅거리는 삶
그게 인생이거니, 익혔다

시간을 놓쳐버린 우리집에는
늘 수챗구멍이 막혀 있었고
파리 떼가 냄새처럼 들끓고 있었다
추석이 되어도 집에 돌아오기들 꺼렸다

쑥부쟁이마냥 나지막한 어머니
빈 콩나물시루에 눌린 채 돌아오고 있었다
귀소본능의 어미새처럼, 갈치 한 다발 들고
타박타박 걸어오고 있었다

엄마의 손등

최선영

참으로 사랑이 그리울 때면
서쪽 하늘에 스러져 가는 노을
그 죽음을 감싸고 있는
구름을 볼 것이다

방황의 바다에 뜨는
조각배같이
잃어버린 사춘기의 뜰에 피는
어지러운 꿈같이
어느 여름날의 오후
나의 긴 머리를 빗어 주시던
엄마의 손등같이
풀포기 하나 나지 않는
갈색 폐허에
힘차게 솟아나 움직이는 푸른 혈맥
엄마의 얽힌 고뇌를 볼 것이다

나의 젊음을 당황케 하던
세찬 폭풍에도
지구의 종말을 닮은 적막한 어둠에도
촛불을 켜고
딸을 지키시던 나의 엄마
참으로 사랑이 그리울 때면
낯설은 산길 한모퉁이에 선

이정표를 읽듯
나의 손등을 읽을 것이다

거기, 엄마의 모습
세월의 두께와는 무관한
낯익은 새 한 마리
언제나 내가 가 안길
따뜻한 날개의 가슴을 볼 것이다

실명제失名制

최영규

돌아가신 어머니 이름으로 만들어 놓았던
통장을 정리해야만 했다

단말기의 화면 속에서 껌벅거리다
사라지는 어머니의 이름을 바라보며

틈틈이 넘겨다보던 마음의 한 쪽이 떨어졌다

심달섭
314-06-156126
경로우대통장
실재하는 인물이 아니라는 이유로
뒷면의 자기 테이프를 뜯기우고
통장은 내 손에 돌려졌다
실
명
제

기억의 자기 테이프를 뜯기운 나는
어머니의 이름을 잃어버린다

감사한 밥상

최영희

박봉에 삼남매의
가난한 어미가 잘할 수 있는 건
된장찌개 맛내는 것밖에 몰랐다

연탄불 위 뚝배기에서
멸치 몇 마리 바다맛을 우리는 동안
된장 한 술 넉넉히 풀고
무 몇 조각, 애호박, 두부, 그리고
청양고추, 대파를 송송 썰어
김치 한 보시기와
밥상 중앙에 끓는 채 올려놓으면
감사한 밥상이었다

아이들은 소시지볶음을
좋아하는 눈치였지만
어미는 세 때에 한 때는
된장찌개를 열심히 끓였다

앉은뱅이밥상에
빙 - 둘러앉은 다섯 숟가락
척척 - , 된장 뚝배기 속에서의 부딪침
가난한 우리집 가족애의 끈끈함
거기서부터였나 보다

아버지의 등

최 옥

아버지의 등이 황무지 같다
돌아서는 뒷모습이 폐허 같다
한겨울에도 파릇파릇
보리싹이 자라고
시들던 고구마순이
힘차게 뿌리를 내리던
내 아버지 등이 언제부터 저리
쓸쓸해져 갔을까

커다란 바지게에 툭툭 떨어지도록
고구마를 담고도
그 높은 산등성이
성큼성큼 잘도 오가시던 아버지
커다란 지게에는
언제나 과적된 사랑이
당신 지나시던 길마다 툭툭 떨어졌다

오늘 황무지 같은 폐허 같은
내 아버지 등에

나는 어찌 씨알 한 톨이 되지 못해서
찬바람만 불게 하는가

귀향

최원규

지난날 소년이던 네가
지금은 노년이 되어
손주들과 그네를 탄다
나는 할아비가 되고 외조부가 되어
어슴푸레 낮달처럼
안산으로 숨는다
부침개냄새, 술냄새,
지방은 향불처럼 타고 있다
구멍난 창호지의 틈 사이로
저승 위 조모나 백모의 눈사위가 보인다
절도 받고, 절도 하고, 생면도 하고
고향집 밤나무 가지 끝에
가을 까치가 깍깍깍깍 짖어댄다
반가워 이슬 같은 눈물을 담는다
나는 나의 지난 시간을 송두리째
거기에 두고 온다

작은딸의 빈방

최정인

아침저녁으로 딸의 방을 들락거린다
지난 여름에 시집가고 없는 작은딸의 빈방,
빈방엔 화장대가 그대로 놓여 있다
열쇠꾸러미와 메모지, 청첩장,
사탕과 곰인형이 그대로 남아 있다
도란거리던 목소리가 그대로 남아 있다
자기네끼리 웃고 떠들던 낭만이 남아 있다
그러나 작은딸의 방엔 작은딸이 없다
어딜 갔느냐, 언제 오느냐
아침마다 깨우던 신바람과
밤늦도록 기다리던 보람을 뒤로한 채
작은딸이 시집가던 날은
장미가 덩굴로 타오르던 여름날의 오후,
웨딩드레스를 입은 모습 너무나 어여뻐
나팔을 불고, 와— 소리치며
하늘의 천사들도 내려왔었지
아침저녁으로 작은딸의 빈방을 들락거리며
왈칵 쏟아지는 눈물에 오늘도
작은딸의 빈방 청소를 하며
깊은 한숨, 간절한 기도로
작은딸이 찾아올 그날을 기다려 본다

가족사진

최춘희

노란 알전구 불이 켜지고
가족들 옹기종기 머리 맞댄 채
늦은 저녁을 먹는 기억 속의 옛집
그곳에 늘 비 내린다
때로 잘못 든 길의 낭패감처럼
낡고 칙칙한 담요 위에
내리꽂히던 햇살,
그 햇살 속 뒷덜미 잡혀
두 눈만 빠꼼히 세상을 향해 내민
가난이 끌려나왔다
평생 허리 휘어지게 일하고도
고운 물색 옷 한 벌 당신을 위해
걸치지 못한 어머니
길가에 내다 버려도
주워가지 않을 가구들
마른 걸레로 닦고 또 닦아
윤나게 손때 올리는 부지런함이
싫기만 했다
비오는 날이면 천장에서
뚝뚝, 물방울 떨어져 밤새
자리를 넓혀 가고
젖은 방 구석자리 잘못 놓여진
꽃모종 같던 우리들
시든 꽃이파리 빗속을 떠가는

축축한 배경 뒤에
빛바랜 한 장의 가족사진
네거티브로 찍혀 온다

가족

최향숙

흐르는 강물처럼
인연의 핏줄은
우주의 일체감

당신과 나
꽃피운 식솔 친족들
가실家室 처妻 노奴 빼지 마라!

흩어져도 제자리
하늘에 달이 하나이듯
벗어나도 틀어져도 안 되지

바로잡고 화목하게
눈 맞춰야 해
따스한 사랑의 입김으로

그리운 엄마 아빠
정다운 언니 오빠
가족도 나라도 세계도 모두가 한지붕

사랑방 시인 가족

최홍규

시를 쓰기만 하면 무엇하나 읽어야 좋다
모여서 소리내어 읽으면 더 좋다
서울 한복판 '광화문 나무 카페'에서
달마다 모이는 사랑방 시낭송회
남녀노소 서른 명 안팎이 모여서
낭랑한 음성으로 시를 읊는 사랑방 시인 가족들
가슴이 따뜻해지고 머리가 맑아진다
I시인은 아코디언 연주에 맞춰 시를 읽고
J시인은 산 속에서 자연을 벗삼아 살고 싶고
K시인은 바닷가에서 홀로 살고 싶단다
L시인은 바람이 되어 마음대로 불고 싶고
M시인은 새가 되어 마음대로 날고 싶단다
모두들 입과 귀 그리고 눈과 마음을 연다
먼 시간 아사달의 전설에서부터
여의도의 정치꾼들 얘기까지
먼 공간 갠지스 강에서부터
오두산 밑을 흐르는 임진강까지
우리들의 테마에는 멀고 가까움이 없다
시공을 넘어 살아 숨쉬는 우리들의 시혼
서울 사랑방 시낭송회 시인 가족들은
런던, 뉴욕, 파리 시인들이 부럽지 않다
누구나 이 흥겨운 잔치마당에 들어와 보아라
그리고 함께 시를 읊자, 시를 노래하자

달

최휘웅

도시의 갈비뼈 사이로 달이 보였다
언뜻 실눈을 뜬 초승달이 보였다
활처럼 휘어진 어머니 등짝이 보였다
달은 형상이 아니다
계단을 오를 때나 내려올 때
어둔 골목길로 들어갈 때나 나올 때
아직도 망연해서
아직 남은 저녁 해를 밟고 서 있을 때
아직 남은 짠 바닷물을 삼키고 있을 때
홀연히 나타났다가 사라지는 눈빛 같은 것
내 기억 어디쯤에서 청승맞게 출렁이다가
느닷없이 허공중에 뜨는 무형의 물질
내 목덜미를 감고 흐느끼는
너의 머리카락 같은 것
이미 세상과 등진 서늘한 삼베옷 같은 것
간밤에는 손목 잡고 우시던 어머니
모시적삼이 도시의 등뼈 사이로 떴다

가족家族
– 기적과 환희

추교석

밤 늦은 귀가

반겨야 할 인기척이 없다

따르릉! 따르릉! 이상한 예감

저편, 아내의 다급하고 젖은 음성

농활 자원봉사 가던 길, 딸의 교통사고

짚차와 대형추럭 충돌, 공중 곡예

순천향병원 도착하는 앰블런스 사이렌

딸의 손 잡는 순간

아빠! 죄송해요

순간 피가 거꾸로 오장육부가 통곡한다

살아온 용병처럼 대견하다

죽지 않은 기적에 감사 기도

불행 중 다행이란 말 실감한다

어깨와 골반 골절, 방광파열

긴 병상의 시간 접고 일어선

너의 아름다운 모습이 엊그제 같은데……

화살 같은 세월 속

현아의 첫 옥동자 탄생

우리 둥지의 소중한 만남이여

내 생애 최고의 기쁜 날 맞는다

나의 사랑하는 딸 현아야!

어머니의 박물관

추명희

어머니의 낡은 박물관은
입장료 없이 들어갈 수 있었다
어머니와 무릎을 마주대고
귀를 가까이 열 수만 있다면
때때로 햇볕 좋은 마루끝에서
세월을 다듬으며 들어가 본
어머니의 박물관

온밤을 기다림으로 키운 선인장
붉은 꽃이 피어 있는 사막을 지나
셀 수 없을 만큼 여러 가지 가면假面
손수 만든 가면假面 속에
어머니는 숨어버리시고

한 번도 활짝 갠 날은 없었나 보다
구름·찬비·안개·먼바다에는 파랑주의보
빛을 등지고 걸려 있는 벽화 앞에 서면
바느질 도구들의 가지런한 한숨소리
갈라터진 마음을 색색으로 기우셨던 것일까

어머니와 함께 묻힌 낡은 박물관
어느날 느닷없이
내 것이 되어버린
어머니의 박물관

그로 하여 생이 아름답다고

추영수

할미는 투투트레인의 궤도軌道가 되어
한 달 동안 험산준령을 지켰다
목적지는 꼬마 기관사만이 알았다
한 달이 지나자 기관사의 생각만큼
기적소리는 잠든 산을 깨웠고
목적지는 훨씬 앞으로 나아갔다
터널과 폭포와 바다를 지나 마을에 이르자
부르고 싶은 이름을 모두 불렀다
결국 지경地境을 옮기는 분은 따로 계셨지만
궤도는 날마다 기관사의 심기에 집중하는 보람으로
험산준령에 태양을 켜켜로 내걸 수 있었다
그로 하여 삶이 아름답다고
절벽에 풀꽃 한 송이 보듬는 일도 잊지 않는다

숨은 가족

하길남

산술로 풀어본 요술방망이
우리 가족은 모두 열셋이었습니다
그러나 지금은 아홉 식구만 남았습니다
조심조심 옻을 이고 다니시던 어머니
제갈량과 바둑을 즐기시던 아버지
어린 동생들도 하늘나라에서
천사들과 같이 숨바꼭질을 하고 놀지요
가끔 물배라도 채워두라던 저녁 종소리
번개를 내리치던 내림굿
썩, 물렀거라
십 리마다 강철이는 우두를 맞았습니다
이제, 무지개를 타고 퉁소도 불러봅니다
벽계수가 명월이와 쉬어갔듯이
그래도 우리는 늘 탕 밖에서 기웃기웃
말더듬이 콩새

낙엽의 노래

하수현

초원의 집에 내리는
낙엽을 보았는가
내 청춘의 정념情念이 머물렀던
햇살 푸르른 뜰에도
상실喪失의 울타리 한 겹 들어서면
내리는 낙엽 쓸쓸하다.

초원에 흩날리는
낙엽의 노래 들어 보았는가
지금은 먼 바다로 간
우리들의 젊은 꿈들이
오직 꿈길로만 다시 걸어올 때
내리는 낙엽 쓸쓸하다.

초원이 베푸는 축복으로
꿈꾸며 살아오지 않았는가
모든 인생이여, 청춘이여
사는 동안 우리 꿈꾸어야 하리
꿈꾸는 삶이 한결
풍요하고 아름답기만 하기에.

봄 동화

하 영

마음이 몹시 부대끼는 날
어머님은 맷돌을 돌리셨다
노란 콩이 반쪽으로 갈라지고
곱디고운 가루가 될 때까지
아무 말씀도 않으시고 맷돌을 돌리셨다
때때로 매화나무 가지에 까치가 와서 울고
먼 데선 쑥국새 소리도 간간이 들렸다

할아버지 글 읽는 소리
사랑채 문풍지를 빠져나와
솟을대문을 열고
팔작지붕 위로 훌쩍 날아
봄 하늘 송화가루같이 창공을 날아오르면
어머니는 옥양목 앞치마에 이마를 닦으시고
참나무 숯불을 발갛게 피워
놋쇠주전자에 찻물을 끓이셨다
마음이 맑아지는, 향기로운 찻물로
어둡고 비좁은 내 방을 가득 채워 주셨다

어버이날 아침
작설차 한 잔 정성들여 끓여 놓고
찻잔을 들여다본다
주름진 어머니의 얼굴 위에
일흔의 나이테가 색색으로 그려진다

모정茅亭의 느티나무*

하정열

우리는 모정의 느티나무
동네 꼬마녀석들 숨바꼭질의 지주목支柱木 되어주고
늙어빠진 농촌 아비에겐 수수만 개의 부채가 되고
시름겨운 어미의 가슴앓이 말없이 보듬어도 주며
이른봄 늦가을까지 저마다 조잘대는 하소연을
다 담고도 남은 넉넉한 품과 우아한 자태로
그늘도 되었다가 쉼터도 되는
우리는, 바로 그곳에 뿌리내린 사랑의 느티나무

마을산 저물어 오고 모진 겨울 다가서면
잔설은 머리에 이고 가난한 욕심마저 내려놓으며
너를 위한 마음 하나로 서로를 부둥켜안고
마을의 파수꾼으로 귀 기울인 이야기들을
무한히 깊어가는 전설로 써내려 가는
우리는, 삶의 맥박을 이끼로 지고 가는 소망의 느티나무

태산이 울어도 한눈 팔지 않고
가지는 분수를 알고 속살마저 내주곤
겸손으로 바위에 뿌리내려
묵직한 존재의 근원을 안으로 되새김하며
삶이 버거울수록 서로를 깨우기 위해
세월을 끌어다 앉히고 마음속 불꽃을 함께 지피며
푸른 별로 빛나는 우리는, 봄을 뿌리는 희망의 느티나무

*'모정茅亭의 느티나무'는 바로 우리 '가족'이자 삶의 터전이며 지향점임.

깻단을 세우며

하청호

아버지가
쓰러진 깻단을 세우고 있다
세워진 깻단은 깻단끼리 기대어
세찬 비바람을 견디고 있다

불어오는 비바람에
곧 쓰러질 것 같은 모습으로
깻단을 세우고 있는
우리 아버지
아버지가 기댈 곳은
어디에도 없다

얼른 뛰어가서
내 여린 어깨를
아버지에게 내주고 싶다

하늘나라 첫집

하태수

여보!
앞산 뒷산 무너진다고 남들이 입으라 하니
삼베옷 아이들과 나 얼떨결에 입었구려

여기가 어딘지 분간도 아니 되고
당신 가슴 잡고 보니 내 가슴 터져
피눈물이 나고

꿈속에서 만난 당신 아이들 맺힌 눈이슬에
당신 모습 보았소

한참 있다 아이들 아빠 아빠
남이 울면 따라 울고 당신 얼굴 만지네요

향 자욱한 새벽안개 바람따라 사라지고
어찌할꼬 어찌할꼬 멍하니 물끄러미
하늘만 쳐다보오

한恨도 다 못 풀고 간 당신 나 어찌해야 하오
하늘 같은 당신 우리 새끼들과 친구 되어
이 세상 이기도록 저 하늘 모셔주고
나한테 꼭 한 마디만 하고 가소

어머니

한분순

1
앙상한 가지 끝에
바람도
머물다 가고

추운 방房 살로 덥히고
수심도
다독이며

해종일
무료無聊를 깁으시는
조요로운
그 모습.

 2
짜디짠
눈물이 배어
밀쳐 놓은 반짇고리

실이며 바늘이며
골무며
헝겊조각

주름진 치마폭 속에
손마디를
모으네.

홍초 잎사귀

한영옥

눈 비비며 일어나 몇 걸음 하면
큰엄마 계시고 작은엄마 계셨다
사촌언니랑 메뿌리 캐어가면
큰엄마 메떡 쪄주시고
사촌동생이랑 소루쟁이 뜯어가면
작은엄마 소루쟁잇국 끓여주셨다
큰집 사시는 할머니는 쇠죽가마에서
뜨끈한 감자알 수북이 골라주셨다

할머니는 칸나를 많이 심으셨다
칸나를 홍초라 부르셨던 할머니,
손이 홍초 잎사귀 같으셨다

먼훗날, 마땅히 걸음할 곳이 없게 된다
털 깎인 짐승처럼 몸 아릿하게 된다

홍초 잎사귀 보면 흐느끼게 된다

뒷모습

한이나

문득 없는 딸이 그리워진다
일요일 식구들이 빙 둘러앉은 식탁에서
이제 남의 사람이 되어버린
그리하여 더 이상은 이 자리에 낄 수 없는
빈 자리의,
너는 세상살이 물오른 단꿈에 빠져
어미의 마음자리를 알기나 할까
예전의 내가 몰랐듯이
직장일 집안일 일머리에 묻혀 까마득 모르리니
그때 혼자셨던 어머니의 심중을 짚어보는
오늘의 이 마음이 사뭇 죄스럽기만 하다
한참 후 딸의 딸을 보내고 나서야
어렴풋 희미한 짐작이나 할 수 있으려니
세상에 변하지 않는 것은 아무것도 없다
모든 것이 변한다는 사실만이
변하지 않을 뿐,
생의 반 고비에서 눈떠 보니 여기가 어디인가

딸이 살고 있는 여의나루 강 쪽을 가슴 서늘하니 바라보고만 있다

녹슨 못대가리

한재만

뽑아낼 수 없는
녹슨 못대가리 남겨둔다
낡은 가구들 골방으로 옮기고

검은 꽃 위로 벽지를 바른다
만개한 꽃 벽지, 방 안이 환하다

몇 해 만이던가, 식솔들 불러
둥근 꿈을 굴려야겠다

불 꺼진 세상 벽면에
그림자 하나가 우두커니 서 있다
텅 빈 방바닥을 내려다본다

달이 들창으로 먼저 비죽 들여다보고 있었다

손녀의 옷 치수

한정명

문득 내 몸 분해分解하는 소리 들린다

손녀 옷 치수가 커간다는
아들 전화 받고
손녀 옷 만드느라 날이 새고 진다

블라우스와 큐롯을 마르고
재봉틀을 돌리니 그 속에 한 땀씩
내 혈맥血脈 배어들고 숨결 빨려든다

손녀 나이 때
묶은 머리 찰랑찰랑 치맛단 날리며
걷던 길 달려간다

다 지은 블라우스
개켜보고 펴보며
내 몸 속의 세포細胞 조금씩
되살아나는 소리 들린다

이상한 나라의 바퀴

한정원

지팡이 대신 유모차를 민다. 어머니가 요람을 밀고 간다. 두 뼘도 안 되는 지름의 우주가 시속 4킬로미터의 바퀴를 따라간다. 구심력으로 따라붙는 풀잎, 모래흙, 부서진 그림자의 조각들, 높이 튕겨져 나간다. 햇살은 무게도 없이.

경로우대증 삐죽 삐져나온 유모차 방석이 햇볕의 알전구 속을 통과한다. 어머니가 자기공명 영상으로 햇빛 가득한 골목을 빠져나간다. 어깨를 움츠린 좁은 가슴이 투사된다.

봄 여름 가을 겨울을 밟아온 신발, 225밀리미터 경쾌한 발자국이 이 지구를 눌러주었을 텐데, 수직으로 이동하며 젖은 땅의 머릿속을 건드렸을 텐데, 우레탄 바닥이 뒤뚱거리고 어머니가 게처럼 옆으로 흘러간다.

바퀴는 유연하게 둥근 형상을 그리며 지나가는데 어머니의 바퀴는 사각형을 그리며 느린 붓놀림으로 풍경 밖을 지나간다. 캥거루의 주머니를 달고 쉬었다 가고, 멈추었다 가고, 말이 없다. 숨이 차다.

가족사진

한창옥

어려선 장독대 앞 화단이 사진관이었어

코스모스꽃에 얼굴을 대면 코스모스가 되었고 봉숭아꽃 옆에 쪼
그리고 앉아 눈 말똥말똥 덩달아 무릎 꿇은 누렁이 독구도 봉숭아
꽃이 되지, 사진기 든 어머니도 곱디곱게 꽃물이 들었던 거야 눈
소복히 얹혀 호빵 같은 항아리 하나씩 끌어안고 둥글둥글 모여 난
리법석대면 장독 깬다고 안절부절못하던 어머니가 무서웠어

생각하면 돌마리에서 제일 고왔던 신식 어머니였지

뒤뜰에 무성한 뽕나무 잎은
사과 궤짝 올려 지은 삼층집 토끼들 밥이 되었어

닭벼슬 같은 맨드라미는 간따꾸 입은 내 키와 똑같았지 뭐야

봄볕이 좋은 날 부엌에도 나오지 않던 어머니 동생을 낳으신 거
야 봄 내내 마당까지 좋은 냄새가 진동을 했지 동생이 먹는 젖냄새
였어 밑 터진 바지 사이로 뽀얀 불알이 야들야들 내뵈는 세 살배기
막내가 된 동생 막대 아이스케키를 핥으며 가족대열에 섰던 거야
그런데 그애가 제일 그립게 하네?

494

한 줄의 시행

한택수

한 줄의 시행詩行을 나는 찾았다.

나의 가족, 시, 삶들이 담긴
한 행行의 시를
나는 남몰래 혼자 찾곤 했다.

때로 숙명宿命의 밤이 어둠의 힘으로
나를 침묵에서 잠들게 했고,
대낮의 햇볕 아래서도 나는
부끄러움의 알몸을 추스리지 못했다.

나는 생각하고 회의하고 뉘우치는
인간의 아들이었고,
단순한 아버지가 되었다.

시는 물의 깊이를 가늠했지만
햇볕에서인 듯 시간에서인 듯
나는 자주 물의 경계에 서 있곤 했다.

한 줄의 시행이란 무엇인가,
그것은 나를 이야기할 수 있는가,
하고 나는 나의 시를 회의하면서
그러나 고개를 들어보려 애썼다.

하루의 일과와 같이 시가 씌어졌으면,
그리고 뒤늦은 공부처럼
나의 이야기를 가다듬을 수 있었으면,
하고 나는 나를 채근하기도 했다.

삶을 나는 알 수 없지만,
죽음도 멀리 떠나보내고 살지만,
아버지와 딸처럼
시가 씌어질 수 있었으면,
하고 나는 또 나를 생각하곤 했다.

한 줄의 시행을 나는 찾았다.

그것은 내 자신에 다다르는 일이었지만
자기 자신에 갇혀 있는 사람들처럼
나는 나에게 취해 있었고,
주춤거리는 삶의 의미를 마저 알지 못했었다.

비로소 강과 바다가 만나는 시간,
그 만조滿潮의 기쁨으로

나는 다시 내 자신과 만나고 싶다.

십시일반十匙一飯 2
– 빈 둥지

한풍작

서쪽 부엌문 앞
개복숭아 나뭇가지에
박새 한 쌍이
둥지를 틀었다

조용한 포란과
소란한 육아를 지켜보시던
어머님은 새들이 이소한 뒤
참 허전해 하셨다

열둘이
한 수저씩 모아
한 그릇 거뜬했던 시절이
생각나셨기 때문이지요

양푼내기 비빔밥을
열둘이
한 수저씩, 뚝딱했던
그날이 그리우셨겠지요

학교로 군대로 직장으로
하나, 둘, 셋…… 흩어지고
시집 장가들어
순서대로 떠나가고

우리 집은 새끼 까 나간
저 빈 둥지 같다
푸념하시며
가슴을 쓸으셨습니다

굽은 언덕길

함영덕

책갈피에서 빛바랜 사진 한 장 뛰어내렸다
갈라진 손마디 등 굽은 허리 너머
아지랑이 되어 스며들었다

등뒤 맴돌던 자장가
눈 내리는 허기진 사방 공사장
자갈더미 쌓던 남대천 돌부리
누이와 쑥 냉이 찾던 보리밭길
종달새는 노릇노릇 지저귀고 있었다

벽에 걸린 사진틀 앞 옷고름 적시던 뒷모습
논밭고랑 주름살 틈새로 훌쩍 웃자란 키 높이
어머니의 허리는 점점 더 굳어만 갔었다

비바람 헤치며 불 밝히는 동안
높아가는 등 굽 그늘진 언덕배기 밭고랑
푸른 새싹들 하늘 밀어올리고 있었다

우골탑牛骨塔 앞 금빛테 끼운 검은 가운 자락
사진틀 속 우아하게 펄럭이던 날
굽은 언덕길 너머로 고단한 잠을 자고 있었다
희미한 목소리 한 줌
내 안에 무성한 숲이 되어 있었다

저 희미한 석양빛

허금주

눈이 내렸습니다
종일 불안한 의식이 저어가는
저 합수하는 임진강에도 눈이 내려
열두 번은 몸이 죽고
남은 마음이 아직은 아니 죽어서
힘차게 부둥켜안아 보지만
신음하며 떠내려가는 세월의 노래가
더디 아물고 쉬 덧나는 욕창으로
어둡도록 더 멀리
바라보는 자의 고통을 흔듭니다
곧 길 떠날 늙은 육친 앞에
엎드린 붉은 눈물
아버지
여기서 끊어지는 길인 줄도 모르고
다시는 돌아오지 못할 발걸음
머뭇머뭇 옮겨 가나
어디로 가나
아버지 어디로 가나

귀가

허만하

투명한 유리창이 거울이 되는 지점 있었다. 천천히 휘어지며 멀어져 가던 석포역 뒷모습과 도경을 지나서야 외로운 외등같이 모습을 드러내던 강원도 들머리 동점역 사이의 한 지점. 철걱거리던 철교 건너는 소리가 조바심처럼 가슴에 울리던 산협의 짧은 구간. 이마를 차창에 기댄 채 한 사나이가 자기 얼굴 위에 겹치는 아내와 어린 두 딸의 기다림을 그림처럼 조용히 바라보고 있던 지점. 윤곽을 잃어버린 먹빛 산덩이 헤치며 무수한 오렌지빛 창이 피리소리처럼 지나던 그 지점.

줄리엣

허의행

주말 저녁 아들과 딸들은 아이들을 데리고 모두 모여듭니다 식구들은 갈비를 구워 뜯습니다 할머니는 뇌졸중으로 전신마비가 된 할아버지를 옆에 누이고 이가 다 빠진 잇몸으로 갈비를 뜯어 오물거리며 오랫동안 씹습니다 할머니는 할아버지 입에 입을 맞추고 입 속으로 씹은 갈비를 넣어줍니다 씹을 줄도 모르는 할아버지는 눈을 감은 채 할머니가 씹은 연한 고기를 통째로 꿀꺽 넘깁니다

할머니의 입과 할아버지의 입맞춤이 가끔 삐뚤어지면 고기 물이 할아버지 턱으로 흘러내립니다 할머니는 얼른 흘러내린 고기 물을 빨아먹습니다 입가에 묻은 찌꺼기는 핥아줍니다 아들딸들은 휴지로 닦아주라고 성화입니다 할머니는 물도 한 모금씩 입에 물고 할아버지와 입을 맞추고 먹입니다 할머니와 할아버지의 입술과 입에는 할머니의 침과 할아버지의 침이, 그리고 갈비 기름이 흥건합니다

혼자 얘기하는 여자
- 3373호 전동차 안에서

허정애

　우리 오빠는 키가 커요. 버스를 타면 억새처럼 고개를 숙여야
하죠. 지금은 병원에 있어요. 두 다리를 잘라야 한대요. 술에 잔
뜩 취한 밤, 거리에는 노란 장미가 지천으로 피어 있었대요. 몇 송
이 제게 주고 싶었다나요. 자동차 불빛들이 꽃이라니요, 바보같
이. 뺑소니가 문제예요. 죽지 않은 게 다행이죠. 우리나라 뺑소니
검거율은요…… 그런데, 원장 선생님 방은 어느 쪽이죠?

　전동차의 오른쪽 문이 열리고 여전히 무표정한 승객들의 시선
이 여자를 좇는다. 여자의 헐렁한 원피스는 불룩한 배에 들려 허
벅지까지 올라가 있고, 아직 비릿한 맨다리에는 푸른 정맥이 들풀
처럼 돋아 있다.

　아, 어떤 식으로 이 작은 장미를 기록해야 할까?*

*브레히트의 시 인용

인칭론人稱論

허청미

사방이 칠흑인
그는 외출 중

매미 허물처럼 둥글게 몸을 구부린 채
등뒤에 붙어 있는 당신을 나는 엄마라고 불렀다
나를 엄마라고 부르며 너는 가슴을 파고들었다

나와 당신과 너, 꿈속의 우리는
눈뜨면 숨어버려
나는 그들을 찾아 헤맨다
천년 전에 화석이 되어
천년 후에 발굴될
수유授乳의 고리가 끊어진
꿈속의 오브제들을

검은 상자 속, 나 오도카니

여보! 당신?
그가 외출에서 돌아온다는 전화다
새벽 창문이 훤하다
인칭들이 몸을 바꾸는 시간이다
결국은 우리였던, 우리인, 우리일
분열 전 아메바 같은

금물로 쓴 글씨

허형만

지성으로 절에 다니시는 어머니께서
장롱 깊숙한 곳에 모셔둔
금물로 씌어진 반야심경을 내놓으시며
제 손을 고즈너기 잡으셨지요
저도 어머니의 마들마들한 손결이
어쩌면 이리도 다사롭냐고 눈웃음 쳐주고
알 만한 글자 홰친홰친 읽어 내려가니
눈물 흘리시며 나무아미타불 합장하셨지요
그날 밤 저는 잠 한숨 못 잤어요
어머니 흘리시던 그 여울 같은 눈물이
하전하전한 나이신데도 당신의 피를
금물로 바꾸신 글씨였음을 알았거든요

나의 말년

허홍구

가족들 흩어져 산다.

부모님 정신없이 보내드리고
아이들 짝 맞춰 내보내고
이제 마누라와 둘뿐
우린 각방 따로 쓴다.

집안 실권은
슬며시 아내에게 건너가고
아내의 잔소리에도 익숙하게 되었다.

일 년에 두세 번 모인다.
설, 추석 명절 부모님 제사에
자식들 불러모으는 일도
돌아가신 부모님이 하신다.

안전하던 나의 독재 권력도 다 끝났다.

어느 여름날
– 남편과 함께

홍경임

그는 자기만의 낚시터인
금강 어귀에 돗자리를 펴 놓고

그가 보기 좋은 곳에 날 앉혀 놓고야
자기의 마음과 몸을 좌정시키고
금강 물고기를 낚을 수 있었다

오늘 같은 날은 정말이지
난 새장 아닌 새장에 갇혀
종일 매인 몸이 되어 자유를 저당잡히고는
돗자리에 누워 흘러가는 새털구름만을
부러운 눈으로 바라보며 채집할 수밖에 없었다
강건너 먼 동네에서 간간이
개 짖는 소리가 들려오곤 했으며
간혹 강갈매기가 날아와 왝왝대며
조용한 공간을 수놓고 가곤 했고

하루종일 금강에서 이는 바람이
산을 돌고 돌아와선 내 몸을 휘감고 있다가는
서쪽으로 날아가곤 했다

그는 밀려오는 권태를 이기기 위해 하는 나의 몸짓
금강 어귀변에 피어난 풀 중
네잎클로버를 찾는 행위까지도

제지시켰다

"지금은 6월이라 뱀이 많고 독이 오를 대로 올라
위험하니 그냥 돗자리에 앉아서 누워서
독서 삼매경이나 해"

그는 자기가 토끼띠인지라
내가 자기 밥을 뺏는다고 생각했는지

오는 길에 노점상에서
두 통에 오천 원에 산
수박 한 통을 유단자처럼
주먹으로 깨어선
내게 먹으라고 건네주며
입술을 축이고 답답한 마음도 축이란다
무척이나 날 애지중지하는 듯

가시고기처럼

홍금자

잎맥 속 실핏줄 같은 혈육

차마
떼어낼 수 없는, 잘라낼 수도 없는
세상의 어떤 무기로도
끊어낼 수 없는 인연의 끈
붉은 핏줄로 하여

다시 돌아와
서로가 서로에게
가시고기가 될 수밖에 없는

마지막 남은 진액의 잔을 들어
그 머리 위에 보석처럼 뿌려주고 싶은
내 가족이란 이름

고욤 이야기

홍사성

어느 눈 내린 겨울 아침이었다
까치 한 마리 날아와
가지 끝에 매달린 고욤 몇 개
이것저것 맛보다가
어린 새끼 생각난 듯
입에 물고 날아갔다

살갗 에는 눈바람 거센 그날
고욤나무집 사내는
며칠 전 거둔 고욤 반말 팔아
호도과자 한 봉지 사들고
아이들 기다리는 집으로 돌아갔다
어느 눈 내린 겨울 저녁이었다

좋겠네

홍사안

지는 해가
저토록 아름답다면

어두운 그림자
발치에 감춰둔 채

눈으로 보이는 세상
전부였으면 좋겠네

잔치 한 번
열어보지 못한
키 작은 목숨들

이마 위로 넘쳐흐르는
황금 물결 가슴에 담아

춥고 습한 세상에
골고루 나누며
살았으면 좋겠네

인도 이야기 4

홍성란

예닐곱쯤 된 인도 사내아이가 행인의 길을 막고
오른손으로 왼손바닥을 탁탁 치고 내밀었다

돈을 주니 쪼르르 달려가 담배를 사서 보리수 밑에 누운 아버지
에게 갖다 바치고 쪼르르 달려와 또 손바닥을 탁탁 치는 거였다 이
번엔 자파띠라는 밀반죽튀김을 사서 머루알 같은 눈망울로 속눈썹
이 젖어 칭얼대는 동생 갖다 주고 또 손을 내밀어 종잇장 같은 자
파띠를 사 한 입 베어 먹고 동생에게 흔들어 보이며 찡긋 웃는 거
였다

내일은
팔십년대 국제시장
내 딸 인이랑 걷고 싶다

사랑이 목타거든 절여버려라

홍윤표

우리네 살아가면서
평범한 삶 속에서 옥玉을 찾지 못하더라도
숙연한 마음을 열자

우리네 삶은
천연색 스크린 속에 각인된
영상물에 지나지 않을 한 장면의 인생인 걸
때로는 배고픈 수레를 타고 밀며
술래술래 살아간다 해도 괜찮은 삶이라 하자

어눌한 드라마 속에 인생을 조명하고
구속된 구도 속에 고독을 달래며 살아가는 우리
늘 애타도록 만나도 서로를 못 믿는다면
사랑과 행복은 채울 수 없나니

낡은 청진기 속에 병든 콩깍지처럼
깡마른 생각으론 살아갈 수 없어
쓸쓸한 미소 속에 바람 불거든 모두 태워버려라
외로운 달빛 속에 사랑이 목타거든
얼저리처럼 절여버려라

선반

홍정숙

선반에 올려놓은
옷상자가 떨어졌다
선반을 바치는 못이 녹슬어 부러지면서
상자의 무게를 감당하지 못했기 때문이다

그렇구나, 겉으로 멀쩡하게 보이는 몸도
어느날 저 선반처럼 우지끈 꺾어질 수 있겠구나
아무도 없는 날
옷 속으로 비명 묻으며
혼자 무너지다니
삶의 무게 견디면서
속으로 흘린 땀방울이
피눈물로 얼룩져 있다

어깨에 올려놓은 짐
다 부려 놓은 것을 본 후에야
무거운 무게 묵묵히 혼자 감당한 줄 알겠다
굽은 어깨를 자주 눈길로 쓸어내리는
후줄근한 옷 한 벌

아침 식탁에 둘러앉아

홍천안

세수를 하고 식탁에 앉았다
콩자반, 멸치볶음 접시도 앉아
항상 그렇게 자리를 지킨다

밥공기와 국그릇이 좌정하면
조간신문도 옆에 붙어 앉는다
신문면보다 더 많은
광고 쪽지들 쓰레기통으로 직행이다
아침마다 광고지들은
통 속에서 무슨 이야기를 나눌까

마루에 흩어졌던 의자들
식탁으로 모여든다
학의 목인 양 긴 꽃병이
식탁을 밝힌다

수족관 열대어도 먹을 것 찾아
꼬리 치며 맴돈다
TV에선 아나운서가 소설을 읽는다
소설보다 재미있는 세상 이야기
사람들은 소설을 읽지 않는다
소설이 팔리지 않는다

나무젓가락

황명강

불판 위의 자글자글한 웃음소리

잘 익어가는 토요일 오후

빈 비닐봉지 같은 웃음 흘리던 어머니는

'맛있게 드시고 건강하세요' 포장지 속

나무젓가락을 꺼내신다

먹는 것에는 별 관심 없이

설익은 고기 뒤적이느라 분주해진 젓가락,

어느 마을의 그늘이었을 그녀가 큰손녀

막내딸 서울 아들 챙기느라 삐걱거린다

봄이면 누구보다 먼저 버들피리 불었을

것이다 부지런히 가지 잎사귀 키워

여럿 품었을 것이다

배부른 아이들은 마당가 수국처럼 토닥거리고

떠들썩한 소주잔 틈에서 별 말이 없는 셋째는

얌전히 앉아 있는 평온을 뚝뚝 분질러댄다

푸른 종소리 퍼덕이던 나뭇잎의 기억들

상 위에 널브러져 때 기다리고 있다

기름을 빨아 누렇게 된 젓가락 들고

맞은편에 앉아 물끄러미 바라보시는 어머니,

맨 윗가지인 나에게

무언가 일러주시고 싶은 듯

서완아! 우리 아가야
– 최서완 첫돌에

황영순

하루 스물네 시간
눈뜬 날들의 전부를
아니 꿈에서조차 기쁨으로 오는
아가, 내 손자 서완아!
우리들은 온 힘을 다해
세상에서 제일 예쁜 널 숨쉰단다
마음 안 가장 맑은 너를 보듬어 살고 있다
명민한 네 모습 어느 한 곳
희망 아닌 게 없구나. 넌 우리집의 아침 해
너 낳던 날의 고통과 그 환희로움으로
네 어미 애비는 세상의 모든 산과 강을 건너가고 있다
여린 너의 두 손 잡고 어디엔들 못 가랴
가슴 더워 오는 내 핏줄 서완아!
방긋 웃는 너와 함께
우리 모두는 새로이 태어났다
밝아 올 내일의 멋진 꿈과 함께
우리들 가슴마다 넘치는
행복의 열매, 열매야
하루 스물네 시간
눈뜬 날들의 전부를
아니 꿈에서조차 축복으로 오는
아가야, 우리 희망 천사야!